MIRRORSHADES
THE CYBERPUNK ANTHOLOGY

赛博朋克文学选

镜影

[美] 布鲁斯·斯特林 编

BRUCE STERLING

张羿 译

北京时代华文书局

图书在版编目（CIP）数据

镜影 / （美）布鲁斯·斯特林编；张羿译 . — 北京：北京时代华文书局，2022.10
书名原文：Mirrorshades
ISBN 978-7-5699-4703-8

Ⅰ.①镜… Ⅱ.①布…②张… Ⅲ.①幻想小说－小说集－美国－现代 Ⅳ.① I712.45

中国版本图书馆 CIP 数据核字 (2022) 第 184248 号

MIRRORSHADES: The Cyberpunk Anthology
Copyright © 1986 by Bruce Sterling
Simplified Chinese translation copyright © 2023
by Beijing Time-Chinese Publishing House Co., Ltd.
Published by arrangement with Writers House, LLC through Bardon-Chinese Media Agency
ALL RIGHTS RESERVED.

北京市版权局著作权合同登记号 图字：01-2019-7666

拼音书名 | JINGYING

出 版 人 | 陈　涛
责任编辑 | 王雅观
责任校对 | 凤宝莲
营销编辑 | 俞嘉慧　赵莲溪
封面插画 | 梅红提爱克斯
封面设计 | ARUI
版式设计 | 王艾迪
责任印制 | 訾　敬

出版发行 | 北京时代华文书局 http://www.bjsdsj.com.cn
　　　　　北京市东城区安定门外大街 138 号皇城国际大厦 A 座 8 层
　　　　　邮编：100011　电话：010-64263661　64261528
印　　刷 | 北京毅峰迅捷印刷有限公司 010-89581657
　　　　　（如发现印装质量问题，请与印刷厂联系调换）
开　　本 | 880 mm × 1230 mm 1/32　　印　张 | 11　　字　数 | 236 千字
版　　次 | 2023 年 3 月第 1 版　　印　次 | 2023 年 3 月第 1 次印刷
成品尺寸 | 140 mm × 210 mm
定　　价 | 59.00 元

目　录

前　言

布鲁斯·斯特林

这本书展示了近十年来崭露头角的作家的作品。这些作家是二十世纪八十年代文化的拥趸，这让他们形成了一个群体，并造就了科幻小说领域的一场新运动。

这场运动很快便得到认可，并被贴上了许多标签：全新的硬科幻、法外技术专家、八十年代的浪潮、神经漫游者、镜影集团。

但是八十年代初贴上去的这些标签随后便被撕掉，只有一个标签被牢牢地贴住，那就是"赛博朋克"。

几乎没有哪位作家喜欢被贴标签，尤其是赛博朋克这个带着特殊光环的标签。文学标签很奇怪，它总是会让作家反感——有标签的人感觉自己被归类了，没有标签的人感觉自己被忽视了。而且不知何故，群体的标签总是不太适合个人，这让人感觉心如芒刺，难以忍受。因此，"典型的赛博朋克作家"并不存在，这是一类理想化的虚构人物。对我们其余人而言，我们的标签是令人不安的普洛克路斯忒斯之床①，恶毒的批评家等待着把我们截短或拉长，让我们去适应。

然而，我们可以对赛博朋克做出宽泛的描述，并确立其特征。接下来，我也要这样做，因为我无法抗拒这种强大的诱惑。包括我在内的批评家不顾一切警告，坚持制造标签。我们必须贴标签，因为这是见识的有效来源，同时也非常有意思。

在这本书中，我希望全面地概述赛博朋克运动，包括对赛博朋克运动早期的热议和它目前的发展水平。《镜影》这本书可以为读者提供关于赛博朋克作品的宗旨和主题的广泛介绍。在我看来，介绍的方法是展示故事，展示每位作家迄今为止的作品中最典型的例子。我没有选取在其他书中广泛选编的故事，因此，即使是资深的赛博朋克信徒，也会在这本书中看到新的天地。

赛博朋克是二十世纪八十年代社会环境的产物，从某种意义上讲，正如我后面想要展示的那样，它是一种决定性的产品。但其根源却深深地根植于现代通俗科幻六十年的传统之中。

作为一个群体，赛博朋克作家沉浸在科幻领域的知识和传统中。他们的前身数不胜数。每位赛博朋克作家的"文学债务"各不相同，但一些更年长的作家展现出了引人注目的影响力，他们

---

① 普洛克路斯忒斯之床源于古希腊神话，忒修斯遇上了匪徒普洛克路斯忒斯的故事。普洛克路斯忒斯抓住旅人，让他躺在铁床上，如果旅人的个子比床长，则将他截短，比床短者则扯长，方法极为残忍。忒修斯以同样的方法让普洛克路斯忒斯躺在床上，他比床长，便将其截短杀死。此后人们把此类削足适履的处理方式称为"普洛克路斯忒斯之床"。——本书如无特殊说明，均为译注

或许是赛博朋克作家的先驱。

有些作家来自新浪潮[1]，他们的作品风格迥异，例如，哈兰·埃利森[2]的街头风尚，塞缪尔·德拉尼[3]梦幻般的灵光闪现；诺曼·斯宾拉德[4]随心所欲的搞笑，迈克尔·莫尔科克[5]的摇滚美学；布赖恩·奥尔迪斯[6]的机智勇敢，以及永远都少不了的J.G.巴拉德[7]。

有些作家则来自传统硬科幻，他们的作品亦呈现出不同的特点。例如，奥拉夫·斯特普尔顿[8]的宇宙观，赫伯特·乔治·威

---

[1] 科幻新浪潮是二十世纪六七十年代的一场科幻小说运动，其特点是在形式和内容上都具有高度的实验性，关注文学或艺术的敏感性，在形式、风格和审美的逻辑下对科幻小说进行再思考。

[2] 哈兰·埃利森（Harlan Ellison，1934—2018），美国科幻作家，多次获得雨果奖和星云奖。代表作有《"忏悔吧，小丑！"嘀嗒人说》等。

[3] 塞缪尔·德拉尼（Samuel Delany，1942— ），美国作家、文学评论家，于二〇〇二年入选科幻与奇幻名人堂，著有《戴尔格林》（*Dhalgren*）等。

[4] 诺曼·斯宾拉德（Norman Spinrad，1940— ），美国科幻作家、散文家、批评家，曾两度担任美国科幻与奇幻作家协会主席。

[5] 迈克尔·莫尔科克（Michael Moorcock，1939— ），英国科幻、奇幻作家，编辑。二〇〇八年曾被《泰晤士报》列入"一九四五年以来最伟大的五十位英国作家"名单。

[6] 布赖恩·奥尔迪斯（Brian Aldiss，1925—2017），英国科幻作家，曾获得过雨果奖、星云奖和约翰·W.坎贝尔纪念奖等多个重要的科幻奖项。代表作有《海利科尼亚》《温室》《永不着陆》以及科幻研究作品《亿万年大狂欢》等。

[7] J.G.巴拉德（J. G. Ballard，1930—2009），英国著名作家，著有《撞车》《摩天楼》《太阳帝国》等。

[8] 奥拉夫·斯特普尔顿（Olaf Stapledon，1886—1950），英国科幻作家、哲学家，著有《造星主》《最后与最初的人》《人类向何处去》等。

尔斯 ① 的科学和政治思考，拉里·尼文 ②、波尔·安德森 ③ 和罗伯特·海因莱因 ④ 的硬核推理。

赛博朋克对科幻小说中与生俱来的幻想情有独钟：菲利普·若泽·法默 ⑤ 汩汩涌现的创造力；约翰·瓦利 ⑥ 的激情四射；菲利普·迪克 ⑦ 的真人秀游戏；阿尔弗雷德·贝斯特 ⑧ 对"垮掉的一代"的科技高歌猛进。还有一位我特别钦佩的作家，他就是把技术与文学融合得无与伦比的托马斯·品钦 ⑨。

在二十世纪六七十年代，科幻界最后一次公认的"运动"——新浪潮运动——为科幻小说带来了对文学技巧的新关注。许多赛

---

① 赫伯特·乔治·威尔斯（Herbert George Wells，1866—1946），英国著名小说家、新闻记者、政治家、社会学家和历史学家。他创作的小说对科幻领域影响深远，如时间旅行、外星人入侵、反乌托邦等都是二十世纪科幻小说中的主流话题。

② 拉里·尼文（Larry Niven，1938— ），美国科幻作家，著有《环形世界》《撒旦之锤》《上帝眼中的微尘》等。

③ 波尔·安德森（Poul Anderson，1926—2001），美国科幻作家，黄金时代涌现出的优秀作家之一，著有《宇宙过河卒》《脑波》《百万年之舟》等。

④ 罗伯特·海因莱因（Robert Heinlein，1907—1988），美国著名科幻作家，硬科幻小说大师，"科幻小说三巨头"之一，著有《星船伞兵》《严厉的月亮》《进入盛夏之门》等。

⑤ 菲利普·若泽·法默（Philip José Farmer，1918—2009），美国科幻、奇幻作家，以"阶层世界"与"河的世界"系列小说而闻名。

⑥ 约翰·瓦利（John Varley，1947— ），美国科幻作家，多次获得雨果奖和星云奖，著有《蛇夫座热线》《钢铁海滩》等。

⑦ 菲利普·迪克（Philip K. Dick，1928—1982），美国著名科幻作家，共出版了四十四部长篇小说和一百二十一篇短篇小说，著有《仿生人会梦见电子羊吗？》《少数派报告》《高堡奇人》《尤比克》等。

⑧ 阿尔弗雷德·贝斯特（Alfred Bester，1913—1987），美国科幻作家，第一届雨果奖长篇小说奖得主，著有《群星，我的归宿》《被毁灭的人》等。

⑨ 托马斯·品钦（Thomas Pynchon，1937— ），美国后现代主义文学代表作家，著有《万有引力之虹》《拍卖第四十九批》《性本恶》等。

博朋克作家的文章文笔优美、技法高超；他们热爱时尚，而且（有人说）过度注重时尚。但是，就像一九七七年的朋克乐手一样，他们珍视自己的车库乐队美学。他们喜欢研究科幻小说的原始核心：科幻点子，这将他们与经典的科幻传统紧密地联系在一起。一些评论家认为，赛博朋克正在使科幻小说脱离主流影响，就像朋克音乐使摇滚乐脱离了七十年代的前卫摇滚一样（而那些坚决怀疑"艺术性"的传统硬派科幻小说的拥趸则对此表示坚决反对）。

就像朋克音乐一样，赛博朋克在某种意义上也是回归本源。赛博朋克作家可能是在科幻文学传统中成长的第一代科幻人，也是在真正的科幻世界中成长的第一代科幻人。对他们而言，经典的"硬科幻"技巧——推理、科技素养——不仅是文学工具，而且是日常生活的辅助。它们是一种理解的手段，并受到高度重视。

在流行文化中，实践为先，理论步履蹒跚地跟在后面。在标签时代之前，赛博朋克只是一场"运动"，是由一群雄心勃勃的年轻作家组成的松散的代际关系，他们交换信件、手稿、想法，彼此分享热烈的赞扬和激烈的批评。吉布森、拉克、夏纳、雪利、斯特林这些作家，在共同的观点、主题，甚至在某些奇怪的共同符号中找到了友爱团结，这些符号似乎伴随着他们的生活，突然出现在他们的作品中。《镜影》就是一个例子。

自一九八二年初以来，镜面太阳镜一直是赛博朋克运动的图腾，其中的原因不难理解。遮住眼睛之后，眼镜的阴影可以让常态力量无法意识到这个人是疯狂的，甚至是危险的。它是阳光下的幻想家、摩托车手、摇滚歌手、警察和法外之徒的象征。镜影作为一种文学标识出现在一个又一个故事中，尤其是铬色和无光泽的黑色镜影，因为这两种颜色是这场运动的图腾色。

这些最初的赛博朋克作家被简称为"镜影组织"。因此，这本选集的书名是对赛博朋克运动图腾不折不扣的敬意。但其他同样有才华和抱负的年轻作家很快就开始创作将自己与新科幻联系在一起的作品。他们是独立的探索者，他们的作品体现了这十年来的时代精神中所固有的东西，即二十世纪八十年代的一些挣脱了束缚的东西。

因此，"赛博朋克"这个他们都没有选择的标签，现在却似乎已经成为既定事实，而且有一定的道理。这个词抓住了这些作家的作品中至关重要的东西，对整个十年至关重要的东西：一种新的融合，它是以前分离的两个世界——高科技领域和现代地下流行文化——的重叠。

这种融合已经成为我们这十年文化能量的重要来源。赛博朋克作家的作品总是与整个八十年代的流行文化紧密相连，二者如影随形：在摇滚唱片中，在地下黑客中，在嘻哈音乐和即兴音乐这些喧闹的街头艺术中，在伦敦和东京的合成器摇滚中，你都会看到赛博朋克的影子。这种现象和动态具有全球性，赛博朋克则是它的文学化身。

如果在另一个时代，这种融合可能会显得牵强而做作。传统上，科学与人文之间存在着一条巨大的文化鸿沟：一边是文学文化，一个属于艺术和政治的世界；另一边是科学文化，一个属于工程和工业的世界。

但这种隔阂正在以意想不到的方式消失。技术文化已经失控。科学的进步如此激进、令人苦恼不安、具有革命性，以至于它再也无法被遏制，它正在入侵整个文化，变得无处不在。传统的权力结构和制度已经无法控制变革的步伐。

突然之间，一个新的联盟浮出水面，这就是科技与八十年代反主流文化的融合。流行文化的地下世界、耽于幻想的社会不稳定分子和街头的无政府状态，这些有组织的异见者的世界与技术世界形成了诡异的联盟。

二十世纪六十年代的反主流文化是乡村的、浪漫的、反科学技术的，但其核心总是潜藏着一种矛盾，电吉他就是这种矛盾的象征。摇滚技术初露锋芒，随着时间的推移，摇滚技术变得越来越成熟，并扩展到高科技录音、卫星视频和计算机图形领域，它逐渐将叛逆的流行文化给彻底地颠覆了，到现在，流行音乐界最前沿的艺术家往往是最尖端的技术人员。他们是特效奇才、混音大师、磁带特效师、图像黑客，不断地通过新媒体涌现出来，他们在特效影院和全球"现场援助"演唱会上令人眼花缭乱的华丽表演，让社会为之倾倒。此时，矛盾已经融合。

现在，技术已经达到了狂热的程度，它的影响已经失控，触及街头巷尾。正如未来学家阿尔文·托夫勒在被许多赛博朋克作家奉为圣经的《第三次浪潮》中指出的那样，重塑我们社会的技术革命不是基于统治集团，而是基于去中心化；不是基于严格刻板，而是基于不稳定性。

黑客和摇滚乐手是这十年来流行文化的偶像，而赛博朋克在很大程度上是一种流行现象，它自发产生，充满活力，接近本质。赛博朋克来自电脑黑客和摇滚乐手这二者重叠的领域，这是一种文化培养基，螺旋形的基因线将两者拼接起来。有些人觉得融合的结果很奇怪，甚至很可怕，但对另一些人而言，这种融合是强大的希望之源。

科幻小说总在探讨技术的影响，至少根据它的官方信条是如此。但是，如今已经不同于雨果·根斯巴克[1]那个轻松安逸的时代了，那时，科学被安全地供奉在象牙塔里，并被牢牢地封锁于其中。在那些日子里，粗心大意的技术狂人属于一个消亡的、迟钝的时代，当时的权威仍然拥有相当大的控制权。

与之形成鲜明对比的是，赛博朋克作家眼中的技术是发自内心的。技术不是遥远的大科学家关在瓶子里的精灵；相反，它无处不在，与我们非常亲密。它不在我们之外，就在我们身边——在我们的皮肤下，也经常在我们的大脑里。

技术本身已经变了。对我们而言，过去那些喷着蒸汽的巨型奇迹——胡佛大坝、帝国大厦、核电站——已经不再是技术。八十年代的科技产品紧贴皮肤，能感应你的触摸，例如个人电脑、

---

[1]　雨果·根斯巴克（Hugo Gernsback，1884—1967），美国发明家，科幻杂志编辑，科幻文学的先驱之一，1926 年创办了第一本真正的科幻杂志《惊奇故事》（*Amazing Stories*）。世界科幻大会的年度科幻小说奖"雨果奖"就是以他的名字命名的。

索尼随身听、便携式电话、软性隐形眼镜。

有几个核心主题在赛博朋克作品中反复地出现。一是人体入侵主题，例如义肢、植入电路、整容手术、基因改造。还有更强大的精神入侵主题，例如脑机接口、人工智能、神经化学——这些技术从根本上重新定义了人类的本质和自我的本质。

正如诺曼·斯宾拉德在他论述赛博朋克的文章中指出的，许多"毒品"，比如摇滚乐，都是确定无疑的高科技产品。地球母亲并没有给我们反文化的麦角酸，它出自瑞士山德士制药公司的实验室，它走出实验室后，像野火一样在社会上蔓延。心理学家蒂莫西·利里（Timothy Leary）将个人电脑称为"二十世纪八十年代的麦角酸"，这并非没有道理，这两种技术都具有惊人的巨大潜力，因此，它们是赛博朋克永恒的参照点。

赛博朋克作家本身就是混血儿，他们对中间地带很着迷：用威廉·吉布森的话来说就是"街道找到了自己的用武之地"。满怀强烈感情的街头涂鸦从经典的工业制品——喷雾罐——中喷涌而出。贫民区的创新者将留声机变成了乐器，造就了典型的八十年代音乐——即兴音乐。这时，放克音乐遇到了威廉·巴勒斯[①]的"抨击技术"。"一切都混在一起"是许多八十年代艺术的真实写照，它同样适用于赛博朋克，就像适用于朋克混搭复古风和多轨数字录音一样。

---

① 威廉·巴勒斯（William Burroughs，1914—1997），美国作家，"垮掉的一代"文学运动的主要成员之一。著有《裸体午餐》《瘾君子》等。

二十世纪八十年代是一个重新评估的时代，一个融合的时代，一个多种元素共同影响的时代，一个摆脱旧观念并以更复杂和更广阔的新视角重新解释的时代。赛博朋克作家的目标是广泛的全球视角。

威廉·吉布森的《神经漫游者》无疑是典型的赛博朋克小说，故事发生在东京、伊斯坦布尔和巴黎。刘易斯·夏纳的《边境》（*Frontera*）描绘了俄罗斯、墨西哥以及火星表面的景象。约翰·雪利的《日食》（*Eclipse*）描写了西欧的动荡。格雷格·贝尔的《血音乐》则涉及全球范围，甚至涉及宇宙范围。

卫星媒体网络、跨国公司等全球一体化工具让赛博朋克作家着迷，并在他们的作品中不断地出现。赛博朋克无法容忍国界的限制。一九八六年十一月，东京的《早川科幻杂志》（*Hayakawa's SF Magazine*）成为第一个出版"整期赛博朋克"题材的刊物。英国的创新科幻杂志《区域间》（*Interzone*）也是赛博朋克活动的阵地，发表了雪利、吉布森和斯特林的作品，以及一系列开创性的社论、访谈和宣言。全球意识不仅是赛博朋克的一种信仰，也是一种刻意的追求。

赛博朋克小说作品以其强烈的想象力著称，作者们珍视奇异的、超现实的、以前无法想象的事物。他们愿意——甚至渴望——接受一个想法，并坚定不移地把它推向极限。就像许多赛博朋克作者崇拜的榜样 J.G. 巴拉德一样，他们经常摆出一副近乎客观的冷静态度。这是一种冷静客观的分析，一种从科学中借用的技巧，然后运用到文学中，使之具有古典朋克的震撼力。

这种强烈的视觉带来了强大的想象力。赛博朋克以其对细节的生动运用、精心构建的复杂性，以及愿意将推理融入日常生活的架构而闻名。它倾向于"压缩"松散的表达，例如用突如其来、令人眼花缭乱、感官过载的新奇信息，将读者淹没在文学上相当于硬摇滚的"声音之墙"中。

赛博朋克是科幻小说中已经存在的元素的自然延伸，这些元素有时会被埋没，但总是充满潜力。赛博朋克已经从科幻流派中崛起，这不是入侵，而是现代改革。正因为如此，它迅速地对科幻小说风格产生了影响，而且具有举足轻重的地位。

赛博朋克的未来是一个悬而未决的问题。就像朋克艺术家和新浪潮作家一样，赛博朋克作家随着自身的发展，可能很快就会分道扬镳。

任何标签似乎都无法长期标记赛博朋克作家。今天的科幻小说处于一种罕见的骚动状态。在这十年的剩余时间里，很可能会出现一次次由越来越不稳定、越来越多的八十年代一代所领导的运动。《镜影》中的十一位作家只是这个群体中的一部分，而这群作家作为一个整体已经显示出了显著的好斗和倔强的迹象。在对科幻小说的潜力有了全新认识的推动下，作家们正在辩论、反思，摒弃旧信条，使用新技巧。与此同时，赛博朋克的影响还在继续扩散，有些人感到兴奋，有些人感到挑战性，还有一些人感到愤怒，他们痛苦的抗议还没有完全被听到。

未来仍然尚未成文，尽管这不是因为缺乏尝试。

我们这代人的科幻小说的最后一个奇怪之处是，对我们而言，关于未来的文学作品有着悠久且光荣的过去。作为作家，我们应该感谢我们的科幻作家前辈，他们的信念、承诺和才华深深地吸引了我们，并改变了我们的生活。这些恩情永远无法偿还，只会得到承认，因此，我们希望将其作为遗产传给后来人。

最后，我们还要感谢很多人的帮助。赛博朋克运动在很大程度上归功于当今编辑们的耐心工作。你只要浏览一下这本书的版权页，就会发现艾伦·达特洛（Ellen Datlow）是《奥秘》（Omni）杂志的骨干力量，她是个戴墨镜的姐妹，引领着正确的思想，她对这本选集的帮助是无价的。加德纳·多佐伊斯（Gardner Dozois）是最早对这场新生运动给予批判性关注的人之一，他与肖娜·麦卡锡（Shawna McCarthy）一起让《艾萨克·阿西莫夫科幻小说》（Isaac Asimov's Science Fiction Magazine）成为科幻领域争论的焦点。爱德华·费曼（Edward Ferman）的《奇幻和科幻小说》（Fantasy and Science Fiction）一直是高水准作品的来源。当今最激进的科幻杂志《区域间》在前文中已经提到，再次向它的编辑团队表示感谢。我还要特别感谢我们在东京的联络人小林义男（Yoshio Kobayashi），他是《分裂矩阵》（Schismatrix）和《血音乐》的译者，感谢他为我们提供的无数帮助。

现在，好戏开始了。

THE GERNSBACK CONTINUUM

根斯巴克连续体

威廉·吉布森

　　这个故事是威廉·吉布森首篇被出版的专业作品，发表于一九八一年。

　　在接下来的几年里，吉布森创作了许多极具影响力的作品，其特点是氛围和推断的完美融合。他的小说《神经漫游者》和《零伯爵》，以及与之相关的"蔓生系列"短篇小说，让吉布森因其紧凑快速的叙事驱动力，优美而又引人入胜的文字，以及对未来细致而又犀利的描绘而广受赞誉。这些作品被列为当代科幻小说的重要作品。

　　但是《根斯巴克连续体》这个故事引领了科幻前进的方向。它是对过去错误思想冷静而又准确的理解，也是对二十世纪八十年代新的科幻美学的有力召唤。

谢天谢地，一切怪事都开始逐渐淡去，成为一段插曲。虽然我偶尔还会隐约瞥见怪异的幻象，但那不过是只浮现在眼角的疯狂医生的铬碎片而已。上周，我看到旧金山上空飞过了一架飞翼机，但它几乎是半透明的。鲨鱼鳍跑车变得越来越少，高速公路也小心翼翼地不再展开成有八十条车道的闪闪发光的巨怪——上个月我被迫开着租来的丰田车，从这样骇人的路上驶过。我知道这一切都不会跟随我来到纽约。我的视觉正在缩窄到只观测可能的单一波长。我为此付出了很大努力，电视帮了我大忙。

我想这一切始于伦敦。在巴特西公园路的一家山寨希腊餐馆里，我和科恩在吃午餐，餐费由科恩的公司买单。蒸汽保温桌上的食物不太新鲜，服务员花了三十分钟才找到一个装松香葡萄酒的冰桶。科恩在巴里斯－沃特福特公司工作，这家公司出版大部头的新潮平装书，主要是以霓虹灯广告牌、弹球机、日本被占领时期的发条玩具等为主题的插图历史书。我来伦敦是为了拍一组鞋子广告，露着古铜色长腿的加州女孩穿着鲜艳的荧光色慢跑鞋，在圣约翰伍德的自动扶梯和图厅贝克的地铁站台上对着我的镜头蹦蹦跳跳。广告代理人是个面黄肌瘦的年轻人，他认定谜一样的伦敦交通系统会让他的格子底尼龙跑鞋大卖。他们拿主意，我负责拍摄。科恩是我在纽约的一个旧相识，但我们只是泛泛之交。

在我离开希思罗机场的前一天，他邀请我共进午餐。他带来了一位穿着非常时髦的年轻女子，名叫黛尔塔·唐斯，这位娇弱的女性显然是一位有名的波普艺术史学家。回想当时，我看到她走在科恩身旁，二人头顶是一块悬浮的霓虹灯广告牌，上面闪烁着一行巨大的粗体字——"疯狂在此地"。

科恩介绍我们认识并解释说，黛尔塔是巴里斯－沃特福特公司最新项目的发起者，这个项目旨在展示她称之为"美国流线型现代艺术"的历史，科恩则称之为"射线枪哥特风"。他们暂定的题目是《气流未来城：从未实现的明天》。

英国人痴迷于美国流行文化中更具巴洛克风格的元素，就像西德人迷恋怪异的牛仔和印第安人，又像法国人异常渴望杰瑞·刘易斯①的老电影。在黛尔塔·唐斯身上，这表现为对大多数美国人几乎没有意识到的一种独特的美国建筑形式的狂热。起初我听不懂她在说什么，但渐渐地我开始明白了。我发觉自己想起了五十年代星期天早晨的电视节目。

有时，当地电视台会播放老掉牙的新闻短片作为补白节目。你拿着花生酱三明治和一杯牛奶坐在电视机前，一个夹杂着静电噪音的好莱坞男中音会给你讲述"未来飞车"的故事。三名底特律的工程师围着一辆又大又旧、带翅膀的纳什车转悠，你会看到它在密歇根某条废弃的公路上狂暴地呼啸而过。你从没见过它真

---

① 杰瑞·刘易斯（Jerry Lewis，1926—2017），美国著名喜剧演员、编剧、导演，代表作有《喜剧之王》《肥佬教授》等。

正地飞起来，但它却飞进了黛尔塔·唐斯脑海中的子虚乌有之地，那里是一代无拘无束的技术狂热者的真正家园。她对我讲的是那些你每天在美国城市里不经意间经过的三四十年代"未来派"建筑的琐碎之物：散发着神秘能量的影院遮檐，杂货铺店面装饰的凹槽纹铝板，临时旅馆的大厅里积满灰尘的铬管椅子。她把这些东西看作梦幻世界的片段，被遗弃在冷漠的现实中。她想让我用镜头拍下它们。

三十年代见证了美国第一代工业设计师的诞生。三十年代之前，所有卷笔刀看起来都同维多利亚时代的别无二致，或许只是多了一条装饰花边而已。在设计师出现后，一些卷笔刀看起来就像是在风洞里组装起来的，极具流线型美感。在很大程度上，这种变化只是表面现象，在流线型的铬外壳下，你会发现同样的维多利亚式结构。这有几分道理，因为最成功的美国设计师都是从百老汇戏剧设计师的队伍中招募来的。这一切都是用来模拟未来生活的舞台布景和精心设计的道具。

喝咖啡时，科恩拿出一个厚厚的马尼拉纸信封，里面全是照片。我看到了守卫胡佛水坝的带翼雕塑，四十英尺①高的混凝土雕塑如同引擎盖装饰物，坚定地斜身立在假想的飓风中。我还看到了十几张弗兰克·劳埃德·赖特设计的庄臣公司大楼②的照片，赖特的设计堪比艺术家弗兰克·保罗为早期《惊奇故事》杂志绘制的封

---

① 英制长度单位，一英尺相当于30.48厘米。
② 庄臣公司大楼建造于二十世纪三十年代，为摩登流线型建筑。

面。庄臣公司的员工一定会觉得他们仿佛走进了保罗喷绘的乌托邦。赖特的建筑看起来就像是专为那些穿着白色长袍和人造荧光树脂凉鞋的人设计的。接下来，我的目光停留在了一架特别夸张的螺旋桨飞机的草图上。那是一架飞翼机，左右对称，形如一个肥大的回旋镖，窗户开在了不太可能的地方，带有标注的箭头指示出大舞厅和两个壁球室的位置。图纸绘制的日期是一九三六年。

"这玩意儿不会真的……能飞吧？"我看着黛尔塔·唐斯，问道。

"哦，当然不能飞，即使有那十二个大螺旋桨也不可能飞起来，但是人们喜欢它的造型，你没发现吗？从纽约飞到伦敦只需不到两天时间，一流的餐厅、私人舱、日光浴甲板，晚上伴着爵士乐跳舞……你看，设计师是民粹主义者，他们试图设计的都是公众想要的东西，而公众想要的是未来。"

当我收到科恩寄来的包裹时，我已经在加州的伯班克市待了三天。这三天里，我努力地想让一个看起来很无趣的摇滚歌手显得魅力四射。拍出不存在的东西是可能的，但这很难做到，因此需要非凡的天赋。虽然我的天赋不差，但也不是最顶尖的，这个可怜的家伙简直就是在损害我的尼康相机的声誉。草草收场的我内心沮丧，因为我确实想把工作做好，但我也没有彻底地心灰意冷，因为我已经拿到了这份工作的酬金。于是，我决定去做巴里斯－沃特福特公司委托给我的任务，希望那极端的艺术气息能让我恢复心情。科恩给我寄来了一些关于二十世纪三十年代艺术设计的书，更多流线型建筑的照片，以及黛尔塔·唐斯在加州最喜欢的五十个风格范例。

建筑摄影可能需要长时间的等待：等待阴影从你想要的细节中慢慢离开，等待结构的质感和平衡以某种方式展现出来，此时建筑就变成了某种日冕一样的东西。在等待的时候，我设想自己置身黛尔塔·唐斯脑海中的那个美国。我用哈苏相机的取景屏框住了几座工厂建筑，它们展现出一种邪恶的极权主义般的威严，就像纳粹建筑师阿尔伯特·斯佩尔为希特勒建造的体育场一样。但剩下的部分则俗不可耐，那些都是三十年代美国集体无意识打造出的昙花一现的产物，它们大多死气沉沉地立在灰头土脸的汽车旅馆、床垫批发商和小型二手车市场之间。接下来，我满怀期待地前往加油站。

在唐斯憧憬的那个时代的鼎盛时期，人们让明无情①负责设计加州的加油站。明无情喜欢家乡蒙戈星球的建筑风格，他沿着海岸来回巡视，用白灰泥搭建激光炮台。许多加油站都以无用的中央塔楼为特色，周围环绕着一圈像散热器法兰一样的奇怪的辐射状凸缘，这是该风格的标志性特色，这让它们看起来蕴含着强烈的技术狂热，似乎只要你能找到开关，打开它们，这股狂热就会一触即发。我在圣何塞拍了一张，一个小时后，推土机开了过来，把石膏、板条和廉价混凝土筑成的建筑物夷为平地。

---

① 明无情（Ming the Merciless），科幻漫画《飞侠哥顿》中的反派人物，蒙戈星球的冷酷暴君。

黛尔塔·唐斯曾说:"你可以把它想象成另一个美国,那个美国从未经历过八十年代,建筑是由破碎的梦想构筑成的。"

这正是我的心境:我待在自己的红色丰田车里,拍摄着一张张表现出她那令人费解的社会建筑审美的加油站照片。渐渐地,我似乎看到了她脑海中那个虚幻的美国——可口可乐工厂像搁浅的潜水艇,五场连播的电影院像某个崇拜蓝镜子和几何图形的失传教派的庙宇。当我在这些神秘的废墟中行进时,我感到有些好奇,生活在这个失落的未来中的居民会如何看待我生活的世界?三十年代的人们梦想着白色大理石、滑流铬合金、不朽的水晶、锃亮的青铜,但是根斯巴克的科幻杂志封面上的火箭弹却在夜深人静时尖啸着降临在伦敦。战争结束后,每个人都有了汽车——虽然不带翅膀,也有了先前期盼的可以驾车疾驰的超级高速公路。然而,天空变得昏暗,浓烈的烟雾腐蚀了大理石,神奇的水晶变得坑坑洼洼……

一天,我在博利纳斯小镇郊外,正准备拍摄一座明无情风格的奢华军事建筑,我穿越了一层薄膜,一层似有似无的薄膜……

我轻轻地越过了它的边缘——

我抬头一看,只见一架有十二个引擎,像是肥大回旋镖的飞翼机,笨拙地嗡嗡向东飞去,飞得很低,低得我能数清它暗银色机身上的铆钉,还能听到里面仿佛传来的爵士乐回响。

我把这一切告诉了基恩。

默文·基恩是一位自由撰稿人,涉猎极广,像得克萨斯翼手龙、乡下的不明飞行物被接触者、谣传的尼斯湖水怪，以及美国大众头脑中最疯狂的十大阴谋论这些话题，都在他的业务范围内。

"很好，"基恩一边说，一边用夏威夷衬衫的下摆擦着他那黄色宝丽来偏光眼镜，"但这不是精神上的，不够真实。"

"但是我确实看到了那些，默文。"我们坐在阳光明媚的亚利桑那州的某个泳池边。他正在图森市等待一群退休的拉斯维加斯公务员，他们的头儿声称从微波炉接收到了"他们"的信息。我开了一整晚的车，感觉糟透了。

"没错，你当然看到了。你读过我的文章，难道还没领会我对不明飞行物问题的万能解答套路吗？很简单，简单极了……"他小心翼翼地把眼镜架在他长长的鹰钩鼻上，用蛇一样的眼神盯着我，"人们会看到某些东西，本来什么都没有，但人们还是看到了。可能是因为他们需要看到。你读过荣格的书，应该知道真相……就你的情况而言，问题显而易见：你承认自己一直在琢磨那些古怪离奇、不切实际的建筑，还出现了幻觉……你准是嗑药了，对吗？六十年代生活在加州的人，有几个没有过奇怪的幻觉？那些夜晚，你发现大批的迪士尼技术人员都被雇来设计服装了，他们把埃及象形文字的动态全息图织到你的牛仔裤上。有时候，你还发现……"

"但事情不是你说的这样。"

"当然不是这样，完全不是，你看到的东西都是'在清晰的现实环境中'，对吗？原本一切都很正常，然后就出现了怪兽、曼荼罗、霓虹雪茄。就你的情况而言，出现的是一架巨大的汤姆·斯

威夫特 ① 式的飞机。这是常有的事，你根本就没疯。你知道的，对吧？"他从躺椅旁边破旧的泡沫冷藏箱里掏出一瓶啤酒。

"上星期我在弗吉尼亚的格雷森县，采访了一个十六岁的女孩，她声称自己被一个熊头袭击了。"

"一个什么？"

"一个熊头，被砍掉的熊脑袋。这熊头在它自己的小飞碟里四处飘荡，那飞碟的样子就像是韦恩表兄家过时的茶叶罐头上顶了个轮毂盖。熊头有两只发光的红眼睛，就像两个雪茄烟头，耳朵后面竖着两根可伸缩的铬合金天线。"他打了个嗝。

"那玩意儿袭击了她？怎么袭击的？"

"你还是不知道为好，你这样子显然太容易受影响。"他又操起了浓重的南方口音，"那女孩说'它很冷，像金属'，还发着电子噪音。兄弟，这就是真实的事情，是大众无意识的直接产物。那女孩是个女巫。在这个社会，她无处施展法力。如果她不是看着《仿生人》《星际迷航》这类电视剧长大，她就不会看到魔鬼，那些暗示已经渗透到了她的血液里。她知道自己身上发生了什么事情。我刚刚离开十分钟，那些不明飞行物狂热分子就带着测谎仪来找她了。"

我的样子一定很痛苦，只见他小心翼翼地把啤酒放在冷藏箱旁边，然后坐了起来。

---

① 汤姆·斯威夫特（Tom Swift），美国青少年科幻冒险小说"汤姆·斯威夫特系列"的主人公，在小说中，他发明了飞行潜艇。

"如果你想要一个更好的解释，我会说你看到了符号幽灵。例如，所有这些被接触者的故事都是基于一种渗透进我们文化中的科幻意象来架构的。我可以相信外星人存在，但绝不相信外星人的样子像五十年代漫画里那样。它们是符号幽灵，是从深刻的文化意象中剥离出来的碎片，有了自己的生命，就像那些堪萨斯州的老农民经常说自己看到了儒勒·凡尔纳笔下的飞船。而你看到的是另一种幽灵，仅此而已。那飞机就是曾经的集体无意识的一部分。不知怎的，你注意到了它。重要的是，不要为它担心。"

但是，我确实很担心。

基恩梳了梳他稀疏的金发，起身去听微波炉雷达最近是否探测到"他们"说了什么，我拉上房间的窗帘，躺在黑暗的空调房里，忧心忡忡。当我醒来时，我仍然非常不安。基恩在我的房门上留下了一张字条：他要乘坐包机北上，去查证一个残害牛群的传闻（他称之为"残牛"，创造新词是他作为新闻工作者的另一项专长）。

我吃了顿饭，冲了个澡，吞下一片碎了的减肥药——这片减肥药已经在我的剃须刀收纳盒里放了三年，然后我动身返回洛杉矶。

飞快的车速让我只能看到丰田车前灯光照射范围内的事物。我告诉自己，要注意养护大脑，身体就可以自行开车。深夜的高速公路上，幽灵般的发光植物从我的眼角生长出来，这一定是安非他命和过度疲劳引起的幻觉。我放松精神，让自己不去看这些鬼东西。但是，大脑有它自己的想法，基恩认为，我"目击"的东西会在我的脑海中沿着一个封闭的倾斜轨道没完没了地运行。

那些符号幽灵、群体梦境的碎片，在我驾车带起的风中旋转而过。不知何故，这种反馈循环加剧了减肥药的药效，路边飞速生长的植物开始呈现出红外卫星图像的颜色，发光的碎片在丰田车带起的气流中四散而去。

我把车停在路边，熄灭了车前灯，五六个铝啤酒罐上的反光也随之一闪而灭，仿佛在向我道晚安。我想知道伦敦现在是几点钟，试着想象黛尔塔·唐斯在她汉普斯特德的公寓里吃早餐，周围摆满了流线型的铬合金雕像和关于美国文化的书籍。

亚利桑那夜晚的沙漠广袤无垠，月亮显得更近了。我久久地凝望月亮，认为基恩的意见是对的。最重要的是不要担心。在整个大陆，每天都有正常人亲眼看到巨鸟、大脚怪、会飞的炼油厂，这些人让基恩忙得不可开交，财源滚滚。我不过在博利纳斯看到了三十年代流行的幻想之物，何必为此心烦意乱呢？于是，我决定去睡觉。现在，除了响尾蛇和食人嬉皮士，再没有什么让我担心的了，我待在我熟悉的连续体里，周围是亲切的路边垃圾，感觉很安全。明早，我会开车去诺加莱斯，拍摄那里的老妓院，这是我多年来一直想做的事情。我决定不再吃减肥药了。

光亮照醒了我，接着，我听到了说话声。

光线来自我的身后，在车里投射出移动的影子。我隐约听到了一男一女在平静地交谈。

我的脖子僵硬，眼睛感觉像进了沙子。我的腿压在方向盘上，已经麻木了。我在工作服的口袋里摸索着找眼镜，好一阵子才摸出来戴上。

我回头一看，看到了那座城市。

后备厢里放着关于三十年代设计的书籍，其中一本里有几张理想化城市的概念图，它们借鉴了《大都会》①和《笃定发生》②，但一切都打上了方格线，高楼大厦直冲云霄，云层之上是齐柏林飞艇的船坞和炫目的霓虹尖顶。我身后升起的那座城市就如同书中城市概念图成比例放大后的效果。闪闪发光的金字形神塔的台阶上，螺旋尖塔一圈圈地盘旋上升，中央最顶端是一座金色庙塔，塔周围环绕着一圈夸张的辐射状凸缘，就像蒙戈星球加油站里的那个样子。最小的塔楼也足以装下一座帝国大厦。高空之中，水晶铺就的道路连接起一个个塔尖，它们纵横交错，四通八达，平滑的银色造型仿佛流动的水银珠子一般。空中挤满了飞船：巨大的飞翼客机、飞镖形的银色小型飞行器（有时，水银一般的桥梁也会优雅地升到空中，和飞船一起翩翩起舞）、足有一英里③长的飞艇，还有像蜻蜓一样盘旋的旋翼机……

我紧紧地闭上眼睛，在座位上转回了身子。当我睁开眼睛时，我强迫自己盯着里程表，落在黑色塑料仪表盘上的浅色灰尘和满

---

① 《大都会》（*Metropolis*），一九二七年由德国导演弗里茨·朗执导的表现主义科幻电影，故事时间设定在二〇二六年。

② 《笃定发生》（*Things to Come*），于一九三六年上映的英国科幻电影，改编自赫伯特·乔治·威尔斯的小说《未来事物的形状》（*The Shape of Things to Come*），该片的场景设定在虚构的英国城市 Everytown，堪称所有末世启示录和未来世界电影的模板原型。

③ 英制长度单位，一英里约为 1.61 公里。

溢的烟灰缸。

"这一定是安非他命引发的精神错乱。"我说着，睁开眼睛。仪表盘还在，灰尘、挤扁的过滤嘴烟头都还在。我小心翼翼地打开了车头灯，脑袋都不敢动一下。

接着，我看到了那一男一女。

二人都是一头金发，站在他们的汽车旁边，那是一辆铝壳轿车，形如牛油果，中央竖着鲨鱼鳍一样的舵，光滑的黑色轮胎就像儿童玩具。男人一只手搂着女人的腰，另一只手指着城市的方向。二人都穿着宽松的白衣，光着腿，脚上是一尘不染的白色凉鞋。他们似乎都没有注意到我车前灯的灯光。男人正在说一些睿智而深刻的话，女人频频地点头表示赞同，我突然感到恐惧，这种恐惧与以往完全不同。神志正常与否已经不再是个问题，不知为何，我意识到自己身后的这座城市就是图森，从一个时代的集体渴望中跳出来的梦幻图森。它是真实的，真真切切。但是我前面的那对夫妇就生活在这座城市里，他们把我吓坏了。

他们是黛尔塔·唐斯脑海中的那个从未出现过的八十年代的子嗣，是梦想的继承人。他们白肤金发，可能还有一双蓝眼睛。他们无疑是美国人。黛尔塔曾说过，未来最先来到了美国，最终却与美国擦肩而过。但是在梦想的中心，未来不会溜走。在这里，我们一直按照梦想的逻辑前进，不知道何为污染，不知道化石燃料是有限的，更不知道对外战争可能会失败。他们自鸣得意、快乐无比，对自己和自己的世界心满意足。这梦想中的世界，就是他们的世界。

在我身后这座灯火辉煌的城市里，探照灯扫过天空纯粹是为了取乐。我想象着他们井然有序地聚集在洁白的大理石地面的广场上，容光焕发，一双双明亮的望着灯火通明的大道和银光闪闪的汽车的眼睛，里面闪耀着热情的光芒。

他们就像被希特勒青年团 ① 的邪恶鼓吹洗脑了一样。

我把车挂上挡，慢慢地向前开，直到保险杠距离他们不到三英尺。他们仍然没有看到我。我摇下车窗，听那男人在说什么。他的话光鲜而空洞，就像商会宣传册上的漂亮话，我知道他对这些深信不疑。

"约翰，"我听到那个女人说，"我们忘了吃营养药。"她从腰带上的一个东西里拿出两个色彩鲜艳的薄片，递给他一片。我倒车回到高速公路上，向洛杉矶驶去，一边皱眉，一边摇头。

我来到一座加油站，给基恩打电话。这是一座新建的加油站，糟糕的西班牙现代主义风格建筑。他正在考察归来的途中，似乎并不在意这个电话。

"是啊，真是奇怪。你有没有试着拍些照片？我不是说让你公开照片，而是别把照片洗出来，这样更能给你的故事增加些有趣的惊悚感。"

但我该怎么办呢？

---

① 希特勒青年团（Hitler Youth），一九二二年至一九四五年间由纳粹党设立的青年组织。

"多看电视，尤其是游戏节目和肥皂剧。去看色情电影吧。看过《纳粹性爱汽车旅馆》吗？已经搬上有线电视了。那片子糟糕透顶，但正是你需要的。"

他到底在说什么？

"别嚷嚷了，听我说。我要告诉你一个行业机密：真正糟糕的媒体能驱走你看到的符号幽灵。如果它能让那些声称见到飞碟的人不再找我，那么它也能搞定那些缠着你的未来派装饰艺术。试试吧，又不会有什么损失。"

然后他恳求我挂电话，理由是他一大清早和上帝的选民还有约会。

"和谁？"

"从拉斯维加斯来的老家伙们，从微波炉里听到上帝声音的那些人。"

我盘算着打一个对方付费的电话到伦敦，告诉巴里斯-沃特福特公司的科恩，他的摄影师已经在这片"迷离时空"里度过了漫长的时日，准备收工了。最后，我让一台机器调了一杯苦到令人难以置信的黑咖啡，然后爬回丰田车里，准备前往洛杉矶。

去洛杉矶是个馊主意，我在那里待了两个星期。那里是唐斯的黄金国度，有着太多的梦想，太多梦想的碎片等着引诱我上当。在迪士尼乐园附近的立交桥上，我差点儿撞坏了汽车。当时，路面像折纸一样展开成十几条车道，一辆辆水滴状的鲨鱼鳍铬合金汽车在上面飞驰，我只好在它们之间左躲右闪，迂回前进。更糟糕的是，好莱坞到处都是酷似我在亚利桑那看到的那对夫妇那样的人。我雇了一位意大利导演，他靠做暗室摄影和在游泳池周围安装露台来维持生计。我让他把我为唐斯拍摄的所有底片都洗出来。我根本不想看那些东西。不过，这似乎并没有影响到这位莱奥纳多。他完成后，我像翻纸牌一样快速地检查了一遍，把它们封好，通过航空邮件寄到伦敦。然后，我乘出租车去了一家放映《纳粹性爱汽车旅馆》的电影院，一路上一直闭着眼。

一周后，我在旧金山收到了科恩发来的贺电。黛尔塔很喜欢这些照片。他赞赏我"全身心投入"的工作态度，并期待再次与我合作。那天下午，我在卡斯特罗街上看到了一架飞翼机，但有些模糊，似乎只有一半。我立刻冲进最近的报刊亭，抓起所有有关石油危机和核能危害的报刊。我决定买一张去纽约的机票。

"我们生活在一个地狱般的世界，是吧？"店主是一个瘦削的黑人，长着一口坏牙，戴着显眼的假发。我点了点头，从牛仔裤口袋里翻出零钱，迫切地想找到一张公园长椅坐下看报，通过这些确凿的证据让自己确信我们生活在近乎反乌托邦的世界中。"但这还不算最糟，是吧？"

"没错，"我说，"完美的世界或许更糟。"

他目送我带着一小叠报道各类灾祸的报刊沿街走远。

RED STAR,
WINTER ORBIT

红星，冬季轨道

布鲁斯·斯特林，威廉·吉布森

合著故事是科幻小说的传统。协同工作在赛博朋克作家之间蓬勃发展，作家们在概念和批评方面紧密合作，并更进一步，开始了联合创作。从某种意义上讲，合著通过组合各种声音，使赛博朋克运动能够发出自己的声音。

《镜影》中有两篇合著作品。下面这篇故事创作于一九八三年，是威廉·吉布森和布鲁斯·斯特林二人迄今为止唯一一篇合著作品，二人都被广泛地认为是赛博朋克作家中的核心人物。《红星，冬季轨道》展示了赛博朋克作家的全球视角，以及他们对于仔细研究、充分描绘细节的热爱。

威廉·吉布森的《根斯巴克连续体》引领了这本选集。

布鲁斯·斯特林的第一部长篇小说出版于一九七七年。他写了三部长篇小说和数十篇短篇小说，作品广泛地涉及科幻领域，包括讽刺漫画和历史幻想。他最出名的作品可能是"塑造者系列"（Shaper series），其中包括长篇小说《分裂矩阵》。此外，他的作品以讽刺感见长，这有时会让他用第三人称来描述自己。

布鲁斯·斯特林目前居住在得克萨斯州奥斯汀市。

科罗廖夫上校在束带里缓缓地扭动身子，他梦见了冬季和重力。他又回到年轻的时候，那时还是一名军校生，他策马穿过十一月底的哈萨克斯坦大草原，来到日暮时分的火星，进入一片赤红色的世界。

他心想：这不对……

惊醒后他发现自己在"苏联太空胜利博物馆"里，耳边传来罗曼年科和克格勃委员夫人的声音。他们俩又躲在"礼炮号"尾部的隔板后面偷情了——二人绑紧了束带，带衬垫的船身有节奏地嘎吱嘎吱响着，仿佛雪地里的马蹄声。

科罗廖夫松开束带，熟练地一蹬腿，借力飘进卫生间。他耸了耸肩，脱下破旧的连身服，把便桶夹在腰间，擦去钢镜上凝结的蒸汽。他患关节炎的手在睡觉时又肿了起来，由于钙质流失，他的手腕细得像鸟骨。上一次他感受到重力还是在二十年前，弹指一瞬间，他已经在轨道上老去。

他用吸屑剃须刀刮了脸。他的左脸颊和左太阳穴周围全是支离破碎的静脉血管，这是当年那场爆炸留下的印记。此外，那场爆炸还让他终身残疾。

科罗廖夫出来的时候，发现那对偷欢的情人已经完事儿了。罗曼年科正在整理衣服。克格勃委员夫人瓦伦蒂娜扯掉了棕色连身服的袖子，白皙的手臂被汗水浸透，闪耀着晶莹的光泽，淡褐色的秀发随着通风机吹来的微风飘荡。她长着一双最纯净的矢车菊蓝色的双眸，只是靠得有点近，目光中半是愧疚，半是狡黠。"上校，看看我们给你带来了什么。"

她递给他一个航空公司的小酒瓶，里面装着干邑白兰地。

科罗廖夫目瞪口呆，对着印在塑料瓶盖上的法国航空的标志眨了眨眼睛。

"这瓶酒是最近的一艘'联盟号'飞船带来的。我丈夫说，是藏在黄瓜里运来的。"她咯咯笑道，"他把它给了我。"

"我们决定借花献佛，上校。"罗曼年科笑道，"毕竟，我们随时都能休假。"科罗廖夫没理会他的调侃，而是尴尬地瞥了一眼自己萎缩的双腿和在空中晃来晃去的苍白双脚。

他打开酒瓶，浓郁的酒香扑面而来，让他瞬间血气上涌。他小心翼翼地举起酒瓶，吸出一小口白兰地，烈酒像酸水一样烧喉咙。"天啊，"他气喘吁吁地说，"已经好多年没喝了，我要喝醉了！"他笑着说，泪水模糊了他的视线。

"上校，我父亲告诉我，您过去可是海量，像英雄一样。"

"没错。"科罗廖夫说，又抿了一口。干邑白兰地像液态的黄金一样流遍他的全身。他不喜欢罗曼年科，也不喜欢这孩子的父亲，那家伙是个随和自在的党员，早就习惯了四处巡回演讲，住黑海边的别墅，喝美国酒，穿法国西装、意大利皮鞋……这孩子酷似他的父亲，同样长着一双清澈的灰色眼眸，全然一副无忧无虑的样子。

酒精在科罗廖夫稀薄的血液中涌动着。"你们太慷慨了。"他说道，然后轻轻地蹬了一脚，飘到控制台前，"你们拷贝一些我的私藏数据吧，新截获的美国有线广播，都是激情戏！可别浪费在我这老头身上。"他插进一盒空白磁带，开始翻录。

"我会把它交给炮手班的，"罗曼年科咧嘴笑道，"他们可以在军械室的跟踪控制台上播放。"他们总是把粒子束发射台称为军械室，那里的士兵特别渴望这种磁带。科罗廖夫又给瓦伦蒂娜拷贝了一份。

"是荤段子吗？"她一脸惊慌，但又忍不住好奇，"上校，我们过几天可以再来吗？周四夜里十二点如何？"

科罗廖夫朝她笑了笑。她在被选中上太空之前是一名工厂工人，美貌让她成了得力的宣传工具，也成了无产阶级的楷模。随着白兰地在科罗廖夫的血管里流淌，他现在有些同情她，觉得无法拒绝她的一点儿小幸福。"博物馆里的午夜幽会？瓦伦蒂娜，你可真浪漫！"

飘在空中的瓦伦蒂娜吻了吻他的脸颊。"谢谢您，我的上校。"

"您是真君子，上校。"罗曼年科说，尽可能温柔地拍了拍科罗廖夫骨瘦如柴的肩膀。这男孩在健身器材上锻炼了无数个小时，手臂的肌肉发达得像铁匠。

科罗廖夫看着这对恋人小心翼翼地走出去后，进入中央对接区，这是三座老旧的"礼炮号"空间站和两条走廊的交会处。罗曼年科进入"北走廊"，去了军械室；瓦伦蒂娜则去了相反的方向，通过下一个对接区，前往她丈夫睡觉的"礼炮号"。

"宇宙格勒号"太空城有五个对接区，每个对接区连接着三座"礼炮号"空间站。建筑群的两端是军事设施和卫星发射器。太空城里噼里啪啦、呼哧呼哧的声音不绝于耳，让人觉得像是在地铁里，而时常闻到的潮湿金属臭味又会让人觉得像是在不定期货船上。

　　科罗廖夫又喝了一口。酒瓶已经半空了。他把它藏在博物馆的一件展品——从"阿波罗号"着陆点回收的美国宇航局的哈苏相机——的后面。自从上次休假后，他就没再喝过酒，然后就发生了那次爆炸。醉酒的他沉浸在甜蜜而又痛苦的陈年往事中。

　　他飘回控制台，打开一个存储文件，原本存储在这里的阿列克谢·柯西金①的演讲集被他秘密删除，取而代之的是他个人的私藏数据，二十世纪八十年代的数字流行音乐，那是他少年时期的最爱。还有翻录自西德电台的英国乐队歌曲，华约重金属音乐，以及从黑市搞来的美国货……他戴上耳机，开始播放来自波兰琴斯托霍瓦市的危机旅乐队的雷鬼音乐。

　　多年以来，他再也没真正地听过音乐，但当年的情景带着痛苦的辛酸涌上心头。八十年代，他是苏联精英阶层的孩子，长发飘飘，父亲的地位让他不受莫斯科警察的管辖。他记得，在一家闷热昏暗的地下俱乐部里，喇叭发出刺耳的噪音，人群仿佛牛仔布和染白的头发组成的影影绰绰的棋盘。他抽过掺杂阿富汗大麻

---

① 阿列克谢·柯西金（Alexei Kosygin, 1904—1980），苏联政治人物，于一九六四年至一九八〇年出任苏联总理，是苏联历史上任期最长的总理。

粉的万宝路香烟。他还记得坐在她父亲的黑色林肯轿车后座上的美国外交官千金的烈焰红唇。在干邑白兰地带来的温暖迷雾中，一串串名字和一张张面孔如潮水般涌来。尼娜，那个经常给他看唱反调的波兰报纸译文的东德人……

直到有一天晚上，她再也没出现在咖啡馆。那些译文中都是种种流言，关于寄生虫病、反苏活动、精神病院蠢蠢欲动的化学恐怖事件……

科罗廖夫突然浑身发抖。他擦了把脸，发现脸上大汗淋漓。他摘下了耳机。

五十年过去了，可是此时他突然感到非常害怕。他记不得自己何时有过这样的恐惧，即使是那次令他骨盆粉碎的爆炸也没让他有过这种感觉。他剧烈地颤抖着。那些灯，"礼炮号"上的灯太亮了，但他不想过去按开关。这个他经常做的简单动作，然而……这些开关和绝缘电线莫名地让他感到充满威胁。他呆愣着，茫然且不知所措。他看到了月球车的小发条模型，轮子上的尼龙搭扣紧紧地抓着弯曲的墙壁，仿佛一个有知觉的东西蹲伏在那里，静静地等待着。墙上是一张张苏联航天先驱的肖像画，他们都眼神鄙夷地盯着他。

一定是干邑白兰地的酒劲导致的。多年的失重生活扰乱了他的新陈代谢。他已不再是从前的自己，但他会保持冷静，努力地挺过去。如果他吐了，大家都会笑话他。

博物馆门口响起了敲门声，是管道工尼基塔，"宇宙格勒号"的高级维修工，他用慢动作般的完美俯冲通过敞开的舱门。这位年轻的平民工程师一脸怒气。科罗廖夫吓了一跳。"你起得真早，管道工。"他说着，连忙装出一副正常的样子。

"德尔塔三区出现了轻微泄漏。"他皱着眉头说，"你懂日语吗？"管道工身上的工作马甲污迹斑斑，上面十几个口袋鼓鼓囊囊的，他把手伸进其中一个，掏出一盒磁带，在科罗廖夫面前摇了摇。他穿着精心洗熨过的李维斯牛仔裤和破旧的阿迪达斯跑鞋，"我们昨晚得到了这个。"

科罗廖夫战战兢兢，仿佛那盒磁带是一件武器。"不，我不懂日语，"他的声音懦弱得让自己吃惊，"只懂英语和波兰语。"他觉得自己脸红了。管道工是他的朋友，他了解也信任这名管道工，但是……

"你没事吧，上校？"管道工装上磁带，长满老茧的手指熟练地打开一个词典程序，"你这模样就像吃了虫子。我想让你听听这个。"

科罗廖夫惴惴不安地看着，闪烁的画面变成了棒球手套的广告。一个声音疯狂地说着日语，词典转换出的俄文字幕随之在显示器上飞快地滚动。

"马上就要播新闻了。"管道工边咬着手指甲根上的硬皮边说。

翻译字幕飘过日本播音员的脸，科罗廖夫紧张地眯起眼睛。

美国裁军组织披露……拜科努尔航天发射场①的准备工

---

① 拜科努尔航天发射场（Baikonur Cosmodrome），苏联时期建造的航天器发射场和导弹试验基地，位于哈萨克斯坦共和国境内。

作……证明俄国人终于准备好……废弃于宙城武装空间站……

"是宇宙城，"管道工嘟囔道，"词典有点小故障。"

……建于世纪之交，是通向太空的桥头堡……雄心勃勃的计划因月球采矿失败而搁浅……昂贵的空间站徒劳无益，远不如我们的无人轨道工厂……晶体、半导体和纯药物……

"自以为是的浑蛋。"管道工嗤之以鼻，"我告诉你，是那个该死的克格勃委员叶夫列莫夫干的，他参与了这件事！"

苏联的巨额贸易逆差……公众对太空计划不满……苏联政治局和中央书记处的最新决定……

"他们要把我们这儿关闭！"管道工横眉怒目。

科罗廖夫扭身离开了屏幕，他浑身颤抖，难以控制。突如其来的眼泪飘离他的睫毛，在无重力的空间飘浮着。"别烦我！我无能为力！"

"你怎么了，上校？"管道工一把抓住他的肩膀，"看着我的脸，一定是有人给你喂了'恐惧'！"

"走开。"科罗廖夫恳求道。

"一定是那个间谍小杂种！他给了你什么？药片？还是针剂？"

科罗廖夫瑟瑟发抖。"我喝酒了……"

"他给你喂了'恐惧'！居然对你这病老头下手！看我打爆他的脸！"管道工猛地抬起膝盖，一个后空翻，脚一蹬头顶上的把手，弹出了舱室。

"等等！管道工！"但管道工像松鼠一样飞快地冲过了对接区，消失在通道里。此时，科罗廖夫觉得自己无法忍受孤独。他能听到远处传来的怒吼，伴随着失真的金属回声。

他瑟瑟发抖，闭上眼睛，等待着别人来帮助他。

科罗廖夫让精神科医生贝奇科夫帮他穿上旧制服，制服左胸的口袋上缝着齐奥尔科夫斯基奖章①的星徽。还有厚尼龙的黑色正装靴子，靴底有尼龙搭扣，但他扭曲的双脚已经穿不进去了，于是他只好赤脚。

贝奇科夫给他打了一针，不到一个小时后他便恢复清醒，他时而沮丧消沉，时而怒气冲冲。他要求见叶夫列莫夫，此时，科罗廖夫正在博物馆里等待对方前来。

科罗廖夫的住处被称为"苏联太空胜利博物馆"，他的怒气终于平息下来，取而代之的是一种由来已久的沮丧，他觉得自己不过是又一件展品。他忧郁地凝视着金框里那些展望太空的伟人肖像：康斯坦丁·齐奥尔科夫斯基、尼古拉·雷宁②、安德烈·图波列夫③。下面的相框略小一些，里面是儒勒·凡尔纳④、罗伯特·戈

---

① 康斯坦丁·齐奥尔科夫斯基（Konstantin Tsiolkovsky, 1857—1935），现代宇宙航行学的奠基人，被称为"航天之父"。一九五四年，苏联科学院以他的名字设立齐奥尔科夫斯基奖章，表彰在航空领域有杰出贡献的人员。

② 尼古拉·雷宁（Nikolai Rynin, 1877—1942），苏联土木工程师，航天研究员。

③ 安德烈·图波列夫（Andrei Tupolev, 1888—1972），苏联飞机设计师，图波列夫设计局的创始人。

④ 儒勒·凡尔纳（Jules Verne, 1828—1905），法国科幻小说家，著有《格兰特船长的女儿》《海底两万里》《神秘岛》等。

达德 [1] 和杰拉德·奥尼尔 [2]。

在极度沮丧的时候，他有时会想象自己能从他们的眼睛里发现一种共同的陌生感，尤其是那两个美国人的眼睛。"我这是疯了吗？"最愤世嫉俗的时候，他会这样怀疑自己。此外，他经常怀疑人类进化过程中确实存在某种诡异的、不平衡的力量，难道他果真瞥见了一些蛛丝马迹？

有一次，科罗廖夫曾经在自己的眼睛中看到了这种眼神，而这也是唯一的一次——那一天，他踏上了火星的科普来特斯峡谷。火星上的阳光射入他的头盔面罩，把他的脸映在面罩上，他看到了一双坚定而又陌生的眼睛——无所畏惧，充满干劲——他现在意识到，那平静而又隐秘的震撼是他一生中最难忘、超然的时刻。

这些肖像画的上方是一幅油画，描绘了登陆火星的场景，画面油乎乎的，毫无生气，那颜色让他联想到了甜菜汤和肉汁，苏联社会主义现实主义的画法将火星景观描绘成了理想化的庸俗风景。画家在着陆器旁边精心地描绘了一个合适的人物形象，浓墨重彩地展现了庸俗的官方作风。

科罗廖夫深感不堪入目，便静静地等待着克格勃委员、"宇宙格勒号"政委叶夫列莫夫的到来。

当叶夫列莫夫终于进入"礼炮号"时，科罗廖夫注意到他嘴

---

[1] 罗伯特·戈达德（Robert Goddard，1882—1945），美国物理学家、发明家，液体火箭的发明者。

[2] 杰拉德·奥尼尔（Gerard O'Neill，1927—1992），美国物理学家，太空城市构想的先驱。

唇开裂，喉咙上有几处新伤。他穿着一身蓝色的日本关西丝绸连身衣，脚上踩着时髦的意大利帆布鞋。他礼貌地咳了一声："早上好，上校同志。"

科罗廖夫盯了他一会儿，许久才严厉地开口说道："叶夫列莫夫，我对你很不满意。"

叶夫列莫夫涨红了脸，但仍然注视着科罗廖夫。"上校，我们打开天窗说亮话，就像俄国人同俄国人那样有话直说。那东西原本不是为你准备的。"

"叶夫列莫夫，你说的是'恐惧'吗？"

"是的，β-咔啉镇静剂。如果你没有纵容他们的反社会行为，如果你没有接受他们的贿赂，这一切就不会发生。"

"这么说我是个皮条客，叶夫列莫夫？皮条客加酒鬼？你这个被戴绿帽子的傻瓜、走私犯、告密分子。"他补充说，"我说这话，就像俄国人同俄国人那样有话直说。"

此时，克格勃委员摆出了一副官相，正气凛然，不为所动。

"告诉我，叶夫列莫夫，你到底想干什么？你来到'宇宙格勒号'之后一直在做什么？我们知道这里将被放弃。这里的平民返回拜科努尔后，等待着他们的将是什么？反腐败听证会吗？"

"肯定会有审讯，某些人还可能需要住院治疗。科罗廖夫上校，你是不是想说，'宇宙格勒号'的关闭要归咎于苏联当局？"

科罗廖夫沉默不语。

"'宇宙格勒号'是个梦，上校。这个梦碎了，跟太空梦一样。我们没必要待在这里。我们要去整顿整个世界。莫斯科拥有历史上最强大的政权，我们绝不能让自己失去全球视野。"

"你认为我们那么容易被收拾吗？我们是精英，训练有素的技术精英。"

"上校，精英是少数派，已经过时的少数派。除了不计其数的让人讨厌的美国垃圾之外，你们有什么贡献？这里的工作人员应该是辛勤劳作的工人，不是贩卖爵士乐和色情音像的胡吃海喝的黑市小贩。"叶夫列莫夫一脸平静，"这里的人员将返回拜科努尔。地面武器可以定向打击这里。当然，你得留下来，外国宇航员会来这里做客：非洲人、南美人。对这些人而言，太空仍然保留着昔日的威望。"

科罗廖夫咬牙切齿道："你对那个孩子做了什么？"

"你的管道工吗？"政委皱起了眉头，"他袭击了国家安全委员会的一名官员。在返回拜科努尔之前，他会一直被严密看守。"

科罗廖夫勉强地挤出了一个苦笑。"放了他。否则你会遭到指控，麻烦缠身。我要亲自跟古巴列夫 ① 元帅谈谈。叶夫列莫夫，虽然我只有荣誉军衔，但我还有点儿影响力。"

克格勃委员耸了耸肩。"炮手班接到拜科努尔的命令，通信舱要严密看守，否则他们将饭碗不保。"

"军事管制？"

---

① 阿列克谢·古巴列夫（Aleksei Gubarev，1931—2015），苏联宇航员，曾两次执行航天任务。

"这里不是喀布尔①，上校。现在是困难时期。你是这里的道德权威，应该努力地树立榜样。"

"我们走着瞧。"科罗廖夫说。

"宇宙格勒号"掠过地球的阴影，来到阳光之下。科罗廖夫所在的"礼炮号"的舱壁噼里啪啦地响，仿佛装了满满一舱玻璃瓶。科罗廖夫用手指摸着太阳穴周围支离破碎的血管，心不在焉地想，检查"礼炮号"的视窗总是要做的第一件事。

年轻的格里什金似乎也是这样想的。他从脚踝的口袋里掏出一管填缝剂，开始检查视窗边缘的密封状况。他是管道工的助手和最亲密的朋友。

"我们现在必须投票表决。"科罗廖夫疲惫地说。"宇宙格勒号"的二十四名平民成员中，有十一人同意参加会议，如果算上他自己的话，则是十二人。剩下的十三人要么不愿冒险参与，要么极力地反对罢工。加上叶夫列莫夫和炮手班的六人，共有二十人缺席。"我们已经讨论过了我们的要求。赞成目前列出的这份条件清单的人，请举手……"他举起自己健全的那只手。另有三人也举起了手。正在视窗边忙活的格里什金伸出一只脚表示赞成。

科罗廖夫叹了口气。"人数太少了，我们最好全体一致，让我听听你们反对的理由。"

生物技术人员科罗夫金说："'军事羁押'这个词可能会被解

---

① 喀布尔（Kabul），阿富汗的首都。

读为是由军方而不是罪犯叶夫列莫夫来负责。"他看起来很不舒服，"我们对此深表同情，但不会签名。我们是党员。"

他似乎想补充些什么，但最终欲言又止。"我已故的母亲，"他的妻子轻声说，"是犹太人。"

科罗廖夫点了点头，但默不作声。

"只有罪犯才会干这种蠢事。"植物学家格卢什科说道，他和他妻子都没举手，"真是疯了。我们都知道'宇宙格勒号'已经完了，越早回家越好。这地方一直是监狱，除此之外还能是什么？"失重环境不利于他的新陈代谢；由于没有重力，他的脸和脖子都充血了，让他看起来活像他做实验用的南瓜。

"你是植物学家，瓦西里。"他的妻子冷冷地说，"但你还记得吗？我是'联盟号'的航天员，你的工作不会受到威胁。"

"我不支持这种蠢事！"格卢什科狠狠地踢了一脚舱壁，把自己弹出舱室。他的妻子紧随其后，叫苦连天，但声音压得很低，"宇宙格勒号"的成员都已经学会了这样吵架。

"总共二十四名平民成员，"科罗廖夫说，"五人愿意签字。"

"六人。"另一名"联盟号"的航天员塔季扬娜说，她将一头黑发梳在脑后，扎着一条绿色尼龙发带，"你忘了管道工……"

"太阳能气球！"格里什金突然指着地球惊呼，"快看！"

"宇宙格勒号"此时正位于加利福尼亚海岸上空，清晰的海岸线，绿油油的田野，还有大片破败的城市，这些城市的名字听起来有种奇怪的魔力。在一团羊毛一样的层积云之上，飘浮着五只太阳能气球，这些网格球体表面装有镜面，通过输电线连接到地面；它们是美国曾经宏伟的太阳能卫星计划的廉价替代品。科罗廖夫猜测，这些东西准是奏效了，因为在过去的十年里，他发现这些气球的数量在成倍增长。

"听说那些东西里住着人？"系统管理员斯托伊科来到视窗边，和格里什金一起眺望。

科罗廖夫还记得，《维也纳条约》签订后，美国提出了各种千奇百怪的能源计划，真是可悲。由于苏联牢牢地控制着世界的石油流向，美国人似乎什么事情都愿意尝试一番。堪萨斯州的核反应堆熔毁让他们长期以来谈核色变。三十多年来，他们逐渐走向孤立主义和工业衰退。科罗廖夫悲伤地想，美国人本该也能进入太空的，他们早期取得了辉煌的成就，但后来突然没了斗志，对此，他百思不得其解。或许，这是因为美国人缺乏想象力和远见。"美国人，"他心中默默地说，"你们看，你们真应该到这里来，加入我们辉煌的未来，加入'宇宙格勒号'。"

"谁会愿意住在这东西里面？"斯托伊科问道，他拍了拍格里什金的肩膀，绝望而又无助地笑了。

"你们在开玩笑吧。"叶夫列莫夫说，"我们现在的麻烦显然已经够多了。"

"我们没开玩笑，叶夫列莫夫政委，这些就是我们的要求。"提意见的五个人挤进了叶夫列莫夫和瓦伦蒂娜一起居住的"礼炮号"里，叶夫列莫夫只好后退，倚靠着舱尾的隔板。隔板上装饰着一张精心修饰的苏联总理照片，照片中的总理正坐在拖拉机的后座上挥手。科罗廖夫知道，瓦伦蒂娜此时多半在博物馆里和罗曼年科偷情，嘎吱嘎吱……上校很好奇，罗曼年科是如何隔三岔五地逃掉他在军械室的轮班的？

叶夫列莫夫耸了耸肩，低头扫了一眼要求清单。"管道工必须继续羁押，我有直接命令，至于这份文件的其余部分……"

"你擅自使用精神药物是有罪的！"格里什金喊道。

"这完全是私事。"叶夫列莫夫平静地说。

"这是犯罪行为。"塔季扬娜说。

"塔季扬娜航天员，我们都知道格里什金是'宇宙格勒号'里最活跃的私藏数据盗版贩子！我们都是罪犯，你看不出来吗？难道这不正是我们制度的美妙之处吗？"他的脸上突然露出了扭曲的笑容，那愤世嫉俗的样子非常骇人，"'宇宙格勒号'不是波将金村①，你们也不是革命家。你们要求联系古巴列夫元帅？他现在被关押在拜科努尔。你们要求和科技部长沟通？部长正在领导清洗行动。"他果断地把打印文件撕成碎片，一片片薄薄的黄色碎纸在失重空间里像慢镜头里的蝴蝶一样四散纷飞。

罢工的第九天，在格里什金经常与管道工同住的"礼炮号"里，科罗廖夫会见了格里什金和斯托伊科。

---

① 波将金村（Potemkin Village），一种精心设计的供来访官员参观的大型欺骗性工程。在现代政治和经济中，"波将金村"指专门用来给人制造虚假印象的建设和举措。

四十年来，"宇宙格勒号"的居民一直在与各种霉菌进行抗争。在失重环境下，灰尘、油脂和水蒸气不会沉降，填料里、衣服里、通风管道里都有孢子潜伏。在温暖潮湿、像培养皿一样的环境中，它们像水面的浮油一样扩散。现在，空气中弥漫着一股干燥的腐臭味，还混着绝缘材料燃烧的不祥味道。

　　熟睡的科罗廖夫被一艘"联盟号"着陆舱离开时发出的空洞的轰鸣声惊醒，他猜想这是格卢什科夫妇二人走了。在过去的四十八个小时里，叶夫列莫夫一直在监督未参加罢工人员的撤离工作。炮手班看守着军械室，也在盯紧着他们的环形营舱，管道工尼基塔就被关押在那里。

　　格里什金的"礼炮号"已经成了罢工总部。罢工的男人们全都没刮胡子，斯托伊科感染了葡萄球菌，两条小臂都红肿起来。周围挂满了美国电视上那种艳俗的裸女画报，他们活像是道德败坏的色情作品制作人。灯光很昏暗，"宇宙格勒号"只启动了一半电力。"其他人都走了，"斯托伊科说，"我们的力量相对增强了。"

　　格里什金长叹了一声，他的鼻孔里塞着两条药棉花。他确信叶夫列莫夫会用β-咔啉气雾剂来镇压罢工，塞棉花只是一般程度的紧张和偏执的症状之一。在拜科努尔下达撤离命令之前，一名技术人员把柴可夫斯基的《1812序曲》连续播放了好几个小时，声音震耳欲聋。格卢什科则一丝不挂，遍体鳞伤，尖叫着追打他的妻子，在"宇宙格勒号"里上蹿下跳，寻死觅活。斯托伊科查阅了叶夫列莫夫的档案和贝奇科夫的精神病诊疗记录；几米长的黄色打印纸飘浮在通道里，卷绕成松垮的螺旋形，在通风机的气流中荡漾。罗曼年科设法潜入环形营舱发出了一条消息，说管道工企图上吊自杀，方法是把松紧带系在脖子和脚踝上，然后让身体做自由落体运动。

"想想那些人回到地球后，他们的证词会对我们造成什么影响。"格里什金嘟囔道，"我们甚至连审判都没有，就直接被送进精神病院。""政治医院"这个可怕的别称似乎激起了这孩子的恐惧。科罗廖夫则若无其事地吃着一块黏黏的小球藻布丁。

斯托伊科抓起飘浮在空中的一段打印纸，大声地读道："偏执狂，对特定想法过于执着！反对现行社会制度的修正主义空想！"他把纸揉成一团，"如果能夺取通信舱，我们就能联系美国的通信卫星，把这些事情全都告诉他们。或许这能让莫斯科看到我们的反抗！"

科罗廖夫从他的小球藻布丁里挖出一只果蝇。只见它长出两对翅膀，胸部一分为二，无声地证明了"宇宙格勒号"的高辐射水平。这些昆虫是从某个被遗忘的实验中逃出来的，几十年来，它们一代又一代地繁衍，已经遍布整座太空城。"美国人对我们没兴趣，"科罗廖夫说，"莫斯科已经不会因为这些爆料而难堪了。"

"除非是在运粮的日子。"格里什金说。

"我们有多缺粮，美国就有多少余粮要卖。"科罗廖夫又冷冷地舀了几勺小球藻送进嘴里，机械地咀嚼吞咽着，"即使美国人想联系我们，他们也联系不上。卡纳维拉尔角①已经成了一片废墟。"

"我们的燃料不足。"斯托伊科说。

"我们可以从剩下的着陆舱上取燃料。"科罗廖夫说。

"那我们怎么回地球呢？"格里什金的拳头颤抖着，"即使在西伯利亚也有无边的树木、森林。天空，见鬼去吧！让它掉下去摔成碎片，烧成灰吧！"

科罗廖夫的布丁溅到了舱壁上。

"哦，该死。"格里什金说，"对不起，上校。我忘了您不能回去。"

科罗廖夫走进博物馆，看见航天员塔季扬娜飘浮在那幅讨厌的火星登陆画作前，脸颊上挂满泪水。见科罗廖夫进来，她擦干了眼泪。

"上校，你知道吗？他们在拜科努尔塑了你的半身像，铜的。以前，在去上课的路上我经常路过。"她双眼红肿，显然一夜未眠。

"半身像有的是，各所学校都需要。"他微笑着握住她的手。

"能跟我讲讲登陆那天的情况吗？"她仍然盯着那幅画。

"我记不清了。看过很多遍录像带，现在反倒忘记自己的感

---

① 卡纳维拉尔角（Canaveral），位于美国佛罗里达州大西洋海岸，附近有肯尼迪航天中心和卡纳维拉尔角空军基地，美国的航天飞机大多是从这两个地方发射升空的。

受了。我对火星的记忆和小学生没什么两样。"他又对她笑了笑，"但绝对不是这幅拙劣的画作描绘的样子。总之，我非常确信这一点。"

"为什么事情会变成这样，上校？为什么要结束？我小时候在电视上看到这一切。我们在太空的未来是永恒的……"

"或许美国人是对的。日本人没搞载人工程，而是把机器人送上天，建造他们的轨道工厂。月球采矿失败了，但我们认为至少会建造一座永久性的研究设施。我想，这一切都是财政问题，都是坐在办公桌前拍板的人决定的。"

"这是他们对'宇宙格勒号'做出的最终决定。"她递给上校一张折起来的薄纸，"这是我从莫斯科发给叶夫列莫夫的命令的打印件中找到的。他们准许空间站在未来三个月进行轨道衰减。"

科罗廖夫发现自己现在也在目不转睛地盯着那幅令他厌恶的画。"这已经不重要了。"他自言自语道。

塔季扬娜痛哭流涕，脸庞紧紧地贴在科罗廖夫残废的肩膀上。

"但我有个计划，塔季扬娜。"他抚摸着她的头发说，"你一定要听我说。"

他瞥了一眼旧劳力士表。他们正在东西伯利亚上空。他想起了当年瑞士大使在克里姆林宫的一间巨大的拱形宫室里赠予他这块手表的情景。

该行动了。

他飘出"礼炮号"，进入对接区，撩开一长段缠在他头上的打印纸。

他那只健全的手干起活来仍然麻利。他微笑着从束带上解下一个大氧气瓶。然后，他倚着门把手，用全力把氧气瓶扔过对接区。只听咣当一声，氧气瓶弹了回来，一切都安然无恙。他追过去，抓起氧气瓶，又把它扔出去。

这次，他击中了减压警报。

高音喇叭响声大作，上面的灰尘腾空而起。警报一被触发，液压系统便呼哧呼哧地响了起来，对接区随之砰的一声关闭了，声音震耳欲聋。科罗廖夫打了个喷嚏，然后又去捡氧气瓶。

照明灯瞬间加强到最大亮度，然后一闪而灭。他在黑暗中微笑着摸索钢瓶的位置。斯托伊科制造了一场全面的系统崩溃。这并不困难，内存里已经存满盗版电视广播，早已濒临崩溃。"真是法外之徒。"他嘟囔着，用钢瓶撞击舱壁。应急电池启动了，微弱的灯光又闪烁起来。

他开始感到肩膀疼。他忍痛继续用钢瓶撞击舱门，回想起当年那场大爆炸时的喧器。一定会成功的，一定能骗过叶夫列莫夫和炮手班的那些家伙。

只听嘎吱一声，一扇舱门的手轮开始转动。终于，舱门猛地打开，塔季扬娜朝里面看了看，害羞地笑了。

"救出管道工了吗？"他问道，扔掉了钢瓶。

"斯托伊科和乌曼斯基正在和卫兵理论。"她一手握拳，打在另一只张开的手掌上，"格里什金正在准备着陆舱。"

科罗廖夫跟随她来到下一个对接区。斯托伊科正拉着管道工离开环形营舱。管道工光着脚，胡子拉碴，脸色发绿。气象学家乌曼斯基拖着一名昏迷不醒的士兵跟在二人后面。

"你怎么样，管道工？"科罗廖夫问道。

"浑身发抖。他们一直给我服用'恐惧'，虽然剂量不大，但是……我还以为刚才真的爆炸了！"

格里什金从最靠近科罗廖夫的"联盟号"着陆舱里溜了出来，身后拖着一捆工具和几米长的尼龙绳索。"着陆舱已检查完毕，系统崩溃了，现在只能用自动驾驶。我一直拿着螺丝刀守在它们的遥控器旁边，这样它们就无法被地面控制中心手动控制。我的尼基塔，你还好吗？"他对管道工说，"你马上就要深入中国腹地了。"

管道工皱起眉头，身子摇晃，又颤抖起来。"我不会说中文。"

斯托伊科递给他一份打印件。"这是中文的发音：我想要叛逃，带我去最近的日本大使馆。"

管道工咧嘴一笑，用手指捋了捋被汗水粘成一绺绺的乱发。"你们怎么办？"他问道。

"你认为我们这么做是为了你一个人吗？"塔季扬娜朝他做了个鬼脸，"一定要让中国的新闻机构看到那份文件，管道工。我们每人都有一份复印件。我们一定要让全世界知道苏联打算怎么对待登上火星的第一人——尤里·瓦西列维奇·科罗廖夫上校。"她向管道工送去一个飞吻。

"这个菲利普琴科怎么办？"乌曼斯基问道。几颗凝结的暗红色血球在那个失去知觉的士兵的面颊上漫无规则地滚动着。

"为什么不带上这个可怜的杂种？"科罗廖夫说。

"那就来吧，蠢蛋。"管道工说着，抓住菲利普琴科的腰带，把他拖向"联盟号"舱门，"我，管道工尼基塔，保证会让你痛苦一生。"

科罗廖夫看着斯托伊科和格里什金封好他们身后的舱门。

"罗曼年科和瓦伦蒂娜在哪儿呢？"科罗廖夫又看了看表，问道。

"在这儿，我的上校。"瓦伦蒂娜说，她从另一艘"联盟号"的舱门里探出头来，金发飘荡在脸庞周围，"我们马上就好。"她咯咯笑道。

"到了东京有大把的时间干这事。"科罗廖夫厉声说，"几分钟之内，他们就会紧急出动符拉迪沃斯托克和河内的喷气式飞机。"

罗曼年科伸出强壮的手臂，一把将她拉回着陆舱。斯托伊科和格里什金封好舱门。

"宇宙格勒号"发出空洞的隆隆声，管道工和不省人事的菲利普琴科的着陆舱分离了。随后又是一阵闷响，那对情侣也随之离开了。

"快点儿，乌曼斯基。"斯托伊科说，"再会了，上校！"二人顺着通道离开了。

"我要和你一起走。"格里什金对塔季扬娜说，他咧嘴一笑，"毕竟，你是航天员。"

"不行，"她说，"自己走。我们分开走能提高成功的概率。

你用自动驾驶就行了，不会有事的，面板上的任何东西都别碰。"

科罗廖夫看着她帮助格里什金进入了对接区的最后一艘"联盟号"。

"塔季扬娜，到了东京，"格里什金说，"我要带你去跳舞。"塔季扬娜封好舱门。只听见又一声闷响，旁边对接区的斯托伊科和乌曼斯基出发了。

"走吧，塔季扬娜。"科罗廖夫说，"快点，我不希望你被他们击落在公海上。"

"上校，这里只剩下你独自对付我们的敌人了。"

"你走了之后，他们也会走的。"科罗廖夫说，"我还要指望你们的宣传让克里姆林宫难堪，好让我在这里活下去呢。"

"上校，到了东京我该跟他们说什么呢？你有什么重要的话要告诉全世界吗？"

"告诉他们……"他脑海中下意识地冒出一套陈词滥调：我们的一小步……我们为和平而来……全世界的无产阶级……这些绝对正确的官话让他想歇斯底里地大笑，"你告诉他们，"他捏了捏自己萎缩的手腕，说道，"我这把老骨头，需要这里。"

塔季扬娜给了他一个拥抱，然后飘走了。

科罗廖夫独自在对接区等待着。寂静折磨着他的神经；系统崩溃使通风系统失灵，已经伴随他生活二十年的嗡嗡声消失了。终于，他听到了塔季扬娜的"联盟号"脱离空间站的声音。

有人沿着通道过来了，是叶夫列莫夫。他穿着真空服，行动笨拙。科罗廖夫笑了。

塑料面罩后面的叶夫列莫夫仍是一副面无表情的官脸，但他经过时有意避开了科罗廖夫的目光。他要前往军械室。

电喇叭鸣响了警报，空间站全员进入战斗戒备状态。

"不！"科罗廖夫喊道。

科罗廖夫赶到军械室的时候，舱门正开着。里面的士兵手忙脚乱，出于日常训练的本能反应，他们抓起控制台座椅上的宽大束带，扣在臃肿的航天服的前胸上。

"住手！"他抓住叶夫列莫夫航天服上硬邦邦的褶皱。其中一台加速器呜呜呜地发动了。在雷达屏幕上，绿色的十字准线正在逼近一个红点。

叶夫列莫夫摘下头盔，面不改色，把头盔狠狠地砸在科罗廖夫身上。

"让他们住手！"科罗廖夫呜咽着说。突然，只听啪的一声，一根横梁应声折断，舱壁摇晃起来，"你的妻子！叶夫列莫夫，她也在外面！"

"出去，上校。"叶夫列莫夫抓住科罗廖夫患有关节炎的手，用力一捏，科罗廖夫痛得惨叫，"出去！"一只戴着手套的拳头击中了他的胸膛。

科罗廖夫被推到走廊里，他无助地捶打着叶夫列莫夫的真空服。"上校，即便是我也不敢违抗红军的命令。"叶夫列莫夫的面罩碎了，现在的他看上去面露病态。"很好，"他说，"在这里等着好戏结束吧。"

就在这时，塔季扬娜的"联盟号"撞上了横梁和环形营舱。刹那之间，刺目的阳光像闪光灯一样照射进来，科罗廖夫看到军械室起了褶皱，然后坍塌，就像被一脚踩扁的啤酒罐；一名没了脑袋的士兵的躯体翻滚着从控制台前飘走；叶夫列莫夫张着嘴却没能说出话来，头发竖直向上飘起，真空从敞开的头盔颈圈吸走了他航空服里的空气；科罗廖夫的两个鼻孔血流如注，他脑袋里更深沉的咆哮声盖过了空气逸出的轰鸣声，他只隐约听到舱门砰的一声关上，然后就失去了意识。

当他醒来时，发现自己周围一片漆黑，眼球后面一阵阵剧痛。他回想起了旧日的教训，这一次和那场爆炸一样危险，溶解在血液中的氮气沸腾了，伴随着火辣辣的剧痛……

在真空状态下，他的肺被拼命地拉扯。压力使他膨胀。他能感觉到自己的舌头从嘴唇里伸出来。一切都开始变得遥远且不切实际，真的。他转动舱门的转轮，而这不过是出于一种莫名的崇高使命感，仅此而已。这是一项非常繁重的劳动，而此时的他非常想回博物馆睡觉。

科罗廖夫用填缝剂修补好漏洞，但系统崩溃是他无力挽救的。格卢什科的菜园现在是他的了，有了蔬菜和藻类，他不会饿死，也不会窒息。塔季扬娜"联盟号"的自杀式撞击让通信模块随着军械室和环形营舱一起从太空城脱离了。科罗廖夫猜测，碰撞扰乱了"宇宙格勒号"的轨道，但他无法预测太空城何时会坠入地球大气层，然后烧毁。他现在体弱多病，常想自己可能熬不到太空城烧毁就会一命呜呼，这让他心神不安。

他花了无数个小时沉浸在博物馆的磁带中。对于曾经第一个登上火星，今天又成为最后一个太空人的他而言，这个追求正得其所。

他开始痴迷尤里·加加林①的形象，不停地重播二十世纪六十年代那些模糊的电视录像，所有新闻片最终都以加加林不幸遇难的消息结束。"宇宙格勒号"的陈腐空气中充斥着烈士的精神：加加林、"礼炮 1 号"的三名宇航员②、"阿波罗 1 号"里葬身火海的三名宇航员③……

科罗廖夫常常梦见塔季扬娜，她的眼神与他在博物馆的肖像画中看到的如出一辙。有一次，他从梦中醒来，抑或梦见自己醒来，发现自己身在塔季扬娜睡过的那个"礼炮号"，穿着旧制服，额头上绑着一盏用电池供电的工作灯。他远远地看见自己从口袋上扯下了齐奥尔科夫斯基奖章的星徽，钉在塔季扬娜的航天员证书上，那场景就像他在博物馆显示屏上看过的新闻片一样。

这时，外面传来敲门声，他知道这一定也是梦。

舱门转动起来，然后打开了。

借着老电影闪烁的蓝光，他看到进来的是个黑人女子。一根

---

① 尤里·加加林（Yuri Gagarin，1934—1968），苏联航天员，第一个进入太空的人类。一九六八年，在飞行训练中因事故坠机逝世。

② "礼炮 1 号"是苏联首个太空站，也是人类历史上首个太空站。一九七一年，太空站的三名宇航员在搭乘"联盟 11 号"返回地球的时候不幸身亡。

③ 一九六七年，美国"阿波罗 1 号"太空船在载人飞行任务中突发大火，三名宇航员葬身火海。

根发辫在失重空间里像一条条眼镜蛇一样盘绕在头顶上。她戴着护目镜，一条丝质的飞行员围巾在她身后飘荡。"安迪，"她用英语说道，"你过来看看这里！"

一个肌肉发达的矮个子男人飘到她身后。他剃着光头，只穿着弹力护身衣，腰间拴着叮当乱响的工具带，他探头往里看，问道："他还活着吗？"

"我当然活着。"科罗廖夫用略带俄国味儿的英语说。

名叫安迪的男人从女人的头顶上飘了进来。"老兄，你还好吗？"他右臂的二头肌上文着一个网格气球，上面是两道交叉的闪电，还有"犹他州，太阳之火15"的字样，"我们没想到这里会有人。"

"我也没想到。"科罗廖夫眨着眼睛说。

"我们打算住在这里。"那女人说着，飘到科罗廖夫身边。

"我们是从气球上来的。我猜你可能会说我们是擅自占地吧。听说这地方空了。你知道这东西的轨道正在衰减吗？"那男人笨手笨脚地在空中翻了一个筋斗，腰带上的工具叮当作响，"失重的感觉太奇妙了。"

"天啊，"女人说，"我还是不习惯！太奇妙了！感觉就像跳伞，但是没有风。"

科罗廖夫盯着男人，那人一副笨手笨脚、无忧无虑的模样，一看生来就享受着自由。"但你们连发射台都没有。"科罗廖夫说。

"发射台？"男人哈哈大笑，"我们就是用缆绳把这些用不上的助推引擎拉到气球上，然后扔出去，在半空中点火。"

"这太疯狂了。"科罗廖夫说。

"可我们到底还是上来了,不是吗?"

科罗廖夫点了点头。如果这一切都是梦,那么一定是一场非常奇怪的梦。"我是尤里·瓦西列维奇·科罗廖夫上校。"

"登陆火星的第一人!"女人鼓掌称赞,"待会儿让孩子们听听。"她从舱壁上摘下那辆小月球车模型,给它上发条。

"嘿,"男人说,"我得干活了。外面有一堆助推器,我们得把这东西推高,以免它坠入大气层着火。"

只听一声巨响,有东西撞上了舱体,撞击声响彻"宇宙格勒号"。"一定是'塔尔萨号',"安迪看了看手表,说,"真准时。"

"但是为什么呢?"科罗廖夫摇了摇头,深感困惑,"你们为什么来这里?"

"刚才说过了,我们要住在这里。我们可以扩建这个地方,或许还能建造更多。人们说我们永远无法在气球里生活,但我们做到了。我们也有机会依靠自己的力量来到这里。谁会愿意为了政府、军官、一群办公室文员生活在这里呢?我们一定是渴望开辟新疆界的,从骨子里渴望,对吧?"

科罗廖夫笑了,安迪也咧嘴笑了。

"我们抓着那些缆绳,向上攀爬。当你爬到顶的时候,伙计,你要么纵身一跃,要么就在那儿等死。"他提高了嗓门,"这时候不能回头,先生,绝对不能!我们完成了那伟大的一跳,我们要留在这里!"

女人将月球车模型的尼龙搭扣轮子放在弯曲的舱壁上,松开手。小车在三人头顶上飞驰，发出欢快的嗡嗡声。"很可爱吧？孩子们一定会喜欢的。"

科罗廖夫盯着安迪的眼睛。"宇宙格勒号"又轰隆隆地响起来，这辆小小的月球车模型被震到了一条新的路线上。

"是'东洛杉矶号'，"女人说，"孩子们在里面。"她摘下护目镜，科罗廖夫看到她的眼睛里满含着惊喜和疯狂。

"好了，"安迪把他的工具带摇得哗哗响，"可以带我们四处看看吗？"

MOZART IN MIRRORSHADES

镜影中的莫扎特

布鲁斯·斯特林，刘易斯·夏纳

　　这是一篇天马行空的时间旅行幻想故事，它由赛博朋克作家联合创作，体现了这一作家群体之间友爱的精神。故事中奔放的能量和咄咄逼人的政治讽刺无疑是作家们有话要说的迹象，他们想要表达关于美国、第三世界、"发展"和"剥削"的观点，还有关于科幻小说的观点：能量和乐趣是科幻小说与生俱来的特点。

　　沃尔夫冈·阿马多伊斯·莫扎特的形象似乎在二十世纪八十年代这十年里产生了特殊的共鸣，它多次出现在电影、百老汇戏剧、摇滚唱片以及科幻小说中。这是文化同步性的一个有趣的例子。八十年代的东西有些是不受束缚的，我们可以在其中共存。

站在城北的山头上，赖斯看到十八世纪的萨尔茨堡在他脚下展开，如同吃了一半的午餐。

　　一座座巨大的裂解塔和球形储油罐让圣鲁珀特大教堂的废墟相形见绌。浓浓的白烟从炼油厂的烟囱里滚滚而出。赖斯坐在一棵枯萎的橡树下，闻到了熟悉的石油化工厂的气味。

　　这种壮观的景象让他喜不自胜。他想，一个人报名参加时间旅行项目，必定是对某种不协调的感觉情有独钟。例如潜藏在修道院中央广场的形如男性阳具的泵站，又如穿行在萨尔茨堡迷宫般的鹅卵石街道的笔直的高架管道。对于这座城市而言，这或许有点儿苛刻，但这绝不是赖斯的错。时间光束随机聚焦在萨尔茨堡城下的基岩上，形成一个膨胀的气泡，将这个世界与赖斯的时代连接起来。

　　这是赖斯第一次在高高的铁丝网外观看这片建筑群。两年来，为了让炼油厂投入运营，他不遗余力地工作，指挥世界各地的团队，把楠塔基特①的捕鲸船召集起来充当油轮，训练当地的管道工把管道铺设到遥远的西奈半岛和墨西哥湾。

　　现在，他终于出来了。公司的政治联络员萨瑟兰曾警告过他

－－－－－－－－－－

① 楠塔基特（Nantucket），美国马萨诸塞州南部的岛屿，早期捕鲸业的中心之一。

不要进城，但是赖斯完全不理会她的意见。一件鸡毛蒜皮的小事似乎就能激怒萨瑟兰。她会因为当地人鸡零狗碎的抱怨而失眠，她没完没了地对着"守门人"唠叨。那些"守门人"都是当地人，日夜守候在这座方圆一英里的建筑外，乞求得到收音机、尼龙或一针青霉素之类的东西。

赖斯心想，让她见鬼去吧。工厂拔地而起，打破了设计纪录，赖斯也该歇一歇了。在他看来，在一七七五年无所事事的人一定是蠢货。他站起身来，用麻布手帕掸去手上被风吹来的烟灰。

一辆摩托车飞快地冲上山坡，左摇右晃地向他驶来。骑手右臂弯里夹着一台巨大的便携式立体声音箱，穿着带扣高跟舞鞋的脚似乎无法放在脚踏板上。他恭敬地把摩托车停在远处，赖斯听到录音机里传来的音乐是《G 小调第 40 号交响曲》。

男孩见赖斯朝他走来，将声音调小。"晚上好，厂长先生，我没有打扰您吧？"

"没事儿。"赖斯发现男孩头顶上过时的假发换成了刺猬头。他在大门附近见过这孩子，这孩子也是那里的常客。但是音乐让别的事情水到渠成。"你是莫扎特，对吗？"

"沃尔夫冈·阿马多伊斯·莫扎特，乐意为您效劳。"

"我真该死。你知道那盘磁带是什么吗？"

"那上面有我的名字。"

"没错，是你写的曲子。我想我应该说，你在大约十五年后会写。"

莫扎特点了点头，说："真是太美了，我无法用英语表达听这音乐的心情。"

这个时候，其他"守门人"大多已经就位。赖斯很欣赏这个机智过人的男孩，更不用说他的英语水平了。当地人会说的英语超不出"收音机"、"毒品"和"他妈的"几个词。"你要回城里吗？"赖斯问道。

"是的，厂长先生。"

赖斯被这孩子身上的某些特质深深地吸引了，热情、眼神中闪烁的光芒……当然还有最重要的一点，他是有史以来最伟大的作曲家之一。

"忘掉那些头衔吧。"赖斯说，"这里的人去哪里找乐子呢？"

起初，萨瑟兰并不想让赖斯参与她和杰斐逊的会面。但赖斯对时间物理学略知一二，而杰斐逊一直在纠缠美方人员，询问关于时间洞和平行世界的问题。

对赖斯而言，有机会见到美国第一任总统托马斯·杰斐逊①让他感到欣喜若狂。赖斯向来不喜欢乔治·华盛顿，后者是共济会成员，因而被拒绝加入公司的"不信神的"美国政府，这让赖斯非常高兴。

赖斯和萨瑟兰在萨尔茨堡城堡新装修的空调会议室里等候着。赖斯穿着涤纶双面针织衫，非常不自在地扭着身子。"我忘了这衣服感觉有多滑溜。"他说。

---

① 原文如此，实际上托马斯·杰斐逊为美国第三任总统。

"至少，"萨瑟兰说，"你今天没戴那顶该死的帽子。"从美国出发的垂直起降喷气式飞机晚点了，她一直在看表。

"我的三角帽？"赖斯说，"你不喜欢吗？"

"我的上帝，那是一顶共济会的帽子，是反现代的象征。""共济会解放阵线"是当地的一个政治宗教团体，是萨瑟兰的又一个噩梦，他们对输油管道发动过几次无力的袭击。

"放松点儿好吗，萨瑟兰？这顶帽子是莫扎特的一个歌迷给我的，好像名叫特里萨·玛丽亚·安杰拉，是个没落的贵族。他们都在市中心的音乐酒吧里消遣。我喜欢这种样子。"

"莫扎特？你一直在和他交往？我们已经对他做了太多事情，你不觉得我们应该不去打扰他吗？"

"废话，"赖斯说，"我有权这样做。你和罗伯斯庇尔 [1] 以及托马斯·潘恩 [2] 玩触身式橄榄球的时候，我花了两年时间创业。而我和沃尔夫冈一起过了几次夜，你就跟我没完没了。帕克呢？我怎么没听你抱怨他每天在'深夜秀'上玩摇滚？城里每一台廉价的收音机都在放他那震天响的摇滚。"

"帕克是宣传官。相信我，如果我能阻止他，我会的，但他是个特例。他和现实世界各处都有联系。"她揉了揉脸颊，"我们不说这个了，好吗？要尽量对杰斐逊总统客气些，他最近的日子

---

① 罗伯斯庇尔（Robespierre，1758—1794），法国革命家、政治家，法国大革命时期重要的领袖人物。

② 托马斯·潘恩（Thomas Paine，1737—1809），英裔美国思想家、作家、政治活动家、理论家、革命家。

不好过。"

　　萨瑟兰的秘书走进来说飞机来了，她是一位前哈布斯堡宫女。杰斐逊生气地推开她走了进来。他的个子比当地人高出许多，拥有一头火红色的头发，一双赖斯见过的最狡猾的眼睛。"坐下吧，总统先生。"萨瑟兰朝桌子的另一侧挥了挥手，说："您想喝咖啡还是茶？"

　　杰斐逊皱起了眉头。"马德拉白葡萄酒。"他说，"如果你有的话。"

　　萨瑟兰向她的秘书点了点头，秘书不解地盯了她一会儿，然后匆匆离开了。"飞行的感觉怎么样？"萨瑟兰问道。

　　"你们的发动机真了不起，"杰斐逊说，"你们也知道。"赖斯看到杰斐逊的双手微微地颤抖，显然还没太适应乘坐喷气式飞机，"我只希望你们的政治觉悟也能这么高。"

　　"你知道我不能代表我的雇主说话，"萨瑟兰说，"就我个人而言，我对我们行动中暧昧的一面深感遗憾。我会怀念佛罗里达的。"

　　赖斯恼火地向前探了探身子。"难道你来这里是要讨论感情问题？"

　　"我说的是自由，阁下。"杰斐逊说，"自由才是问题所在。"秘书拿着一瓶落满灰尘的雪利酒和一叠干净的塑料杯回来了。杰斐逊的双手现在明显在颤抖，他倒了一杯酒，然后把酒瓶放回去。他脸上恢复了血色。他说："我们联手时你们做出过承诺，你们保证我们享有自由和平等，以及追求自己幸福的自由。但是相反，我们发现你们的机器到处都是，你们的廉价制造品诱惑着我们伟大国家的人民，我们的矿产和艺术品消失在你们的堡垒里，再也不见踪影！"说到最后，杰斐逊站了起来。

萨瑟兰缩进了她的椅子里。"公共利益需要一段时间来……调整……"

"哦，得了吧，托马斯。"赖斯插嘴说，"我们没有'联手'，那是一派胡言。我们把英国人赶走后，你来了，这一切都和你有关。其次，我们钻探石油，带走几幅画，这与你的自由毫无关系。你想做什么就做什么，我们不在乎，别碍我们的事儿，好吗？如果我们想吵架，我们可以让那些该死的英国人继续掌权。"

杰斐逊坐了下来。萨瑟兰又恭敬地给他倒了一杯酒，他立刻一饮而尽。"我听不懂你的话，"他说，"你声称自己来自未来，但是你似乎一心要毁掉自己的过去。"

"但是我们不会。"赖斯说，"真相是，历史就像一棵树，对吧？当你回到过去，搅乱过去，历史的另一个分支就会从主干上分离出来。这个世界只是其中的一个分支。"

"那么，"杰斐逊说，"我所在的这个世界不会通向你的未来。"

"没错。"赖斯说。

"任你在这里肆意奸淫掳掠，而你自己的世界却安然无恙！"杰斐逊又站了起来，"我觉得这个想法令人难以置信，难以接受！你怎么能参与这种暴政呢？你没有人情味吗？"

"哦，我的上帝，"赖斯说，"我们当然有人情味。我们给你们的收音机、杂志和药品呢？我认为你很有胆量，觑着你那得过天花的麻子脸，穿着肮脏的衬衫，带着你家乡的那些奴隶，来到这里给我们讲人性。"

"赖斯！"萨瑟兰说。

赖斯与杰斐逊对视。杰斐逊慢慢地坐下来。"你瞧瞧，"赖斯的语气缓和下来，"我们并不是无理取闹。也许事情并不像你想象中的那样发展，但这就是生活，你知道吗？你到底想要什么？汽车？电影？电话？生育控制？只要说句话，它们就是你的了。"

杰斐逊把拇指按在眼角上。"你的话对我毫无意义，阁下。我只想……我只想回家。回到蒙蒂塞洛①，越快越好。"

"您是偏头痛吗，总统先生？"萨瑟兰问道，"这些是我为您准备的。"她隔着桌子把一小瓶药推给他。

"这是什么药？"

萨瑟兰耸了耸肩，说："它会让您感觉好一些。"

杰斐逊离开后，赖斯预料自己多半会遭到斥责。然而，萨瑟兰说："你似乎对这个项目信心十足。"

"哦，打起精神来，"赖斯说，"你在这些政客身上花了太多时间。相信我，这是一个简单的时代，人都很简单。当然，杰斐逊有点儿生气，但他会想通的。放心吧！"

赖斯发现莫扎特在萨尔茨堡城堡的主餐厅清理桌子。他穿着

① 蒙蒂塞洛（Monticello），位于美国弗吉尼亚州阿尔伯马尔县，是托马斯·杰斐逊的住所。

66

褪色的牛仔裤、迷彩夹克，戴着镜面太阳镜，看上去与赖斯那个时代的青少年别无二致。

"沃尔夫冈！"赖斯招呼他道，"新工作怎么样？"

莫扎特把一叠盘子放在一边，用手抚摸着自己剪短的头发。"沃尔夫，"莫扎特说，"叫我沃尔夫，好吗？听起来更……现代。你知道吗？我真的很感谢你为我做的一切，磁带、历史书，还有这份工作……光是能在这里就太棒了。"

赖斯注意到，他的英语水平在过去三个星期里有了显著的进步。"你还住在城里吗？"

"是的，但我现在有自己的地方了。你今晚来看演出吗？"

"当然。"赖斯说，"我去换衣服，等你完活儿之后，我们出去吃点心，好吗？我们痛痛快快地玩一晚上。"

赖斯精心打扮，他穿着天鹅绒外套，里面套着网眼防弹衣，腿上是长及膝盖的裤子。他在口袋里塞满了会暴露自己身份的消费品，然后在后门和莫扎特碰面。

城堡周围加强了安保措施，泛光灯照亮了天空。赖斯在市中心人群的节日狂欢中感受到一种新的紧张气氛。

同他那个时代的所有人一样，他凌驾于当地人之上；即使隐姓埋名，他也觉得自己非常惹人注目，可能会有危险。

二人来到俱乐部，赖斯消失在黑暗中，放松下来。这地方由某位年轻贵族的下层城市宅邸改建而成，突出的砖块仍然保留着旧墙的标志。这里的顾客大多是当地人，他们穿着一切能找到的现实世界的服装，赖斯甚至看到一个孩子头上戴着一条米色的丝质内裤。

莫扎特登上舞台。小步舞曲般的吉他琶音盖过了有序的合唱主题曲。一堆扩音器响得震天动地，全都是从 K-Tel 唱片公司的流行歌曲磁带中剽窃来的合成器乐段。狂热的观众向莫扎特抛撒着从俱乐部的手绘壁纸上撕下来的五彩纸屑。

演出结束后，莫扎特叼着一根土耳其大麻烟卷，向赖斯询问关于未来的事情。

"你是说我的未来？"赖斯说，"你绝对不会相信的。那时世界上有六十亿人，如果人们不想工作的话就不用工作。每家每户都有电视，能看五百个频道。汽车、直升机、让你眼花缭乱的衣服、放纵的性爱……你想搞音乐吗？你可以有自己的录音棚，它会让你的舞台装备看起来像那该死的古钢琴。"

"真的吗？我愿意不惜一切代价去看看。我不明白你为什么要离开那里。"

赖斯耸了耸肩。"我要放弃大概十五年的时间。当我回去的时候，事事都会如意。我想要什么都行。"

"十五年？"

"是的。你得了解传送门的工作原理。现在，它的大小和你的身高差不多，只够装下一根电话线和一条石油管道，也许还能装下一个奇怪的邮包，把它们送到现实世界。如果把传送门做得更大，比如能运送人或设备，是非常昂贵的。所以只能传送两次，一次是项目开始时，另一次是项目结束时。所以，我想我们被困在这里了。"

赖斯一阵咳嗽，喝光了杯子里的酒。奥斯曼帝国的大麻烟卷打开了他的精神枷锁。他向莫扎特敞开心扉，说得让这孩子有了移民的念头，但赖斯根本不可能给他弄到绿卡。想搭顺风车进入未来的人绝不是数以万计，而是数以亿计，因为还有很多其他项目，比如罗马帝国和埃及新王国。

"但我真的很高兴来到这里，"赖斯说，"这就像……把历史重新洗牌一样，你永远不知道接下来会发生什么。"赖斯把大麻烟卷递给莫扎特的一个名叫安东尼娅的歌迷，"这是一个好时代。看看你，你过得挺好，不是吗？"他将身体探过桌子，显示出一种真诚，"我是说，这没什么，对吧？你不会因为我们把你的世界搞得乱七八糟而恨我们所有人吧？"

"你在开玩笑吗？你看到的是萨尔茨堡的英雄。事实上，你们的帕克先生应该把我今晚的最后一段录下来。很快，整个欧洲都会知道我！"在俱乐部的另一头，有人用德语对莫扎特大喊。莫扎特抬起头，神秘地做了个手势。"冷静点，伙计。"他又转向赖斯，"你可以看到我过得很好。"

"萨瑟兰担心你永远不会写那些交响曲。"

"废话！我不想写交响乐，我随时都可以听那些音乐！萨瑟兰是谁？你的女朋友？"

"不是，她喜欢当地人。例如丹东①、罗伯斯庇尔等。你呢？

---

① 乔治·雅克·丹东（Georges Jacques Danton，1759—1794），法国政治家，法国大革命领袖。

你喜欢谁？"

"我没有特别喜欢的人，从小时候起就没有了。"

"哦，是吗？"

"嗯，大约六岁的时候，我生活在玛丽亚·特蕾莎^①的宫廷里，我常常和她的女儿玛丽亚·安东尼娅一起玩。她现在自称玛丽·安托瓦内特^②，她是那个时代最漂亮的女孩。我们过去经常一起表演二重奏。我们开玩笑说我们会结婚，可是她却和路易十六那个蠢货去了法国。"

"该死，"赖斯说，"这真是太神奇了。你知道吗，她是我那个时代的传奇人物。在法国大革命中，她被送上断头台，因为她举办了太多的派对。"

"不对，没有的事……"

"我说的是我们的法国大革命，"赖斯说，"你们的没那么乱。"

"如果你有兴趣的话，你应该去看看她。她欠你一个人情，因为你救了她一命。"

赖斯还没来得及回话，帕克就来到了他们的桌旁，周围都是穿着弹力紧身裤和亮片抹胸的前侍女。"嘿，赖斯。"帕克平静地打招呼，只见他穿着亮闪闪的 T 恤和黑色的皮牛仔裤，显得很不合时宜，"你哪来这么多乱七八糟的废话？来吧，我们狂欢吧！"

<hr />

① 玛丽亚·特蕾莎（Maria Theresa，1717—1780），奥地利大公国哈布斯堡王朝大公，匈牙利和波希米亚的女王。

② 玛丽·安托瓦内特（Marie Antoinette，1755—1793），法国国王路易十六的妻子，死于法国大革命，玛丽亚·特蕾莎的第十五个孩子。

赖斯看着女孩们挤在桌子周围，咬下一箱香槟的软木塞。尽管帕克又矮又胖，令人讨厌，但是为了有机会睡在他干净的床单上，洗劫他的药箱，她们很乐意彼此大打出手。

"不了，谢谢。"赖斯说着，从连接到帕克的录音设备的几英里长的电线中挣脱出来。

玛丽·安托瓦内特的形象铭刻在他的心中，让他无法释怀。

赖斯一丝不挂地坐在天篷床边，在空调房里有点儿瑟瑟发抖。越过凸出的窗式空调，透过十八世纪的模糊玻璃，他看到一片郁郁葱葱、绿意盎然的风景，上面点缀着几道小瀑布。

在一楼的花园里，一群穿着蓝色牛仔裤的前贵族园丁在修剪杂草，一名无聊的农民卫兵监督着他们。这名卫兵从头到脚都穿着迷彩服，只有军帽上有一个三色帽徽，他嘴里嚼着口香糖，手中在玩弄廉价的塑料机枪的皮带。小特里亚农宫①的花园就像凡尔赛宫一样，是值得精心呵护的珍宝。它属于国家，但是它太大了，无法塞进时间传送门。

玛丽·安托瓦内特躺在铺着粉色缎子的大床上，伸展着四肢，她穿着一件黑色蕾丝内衣，正在翻看一本《时尚》杂志。卧室的墙上挂着弗朗索瓦·布歇②的油画：柔软光洁的诱人翘臀、粉红

---

① 小特里亚农宫（Petit Trianon）是一座小城堡，位于法国凡尔赛宫的庭院。
② 弗朗索瓦·布歇（François Boucher，1703—1770），法国画家，洛可可风格的代表人物。

色的腰身、故意噘起的红唇。赖斯神情恍惚地看着路易丝·奥墨菲[1]的画像，只见她娇滴滴地趴在长沙发上。赖斯又看到安托瓦内特乳脂一般白净光滑的后背和大腿。他精疲力竭地深吸了一口气。"天哪！"他说，"那家伙真会画画。"

安托瓦内特掰下一块好时[2]巧克力，指着杂志说："我想要真皮比基尼。当我还是小女孩的时候，我的母亲总是让我穿那该死的紧身衣。她说我的肩胛骨太突出了。"

赖斯向后靠在她结实的大腿上，安慰地拍了拍她的屁股。他觉得自己非常愚蠢，十天的淫荡生活已经让他退化成了一只快乐的动物。"忘了你的母亲吧，宝贝。你现在和我在一起。你想要那该死的真皮比基尼，我给你。"

安托瓦内特舔了舔指尖上的巧克力。"伙计，明天我们去村舍，好吗？我们打扮成农民的样子，像高贵的野蛮人一样在树篱里做爱。"

赖斯犹豫了。他在巴黎的周末休假已经延长到十天，现在保安应该在找他。他想，让他们见鬼去吧。于是他说："太好了！我打电话订一份野餐，鹅肝和松露，再来点水龟……"

安托瓦内特噘着嘴。"我想吃现代食品，比萨、墨西哥卷饼和炸鸡。"赖斯耸了耸肩，此时她伸出双臂搂住了他的脖子，"你

---

[1]　路易丝·奥墨菲（Louise O'Murphy，1737—1814），法国国王路易十五的情妇，弗朗索瓦·布歇的油画《躺在沙发上的奥达丽斯克》的模特。

[2]　好时公司是北美地区最大的巧克力制造商之一，总部位于宾夕法尼亚州。

爱我吗，赖斯？"

"爱你吗？宝贝，我喜欢你的想法。"他沉醉在失控的历史中无法自拔，仿佛在骑着一辆失控的摩托车疾驰。当他想到巴黎时，乳蛋饼外卖店如雨后春笋般地涌现在或许是断头台的地方，六岁的拿破仑在科西嘉嚼着泡泡糖，他觉得自己就像天使长米迦勒一样在急速飞驰。

他知道，狂妄自大是职业病。但他很快就会回去工作，再过几天……

电话响了。赖斯穿着曾经属于路易十六的长毛绒睡袍——路易十六不会介意的，他现在是个和平离婚的锁匠，一个人在尼斯过得很幸福。

莫扎特的脸出现在电话的小屏幕上。"嘿，伙计，你在哪儿？"

"法国。"赖斯含糊地说，"怎么了？"

"有麻烦了，伙计。萨瑟兰发疯了，他们给她注射了镇静剂。算上你，至少有六个关键人物已经溜走了。"莫扎特的口音已经非常微弱了。

"嘿，我还没溜走呢，过几天就回去。我们在北欧还有三十个人？如果你担心配额问题……"

"去他妈的配额。事情很严重。各地都爆发了起义。科曼奇人 ① 在得克萨斯州的钻井平台上闹事，伦敦和维也纳的工人罢工。现实世界发火了。他们说要把我们撤出来。"

---

① 科曼奇人是北美大平原的原住民之一。

"什么？"现在赖斯慌了。

"是的，今天传来的消息说，你们把整个行动搞得一团糟。你们对历史影响太多，和当地人过度深交。萨瑟兰在被发现之前给当地人制造了很多麻烦。她组织共济会进行消极抵抗，天知道她还做过什么。"

"见鬼！"该死的政客又把事情搞砸了。他费了九牛二虎之力让工厂运转起来还不够，现在他还得在萨瑟兰之后收拾残局。他瞪着莫扎特，"说起深交，我们这是怎么回事？你打电话找我干什么？"

莫扎特脸色苍白。"我只是想帮忙，我现在在通信部门找到了一份工作。"

"那需要绿卡。你到底从哪儿弄来的？"

"听着，伙计，我得走了。快回来，好吗？我们需要你。"莫扎特的眼睛闪烁着，看向赖斯的身后，"如果你愿意，你可以带上你那跨越时间的相好，但要快点。"

"我……哦，见鬼，好吧。"赖斯说。

赖斯的气垫车以每小时八十公里的速度平稳地行驶着，在车辙很深的高速公路上扬起一团团尘土。他们在巴伐利亚的边境附近。连绵起伏的阿尔卑斯山高耸入云，山下是绿油油的草地，风景如画的小农舍，还有融雪化成的清澈明亮的溪流。

他们刚吵了一架。安托瓦内特要求获得绿卡，赖斯说自己办不到，只给了她一张灰卡，灰卡可以让她从一个时间分支跳转到另一个时间分支，而不必访问现实世界。他知道，如果项目取消，他会被重新分配，他想带她一起走。他想做件好事，不想把她留在一个没有好时巧克力和《时尚》杂志的世界里。

但她并不满意。沉默了一会儿后，她开始扭来扭去。"我要小便，"她说道，"把车停在该死的树旁边。"

"好吧。"赖斯说。

他关掉风扇，车子呼呼地停了下来。一群牛被吓跑，响起一阵丁零零的牛铃声。路上没有行人。

赖斯下车伸了个懒腰，看着安托瓦内特翻越一道木栅栏，走向一片树林。

"怎么回事？"赖斯喊道，"附近没有人，快点吧！"

这时，路边的壕沟里冲出来十几个人，转眼间，他们就将他团团围住，用火枪对准他。他们戴着三角帽和假发，穿着带花边袖口的强盗外套，黑色的多米诺面具遮住了他们的脸。"这他妈的是干什么？"赖斯惊讶地问，"狂欢节吗？"

领头人摘下面具，讽刺地鞠了一躬。他英俊的日耳曼人脸庞搽过粉，嘴唇涂了口红。"我是阿克塞尔·费尔森伯爵，乐意为你效劳，阁下。"

赖斯知道这个名字——在革命前，费尔森是安托瓦内特的情人。"听着，伯爵，也许安托瓦内特让你有点儿生气，但我相信我们可以做笔交易。难道你真的不想要一台彩色电视机吗？"

"别跟我们说这鬼话了，阁下！"费尔森怒吼道，"我绝不通敌。我们是共济会解放阵线！"

"天啊，"赖斯说，"你不会是认真的吧？你要用这些玩具枪来接手这个项目？"

"我们知道你在武器方面的优势，阁下。这就是我们劫持你当人质的原因。"他用德语和其他人说了几句。他们捆住赖斯的手，把他推到一辆从树林里冲出来的马车的后座上。

"难道就不能让我们把车开走吗？"赖斯问道。他回头一看，只见安托瓦内特垂头丧气地坐在气垫车旁边。

"我们拒绝接受你们的机器，"费尔森说，"它们是证明你不虔诚的又一个方面。很快我们就会把你送回地狱，你就是从那儿来的！"

"用什么送我？扫帚吗？"赖斯坐在马车后座上，全然不顾马粪和腐烂干草的恶臭，"别把我们的善良当成软弱。如果他们把灰卡军队从传送门送过来，保准你们连灰都不剩。"

"我们准备好了做出牺牲！每天都有成千上万的人加入我们的全球运动，聚集在全视之眼①的旗帜下！我们要夺回我们的命运！夺回你从我们手中偷走的命运！"

"你们的命运？"赖斯惊呆了，"听着，伯爵，你听说过断头台吗？"

"我不想再听你说你们的机器了。"费尔森向一名下属打了个手势，"堵住他的嘴。"

---

① 全视之眼（All-seeing Eye），常见的形式为一只被三角形及万丈光芒所环绕的眼睛，是共济会的早期标志。

他们把赖斯拖到萨尔茨堡郊外的一间农舍里。在马车上颠簸的十五个小时里，他满脑子只想着安托瓦内特对他的背叛。如果他答应给她绿卡，她还会把他带进埋伏圈吗？她唯一想要的就是那张卡片，但是共济会怎么能给她弄到呢？

　　看守赖斯的卫兵在窗前焦躁不安地踱来踱去，他们的靴子踩在松垮的地板上嘎吱作响。赖斯听到他们不断地提到萨尔茨堡，于是推测萨尔茨堡可能遭到了围攻。

　　没有人出面谈判释放赖斯，共济会成员开始紧张起来。赖斯确信，如果能啃穿塞口布，自己说服他们便不成问题。

　　他听到远处传来一阵嗡嗡声，然后慢慢地加强成轰鸣声。四个人跑了出去，只留下一名卫兵守在敞开的门口。被五花大绑的赖斯挣扎着想要坐起来。

　　突然，他头顶上的隔板被重机枪扫射成碎片。一颗颗手榴弹在房子前面爆炸，升起一股黑烟，窗户玻璃被震裂了。守在屋里的这名快要窒息的共济会成员朝赖斯举起火枪，他刚要扣动扳机，只听一声枪响，他被射倒在了墙边。

　　一个穿着防弹衣和皮裤的矮胖男人大摇大摆地走进房间。他从被烟熏黑的脸上摘下护目镜，露出东方人的眼睛。两条油腻的辫子垂在后背上。他的一只臂弯里夹着一支突击步枪，身上带着两枚手榴弹。"很好，"他嘟囔道，"最后一个。"他扯掉赖斯嘴里的塞口布。赖斯只觉得一股汗味、烟味和劣质皮革的臭味从这人身上扑面而来。他问道："你是赖斯？"

赖斯只能点了点头，上气不接下气。

那人把他拉了起来，用刺刀割断绳子。"我是哲别①将军，来自跨时空军队。"他把一个皮袋子塞到赖斯手里，里面装着发臭的马奶，这气味让赖斯想吐。"喝吧！"哲别劝道，"是马奶酒，对你有好处！喝吧！哲别告诉你的！"

赖斯喝了一口，只觉舌头麻木，胆汁涌上喉咙。"你们是灰卡，对吧？"他无力地问道。

"是的，灰卡军。"哲别说，"古往今来，全世界最强悍的战士！这里只有五个卫兵，我把他们全杀了！我哲别是成吉思汗的将军，地球上令人闻风丧胆的人，知道吗，伙计？"他瞪着一双忧伤的大眼睛盯着赖斯，"你没听说过我？"

"对不起，哲别，没听说过。"

"我的铁蹄踏遍世界，大地都变黑了。"

"我对此深信不疑，伙计。"

"我们俩骑一辆摩托，你坐在我后面。"他说着把赖斯拖到门口，"你会看到我的哈雷车胎把大地碾轧成黑色的，伙计。"

他们在萨尔茨堡的山丘上俯瞰着因时代错乱而失去控制的局面。

穿着马甲和绑腿的当地士兵倒在炼油厂门口的血泊里。另一支队伍列队前进，火枪随时准备发射。部署在门口的几个匈奴人

---

① 哲别（？—约 1224），蒙古帝国名将。

和蒙古人用橙色的曳光弹将他们驱散，幸存者四散而逃。

哲别哈哈大笑。"这就像围攻元大都一样！只是不再堆人头，甚至连耳朵都不要了，伙计，现在我们文明了，对吗？或许以后我们可以调来步兵、直升机，远远地用汽油弹炸死这群狗娘养的，伙计。"

"你不能这样做，哲别。"赖斯严厉地说，"那些可怜的杂种没有机会，没有必要消灭他们。"

哲别耸了耸肩。"我有时会忘记，好吧？我总是想征服世界。"他加快车速，皱起了眉头。轰鸣的摩托车载着二人冲下山去，赖斯紧紧地抓住蒙古人臭气熏天的防弹衣。哲别把失望全都发泄在敌人身上，他全速地冲过街道，故意撞倒一群不伦瑞克掷弹兵。轮胎嘎吱嘎吱地碾轧过他们的腿和躯干，赖斯吓得魂飞魄散，紧紧地抓着哲别，生怕自己摔下去。

哲别一个侧滑，停在了建筑群的大门口。一群身穿防弹衣和迷彩服的叽叽喳喳的蒙古人立刻围了过来。赖斯推开他们，挤了过去，他的肚子疼得厉害。

电离辐射弥漫在萨尔茨堡城堡周围的夜空中。他们把传送门开到最高能量，把满载灰卡人员的汽车开进去后，又把空车开出来，装满艺术品和珠宝。

在隆隆的炮火声中，赖斯听到了垂直起降喷气式飞机的呼啸声，飞机把从美国和非洲撤离出来的人员送到了这里。身穿网状防弹衣、带着肩扛式火箭筒的罗马百夫长^①将现实世界的人员驱赶到通往传送门的隧道中。

莫扎特在人群中，热情地向赖斯挥手。"我们要撤了，伙计！太棒了，是吧？回到现实世界！"

赖斯看着一座座雄伟的泵站、冷却塔和裂解塔。"真他妈丢人，"他说，"所有的工作，都见鬼去吧。"

"我们失去太多人了，伙计。算了吧，十八世纪有很多人。"

当赖斯的气垫车冲过大门时，正在向外面的人群开枪的卫兵突然闪开。六名共济会狂热分子仍然紧紧地抓住车门，敲打着挡风玻璃。哲别手下的蒙古人把入侵者拉开，砍死了他们，同时一支罗马喷火器部队朝大门喷射火焰。

玛丽·安托瓦内特跳出气垫车。哲别伸手去抓她，但只扯掉了她的袖子。她发现莫扎特后便跑去追他，哲别就在她身后几步远的地方。

"沃尔夫，你这个浑蛋！"她喊道，"你丢下我不管！你的诺言呢？你这个浑蛋，你这个猪狗不如的东西！"

莫扎特急忙摘下他的太阳镜，转向赖斯，问道："这女人是谁啊？"

"绿卡，沃尔夫！你跟我说，只要我把赖斯出卖给共济会，你就会给我绿卡！"她停下来喘了口气，哲别抓住她的一只胳膊。她转身扑向哲别，被哲别一拳击中下巴，倒在了柏油路上。

---

① 百夫长（Centurion），罗马军团中的职业军官。

蒙古人那凶神恶煞的眼睛盯着莫扎特。"你就是那个叛徒？"他拔出手枪，将枪口对准莫扎特的鼻子，动作快如发动攻击的眼镜蛇，"我把枪口对准了摇滚乐，除了耳朵，你什么都没有了，伙计。"

只听一声枪响响彻庭院。哲别脑袋往后一仰，倒在地上瘫成一团。

赖斯循声向右看去，只见音乐节目主持人帕克站在一个设备棚的门口，拿着一把瓦尔特PPK手枪。"别紧张，赖斯。"帕克边说边朝他走来，"他只是一名敢死队的士兵。"

"你杀了他！"

"那又怎样？"帕克说着，伸出一只胳膊搂住了莫扎特瘦弱的肩膀，"这是我的小兄弟！一个月前，我把他的几首新歌传到了网上。你知道吗？这小兄弟在排行榜上名列第五！第五！"帕克把枪插进腰带，"以子弹飞一般的速度上升！"

"你给了他绿卡，帕克？"

"没有，"莫扎特说，"绿卡是萨瑟兰给的。"

"你对她做了什么？"

"没什么！我向你发誓，伙计！也许我做到了她想要看到的。一个被毁掉的人，你知道，他的音乐被偷走了，他的灵魂呢？"莫扎特向上翻了个白眼，"她给了我绿卡，但这还不够。她无法承受这种内疚。剩下的事情你都知道了。"

"她被抓的时候，你怕我们不撤走，所以你决定把我拖下水！你让安托瓦内特把我交给共济会。这就是你干的好事！"

安托瓦内特似乎听到了自己的名字，在柏油路上轻轻地呻吟了一声。赖斯不在乎她身上的瘀伤、污垢，也不在乎她撕裂的豹皮牛仔裤。她仍然是他见过的最漂亮的女人。

莫扎特耸了耸肩。"我曾经是共济会成员。你看，伙计，他们很不冷静。我的意思是，我所做的只是给他们一些暗示，然后看看会发生什么。"他漫不经心地对他们周围的厮杀挥了挥手，"我知道你一定能从他们手里逃走。"

"你不能这样利用人！"

"废话，赖斯！你一直都在这么做！我需要这次围攻，这样现实世界才会把我们撤出来！上帝，我不能再等十五年了，历史告诉我再过十五年我就要死了！我不想死在这个令人讨厌的地方！我想要汽车，想要录音棚！"

"算了吧，伙计，"赖斯说，"当他们在现实世界听到你是如何把这里的事情搞砸的时候……"

帕克笑了起来。"滚开，赖斯。我们谈的是《流行前线》，不是什么微不足道的炼油厂。"帕克挽起莫扎特的手臂，保护着他，"听着，沃尔夫，宝贝，我们进隧道吧。到了未来，我有几份文件需要你签字。"

太阳已经落山，上膛的加农炮向城市发射炮弹，照亮了黑夜。赖斯愣愣地站了一会儿，看着旧式大炮发射的铁弹落在储油罐上，叮当作响，却造不成半点儿伤害。最后，他摇了摇头。萨尔茨堡的时间已经不多了。

赖斯把安托瓦内特扛在肩膀上，朝安全的隧道跑去。

STONE LIVES
石头的人生

保罗·迪菲利波

保罗·迪菲利波是一位新锐作家。他的作品目前还很少，然而，他的作品因其宏大的眼界和怪异的想象吸引了人们的注意。

下面这个故事发表于一九八五年，是他发表的第三篇小说。小说以激进的社会变革和新技术的影响为主题，展现出迪菲利波牢牢地把握住了赛博朋克的发展动态。他目前居住在罗得岛的普罗维登斯市。

移民局周围臭气熏天，就像一锅发臭的汤。绝望的男男女女的汗水、散落在拥挤街道上的难闻的垃圾、外门口警卫身上散发的浓烈体味，各种混杂的气味令人头晕目眩，几乎让任何一个出生在布林之外的人都无法忍受，但石头已经习惯了。持续不断的气味形成了他唯一熟悉的氛围，这是他的原生要素，他早已熟门熟路，绝不会鄙夷不屑。

喧闹声越来越大，与恶臭味不相上下。争执中爆发出了刺耳的声音，抱怨声变成了低声的哀求。"别蒙我，你这臭小子！""亲爱的，我会好好地待你，赏我一份吧。"移民局的大门附近，人工语音正在不知疲倦地循环广播当天的招聘信息。

"……测试新的气溶胶化学武器，4M 公司会和入职者签订合同，向幸存者提供完整的西特林细胞修复。麦克唐纳·道格拉斯公司 [1] 需要高轨道测试员，入职者必须同意被标记……"

似乎没有人急于抢这些工作。没有人请求警卫进入。只有那些在布林负债累累或结了仇的人才会冒险应聘评级为十级的职位，这种职位是移民局轻蔑的施舍。石头非常清楚自己不想参与这些被操纵的任务。和其他人一样，他来到移民局仅仅是因为这

---

[1]　麦克唐纳·道格拉斯公司（McDonnell Douglas），美国飞机制造商和国防承包商。

里提供了一个活动中心，一个像塞伦盖蒂水洞一样至关重要的聚集地，在这里，卑鄙的坑蒙拐骗和不公平的买卖被视为南布朗克斯自由企业区（又名布朗克斯丛林，简称布林）的正常商业活动。

炎热侵袭着喧闹的人群，使他们比平时更加易怒，这是一种危险的情况。高度警觉让石头的喉咙发干，他伸手摸出身后的塑料瓶，喝了一些不新鲜的水。他认为，这水虽然不新鲜，但很安全，他品味着自己的秘密知识。真幸运，他偶然发现了环绕着布林河堤下面的管道在缓慢地漏水。他像狗一样，远远地闻到了洁净水的味道，他的手沿着几米长的冰冷的管道摸索，终于找到了滴水处。现在，他已经把关于它确切位置的线索全部牢记于心了。

石头赤裸着长满老茧的双脚，穿行在人群中（神奇的是，他似乎能从脚底板获取信息来保持身体和灵魂的完整），他在寻找能帮助他在布林度过一天的点点滴滴的信息。生存是他最关心，也是唯一关心的问题。如果说，石头在忍受了他所忍受的一切之后还有什么自豪感的话，那就是生的自豪感。

一个大嗓门说："我踢出了连招，伙计，然后战斗就结束了。三十秒后，三个人全都死了。"一个听众赞赏地吹着口哨。石头想象着自己不知怎的也踢出了连招，赚了一大笔钱，然后花钱找一个干燥、安全的地方睡觉，填饱他永远饥饿的肚子。虽然不太可能，但至少是个好梦。

一想到食物，他的胃就翻腾起来。他把右手伸进右肋处裹着结满硬痂的粗布，摸着疼痛的伤口。石头估计伤口感染了，但他无法确定，只能等到伤口开始发臭的时候才能知道。

石头穿过嘈杂的人声和拥挤的人群，来到移民局的入口。他感到人群和警卫之间有一大片空旷的空间，方圆四分之一米的范围内充满了敬畏和恐惧，它的垂直面正对着大楼的墙壁。敬畏来自那些把守的警卫，恐惧来自他们的武器。

一个受过一点儿教育的在押犯曾经向石头描述过枪。一根长而笨重的管子，中间的位置有一个凸起，是扭摆磁铁。枪身和握把是塑料的。它们以接近光速发射带电高能电子束，如果光束的刀锋碰到你，那么传递给你的动能就会像压碎香肠一样把你炸开花。如果侥幸没有被粒子束击中，那么伴随而来的伽马射线会造成辐射疾病，在数小时内就会致命。

石头一字不差地记住了这些解释，他只理解对死亡的可怕描述，这就足够了。

石头停顿了片刻。一个熟悉的声音正在密谋谈论下一批慈善服装的运输，是骗子玛丽。石头推断她的位置在人群的最里面。她压低了声音，石头听不清她说的话，但这些话值得一听。尽管石头害怕被困在人群中，但他还是小心翼翼地凑上前去……

瞬间，周围一片死寂。没有人说话，也没有人动弹。石头感觉警卫之间的空气被挤了出来，扑向自己：有人站到了门口。

"你。"只听一个优雅的女性声音传来，"那个没穿鞋的年轻人，穿着……"她的声音犹豫了一下，不知道该用哪个形容词来描述这个衣衫褴褛的人，"……红色连身衣。请过来，我想和你谈谈。"

石头不知道是不是在叫他（他的衣服是红色的吗），直到他感觉到所有人都在盯着他。他立即转过身，佯装不知，但为时已晚，几十只手立刻抓住了他。他奋力地挣扎，发霉的布料裂开了，但那些手又按在他的身体上。他拳打脚踢，像疯狗一样咬人，但一切都是徒劳。在挣扎的过程中，他一声没吭。最终，他被拖向前，但仍在反抗。他越过了那道标志着另一个世界的无形界线，那道界线就像布林和其他二十二个自由企业区之间牢不可破的围栏一样。

肉桂的香味笼罩着他，一名警卫拿着一个冰冷的金属质感的东西抵住他的后颈。他脑壳里的所有细胞似乎瞬间爆炸了，然后黑暗降临……

石头醒了，他感知到身边有三个人，摸清了他们的形态和位置——使他们暴露的是三人的呼吸、体味和声音，还有第四种微妙的成分，石头称之为"生命感"。

石头身后是个大块头男人，他呼吸困难，毫无疑问是因为石头身上难闻的味道。这人一定是名警卫。

石头左边是个小个子，是那个女人吗？闻起来像鲜花（有一次，石头闻到了一朵花）。

石头面前的是一个坐着的人，他在埋头办公。

石头感觉在他身上使用的装置并没有产生后效应，因为他并没有完全失去方向感。他不知道自己为什么被绑架，只想回到布林，至少那里的危险是已知的。

但他知道他们不会放过他。

那个女人说话了，她的声音是石头听过的最甜美的声音。

"这个人会问你一些问题。你回答完之后，我会问你一个问题。这样可以吗？"

石头点了点头，在他看来，这是他唯一的选择。

"你叫什么名字？"移民局官员问。

"石头。"

"就叫这名字？"

"所有人都这么叫我。"（在他还是个小流浪儿的时候，一伙人挖出了他的双眼，他忍受着难以忍受的热辣辣的剧痛，任由他们祸害他的身体，但他硬是一声不吭。于是，人们叫他石头。）

"出生地？"

"这个垃圾堆，就在这里。还能是哪里？"

"父母？"

"没有。"

"年龄？"

石头耸了耸肩。

"这个问题待会儿可以通过细胞扫描来解决。我想我们可以给你发卡了。现在别动。"

石头感到有几支温暖的笔触在他脸上滚动。几秒钟后，桌子上响起了丁零零的声音。

"这是你的公民身份和进入系统的证明，别弄丢了。"

石头朝声音的方向伸出一只手，接过一张长方形的塑料卡。他想要把它塞进口袋，却发现两只口袋都在扭打中被扯掉了，只好尴尬地把塑料卡拿在手里，仿佛它是一块要被抢走的金子。

"现在轮到我提问了。"女人的声音就像石头对爱情的遥远记忆，"你想找份工作吗？"

石头已经碰到了警戒线。一份他们甚至不能公开宣布的工作？想必一定很糟糕，超出了一般公司的招聘范围。

"不用了，谢谢夫人。我的生活并不怎么样，但它是我的全部。"他转身要离开。

"虽然在你接受之前我不能告诉你细节，但我们现在就可以签一份合同，约定这是一份一级工作。"

石头停住了脚步。这一定是恶作剧，但如果是真的呢？

"一份合同？"

"官员。"女人命令道。

官员按下一个按钮，桌子开始诵读合同。对于未受过教育的石头而言，合同听上去简单直白，没有陷阱。未指定期限的一级工作，任何一方都可以终止合同，工作描述将在以后追加。

石头几乎没有犹豫。在布林度过的所有日日夜夜的可怕与痛苦，连同幸存下来的强烈快乐，纷纷地涌上了他的脑海。想到自己巧妙地找到了这座城市的秘密泉水却不得不抛弃它，他莫名地感到一丝遗憾。但是，这一切都过去了。

"我想你需要这个才行。"石头一边说，一边递出他刚刚拿到的塑料卡。

"我想是的。"女人笑着说。

安静、密封的汽车行驶在繁忙的街道上。尽管没有外界噪音，但司机对路况的评论和他们频繁的停车足以传达出一种感觉：他们周围的城市非常繁忙。

"我们现在在哪里？"石头已经问了十遍。除了想了解信息，他还喜欢听车里这女人说话。他想，她的声音就像在安全的室内听到的春雨声一样。

"麦迪逊公园自由企业区。我们正在穿越市区。"

石头感激地点了点头。对于他脑海中形成的模糊不清的形象，即便她说"在轨道上，飞向月球"也无妨。

在石头离开之前，移民局的人还为他做了几件事：剃掉他的体毛；清除他身上的虱子；给他一块温和的擦洗皂，让他沐浴十分钟；为他消毒；做了几项快速检测；给他打了六针；发给他内衣、干净的工作服和鞋子（居然有鞋子）。

他身上的异味只会让这位女士的香水味显得更诱人。在后座的狭小空间里，石头沉醉于沁人肺腑的芬芳中。终于，他再也忍不住了。

"呃，你用的是什么香水？"

"山谷百合。"

这短短的一句甜言蜜语让石头感觉自己仿佛身处另一个更美好的世纪。他暗暗发誓，自己会永远记住这句话。毫无疑问，他会的。

"嘿！"他惊慌失措地说，"我还不知道你的名字。"

"琼。琼·坦豪泽。"

琼·石头。琼、石头和山谷百合。六月，琼和石头在山谷里与百合花为伴。这就像一首歌，回荡在他的脑海中，久久不息。

"我们去哪儿？"他在脑海中默唱着这首歌，问道。

"去看医生。"琼说。

"我还以为全都完成了呢。"

"这个人是专家，眼科专家。"

这使石头感到极度震撼，其强烈的震撼力甚至超过了他脑海中那首快乐的歌。在接下来的路途中，他紧张地坐着，心神恍惚。

"这是我们要植入你体内的实物模型。"医生一边说，一边把一颗冰凉的小球放到石头手中。

石头难以置信地捏着它。

"这个眼睛系统的核心是CCD，即电荷耦合器件。击中它们的每一点光，也就是每一个光子，都会触发一个或多个电子。这些电子以连续信号的形式被收集起来，通过解释器芯片传送到你的视神经，最终的结果就是完美的视觉。"

石头紧紧地握着模型，手掌都青了。

"从外观上看，这眼睛有点吓人。像你这样的年轻人，我一般会推荐有机植入物。不过，买单的人要求我给你植入这种。当然，这种也有几个优点。"

石头并没开口问，但医生继续说着。

"通过思考编程在芯片中的助记关键词，你就可以实现多种功能。

"第一，你可以将某一特定景象的数字化副本存储在芯片的内存中，以便以后显示。当你用关键字重新调用它时，不管你实际在看什么，你都会觉得自己直接看到了那个景象。恢复实时视觉是另一个关键词。

"第二，通过降低光子与电子的比例，你可以直接盯着太阳或焊接工的火焰而不受伤害。

"第三，通过提高光子与电子的比例，在没有月光、只有星光的夜晚这样的黑暗条件下，你也可以拥有相当程度的正常视力。

"第四，为了增强效果，你可以生成假彩色图像。对你的大脑而言，黑色变成了白色，就像戴上了一副可以美化一切的眼镜。

"我想大概就是这些。"

"可以告诉我们手术的日程吗，医生？"琼问道。

医生摆出一副学者的腔调，显然急于表现出专业人员的精明。

"实际手术一天，加速恢复期两天，然后是一周的训练和进一步的恢复。所以，最多两周。"

"很好。"琼说。石头感觉身边的她从沙发上站了起来，但自己仍然无动于衷。

"石头，"她把手放在他肩上，说，"该走了。"

但是石头站不起来，因为他已经泪如泉涌，无法抑制。

纽约的钢铁和玻璃峡谷是自由企业区自豪而繁荣的联盟，十几种深浅不一的蓝色建筑一直延伸到北方。那些以几何精度规划的街道，就像远方谷底的河流一样，仿佛红色的动脉。在西部和东部，可以看到哈得孙河和东河的部分河段，灰绿色的水流滚滚流淌。中央公园仿佛是一堵金黄色的墙，位于岛的中央。在公园的东北面，布林是一片黑色的荒地。

石头欣赏着风景。就在几天前，任何形式的视觉，即使是最模糊的光感，对他来说都可谓不可想象的宝藏。而他所拥有的天赋——将日常世界变成宝石仙境的神奇能力——几乎令人难以置信。

石头一时心满意足，于是把自己的目光恢复正常。这座城市立即恢复了传统的钢灰色、天蓝色、树绿色。景色依旧宏伟壮丽。

石头站在华尔街自由企业区西特林大厦一百五十层的一排窗户前。在过去的两个星期里，这里一直是他的家，他从未离开过。他仅有的访客是一名护士、一名网络治疗师，还有琼。孤独和缺乏人际接触并没有让他烦恼。离开布林之后，这样的安静是幸福的。当然，他沉浸在了视觉感官网络中。

手术后，他醒来看到的第一个场景定格了他视觉探索的光辉基调。一个女人的笑脸浮现在他的面前。她的皮肤是清澈的橄榄色，眼睛是明亮的棕色，头发仿佛乌黑的瀑布，衬托着她的脸庞。

"你感觉怎么样？"琼问道。

"很好。"石头说，然后他说了一句以前从未说过的话，"谢谢你。"

琼漫不经心地挥了挥纤细的手。"别谢我，不是我买单。"

此时，石头得知琼不是他的雇主，她在为别人工作。虽然她当时没告诉他欠了谁的人情，但当人们把他从医院转移到以那个人的名字命名的大楼时，他立刻就知道了。

艾丽斯·西特林，即使石头也知道她。

石头从窗口转过身，昂首阔步地走在他宿舍厚厚的奶白色地毯上（如此自信地行走，不用停下脚步试探，真是太奇怪了）。在过去的十五天里，他一直在用新眼睛狂热地练习。医生向他保证的一切都是真实的，视觉的奇迹进入了新的维度。这一切都让他激动不已。不可否认，他所处的环境非常奢华。他想吃什么就要什么（尽管曾经的他能吃到压裂的磷虾就心满意足了）。音乐，全息影像，应有尽有。当然最珍贵的无疑是琼的陪伴。但是今天，他突然觉得有点儿烦躁。他们雇他做什么工作？要到哪里去做？为什么他还没有和他的雇主见面？他开始怀疑这是否是某种精心设计的圈套。

石头停在壁橱门上的一面全身镜前。镜子仍然有一种力量让他着迷。那个完全顺从的镜像会模仿他的每一个动作，只遵从他的意志。而背景中的第二世界则可望而不可即，无声无息。在布林的那些年里，当他还有眼睛的时候，他只在水坑和窗户碎片上看到过自己的倒影。现在，他面对着镜子中完美的陌生人，想要从他的容貌中探寻表象之下的内在人格。

石头又矮又瘦，身材明显有营养不良的痕迹。但他的四肢笔直，肌肉结实。无袖黑色连体衣下面露出的肌肤已经饱经风霜，伤痕累累。他脚上穿着的皮拖鞋非常结实，感觉几乎和赤脚一样完美。

他的脸仿佛一个个拼贴在一起的平面，酷似他卧室里那张奇怪的画（琼说的是"毕加索"吗）：尖尖的下巴，瘦瘦的鼻子，头顶上长着金色的发茬。他的眼睛是嵌在眼窝里的暗黑色的半球，完全不像人眼。但是他想：请不要把它们拿回去，无论让我做什么都可以。

他身后的套房房门打开了，是琼。无意中，石头的不耐烦溢于言表，他的话和琼的抢在一起，最后，二人异口同声。

"我想见……"

"我们要去见……"

"……艾丽斯·西特林。"

二人走出石头的套房，又上了五十层楼，城市的景色更加壮观了。石头从琼那里得知，西特林塔矗立的地方，一个世纪前根本不存在。扩张的压力促使人们在布鲁克林大桥以南的东河上开辟了一片巨大的填埋场。在第二次制宪会议之后的繁荣时期，西特林塔"理所应当"地在这片人造陆地上建造起来。

石头提高了眼睛的光子、电子比例，东河变成了一片白色的火焰。

这种一时的消遣可以缓解他的紧张情绪。

"和我站在这里。"琼指着电梯门外的一个圆盘说，圆盘距离另一个入口有几米远。

石头依言照做。他想象着自己能感觉到光线在他的身上扫描，尽管这可能只是因为琼的靠近，她的手肘碰到了他。她的香水味充斥着他的鼻孔，他非常希望有了眼睛后不会让其他感官变得迟钝。

门默默地为他们打开。

琼领他走了进去。

艾丽斯·西特林在里面等着。

那女人坐在一排马蹄形屏幕后面的电动椅上。一头玉米黄的短发，皮肤没有皱纹，但石头凭直觉就能感觉到她的年龄很大，就像他曾经失明时能够感知情绪一样。他端详着她那鹰钩鼻的轮廓，不知怎的，这张面孔非常熟悉，与自己曾经梦见的一张面孔如出一辙。

她转过身，露出了她的全部面貌。琼领着石头走上前，距离锃亮的控制台不到一米。

"很高兴见到你，石头先生。"西特林说，"我想你应该过得很舒服，没有什么抱怨。"

"是的。"石头说，他想要表达自己的谢意，但是搜肠刮肚也不知该怎么说。尴尬之中，他试探地说，"我的工作……"

"你自然会好奇，"西特林说，"这一定是有什么阴谋，要不就是令人厌恶或致命的工作，不然我为什么要从布林招人呢？好吧，我来满足你的好奇心。石头先生，你的工作就是学习。"

石头目瞪口呆。"学习？"

"是的，学习。你知道这个词的意思吧？还是我说错了？学习、研究、调查，当你觉得自己有所领悟的时候，就给我起草一份报告。"

石头的不解已经从惊讶变成了难以置信。"我连阅读和写字都不会，"他说，"我到底应该学习什么？"

"石头先生，你要学习的就是我们当今的世界。你可能知道，我在创造今天这个世界的过程中发挥了很大的作用。随着我即将走向生命的尽头，我越来越想知道我建造的这个世界是好是坏。我看过很多专家的报告，有正面的，也有负面的。但我现在想要的是一位底层人士的新视角。我所要求的就是诚实和准确。

"至于阅读和写字，都是我年轻时使用的过时技能，如果你愿意，琼会帮助你学习这些。机器也可以为你朗读，转录你的讲话。你可以马上开始。"

石头试图接受这个疯狂的要求。这个要求似乎很任性，是更深层、黑暗的行为的一种掩饰。但是，除了答应之外，他还能做什么呢？

他同意了。

女人的嘴唇掠过了一丝微笑。"很好。那我们的谈话就到此为止了。哦，还有最后一件事。如果你需要进行实地调研，一定要让琼陪着你。你不要向任何人提起我对你的资助。我不需要马屁精。"

条件很容易，尤其是琼总能陪在身边，石头点头表示接受。

然后，西特林转过身，背对着他们。石头被眼前的景象吓了一跳，几乎相信自己的眼睛有缺陷。

她宽大的椅背上坐着一只类似狐猴或眼镜猴的小动物。它明亮的大眼睛在深情地注视他们，细长的尾巴弯在背上。

"这是她的宠物。"琼低声说，然后连忙带着石头离开了。

这项任务实在太艰巨、复杂了，石头认为自己接受这项任务简直傻透了。

但是，如果他想保住眼睛，还能怎么办？

石头在布林一直过着局促且受限的生活，因此，他并未做好充分的准备去了解他被带入的这个多元化的、奢侈的、充满活力的世界（至少，他一开始是这么想的）。不管从字面意思，还是从象征意义上讲，在"黑暗"中待了这么长时间的他发现西特林塔之外的世界是个神秘的地方。

他以前从未听说过的东西比比皆是，人物、城市、物品、事件，不胜枚举。有些专业领域的名词他几乎无法理解：高空气象学、混沌学、分形建模、神经学。而且，别忘了历史，那是个无底洞，但此刻不过是一团泡沫。最让石头震惊的可能就是他对历史的发现。他曾经把生命看作在他出生后的时间里向后延伸的东西，但现在，他已经记不起自己当初怎么会有这种想法。几十年、几百年、几千年的启示几乎把他推进了精神的深渊。一个人若不了解过去的一切，又怎能理解现在呢？

这种固执让人绝望、疯狂，甚至想自杀。

然而石头依然固执。

他把自己关在神奇的世界之窗里，这个世界之窗是一个与西特林塔的中央计算机连接的终端。中央计算机本身就是一台巨大且令人无法理解的忙碌机器，通过这台机器可以几乎与世界上的每一个人联系。连续几个小时，图像和文字从他面前闪过，就像马戏团演员扔的飞刀一样，他这个忠诚而又愚蠢的助手必须抓住这些飞刀才能保住性命。

石头的记忆力很好，这是他在布林这所残酷的学校里训练出来的，而且他吸收了很多东西。但是，他所走的每一条路，每走几步就有一条支路，每一条支路都频繁地分岔，而第三级分支上也会出现新的分支，其数目之多不亚于初级分支……

有一次，石头差点儿被淹死。当时，一伙人把不省人事的他丢在排水沟里，接着就下雨了。他现在回忆起了当时的感觉。

琼每天都忠实地为他送来三餐。她的出现仍然让他兴奋不已。每天晚上，当他躺在床上时，他都会播放她的影像来哄自己入睡。琼弯下腰，坐着，笑着，她那双亚洲人的眼睛闪闪发亮。她胸部和臀部的曲线美妙动人。但是，他对于知识的渴求更强烈，随着时间的推移，他渐渐地忽略了她。

一天下午，石头注意到他的午餐餐盘上有一粒药丸。他问琼这药丸的作用和性质。

"这是一种促记忆素，能促进长期记忆的编码。"她回答说，"我想这可能会对你有帮助。"

石头贪婪地吞下药丸，回到了嗡嗡作响的屏幕前。

每天午餐时，他都会看到一粒药丸。服用后不久，他感觉自己的脑容量似乎扩大了。这种药的效果很强大，让他可以想象自己能够收集整个世界的信息。但是，每到晚上，当他终于强迫自己停下来的时候，他还是觉得自己做得不够。

几周过去了，他还没能准备好一句话来答复艾丽斯·西特林。他明白了什么？什么都没明白。他怎么能对这个世界做出判断呢？这简直是狂妄自大、愚妄无知。她要等多久才会把他踢回冰冷的大街上？

石头双手抱着耷拉的脑袋，简直要崩溃了。摆在他面前的机器不断地用毫无价值的事实折磨着他，仿佛在对他冷嘲热讽。

一只手轻轻地落在他颤抖的肩膀上，石头闻到了琼的芳香。

石头挥掌拍向终端的电源接线柱，他的力道很大，把手掌拍得生疼。一段恼怒的沉默之后，他抬头看着琼。

"我对这一窍不通，她为什么偏偏选中我？我甚至不知道从哪里开始。"

琼坐在他旁边的垫子上。"石头，我一直什么都没说，因为我奉命不能指挥你。但我认为分享我的一点儿经验不算是干涉。你要限制一下你的话题。世界太大了，艾丽斯并不指望你能理解一切，而是要把它提炼成一部简明扼要的杰作。"

"无论如何，这个世界都不适合这样总结。我想你在不知不觉中已经知道她想要什么了。你跟她说话的时候，她给了你一个线索。"

石头回忆起那天的情景，回放起那严厉的老妇人的影像。她的面容取代了琼。视觉线索闪过了一句话。

"……我建造的这个世界是好是坏。"

石头的眼睛好像超负荷了。他恍然大悟，有一种如释重负的感觉。当然，在这位自负而有权势的女人眼中，她的一生是现代社会的主旋律，是一条穿越时间的光芒四射的线，关键的行动节点就像珠子一样穿在上面。理解一个人的一生要比理解整个世界容易得多（至少他此刻是这么认为的）。这一点，他认为自己能做到。记录西特林的个人历史，她漫长职业生涯所带来的影响，以及从她的王座上扩散开来的涟漪。这没准真的会被证明具有代表性。谁知道呢？

石头欣喜若狂地搂着琼，发出一声无言的呼喊。她没有抗拒他的拥抱，二人倒在了沙发上。

石头吻着她的唇，感觉温暖而又顺从。她的乳头似乎烧穿了她的衬衫，刺入他的胸膛。她的双腿紧紧地夹住他的左腿。

突然，他抽身而退。他把自己看得一清二楚：一个被丢在城市下水道里的骨瘦如柴的废物，甚至连眼睛都是假的。

"不，"他痛苦地说，"你不会想要我的。"

"安静，"她说，"安静。"她把手放在他的脸上，亲吻着他的脖子；他的脊柱一软，又一次倒在她身上，如狼似虎，根本无法停下。

"你这么聪明的人，真是在犯傻。"完事之后，她低声对他说，"就像西特林一样。"

他没有考虑她的话是什么意思。

西特林塔的塔顶是"飞腾"的停机坪，"飞腾"是西特林公司高管的亚轨道飞行器。他觉得自己在塔楼里的时候已经了解到了艾丽斯·西特林的一切。现在他想看看她在世界各地的影响力和人们的感觉，以此来评价她。

但是在他们离开之前，琼告诉石头，他们必须和杰罗尔德·斯卡夫谈谈。

在一间小小的候机室里，三人见面了，候机室四周全是柔软的白色波纹墙，中央摆放着模制的椅子。

斯卡夫是西特林科技公司的安全主管。他身强体壮，肌肉结实，面无表情，从他带刺青的光头到他穿着靴子的脚，全身上下都让石头觉得他非常能干。他的胸前戴着西特林科技公司的徽章：一个红色的螺旋形图案，外圈有一个箭头，指向上方。

琼向并不太熟的斯卡夫打招呼，问道："我们可以走了吗？"

斯卡夫摇着一张薄纸，说："你们要去的地方可真不少啊。比如说，真的有必要和石头先生一起去墨西哥城这样的地方吗？"

看到斯卡夫对他这个无足轻重的陌生人如此关心，石头颇为惊讶。琼发现了石头困惑的表情，解释说："斯卡夫是为数不多的几个知道你代表西特林女士的人之一。他自然担心，如果我们遇到了麻烦，会对西特林科技公司造成影响。"

"我不是在找麻烦，斯卡夫先生。我只想做好我的工作。"

斯卡夫像艾丽斯·西特林密室外的设备一样仔细地审视着石头。最终，他轻哼一声，然后宣布了好消息："飞行员在等你们，去吧。"

石头前所未有地脱离了大地的束缚，一飞冲天。他的右手放在琼的左膝上，感受着野性、富足和自由，石头反复思考着艾丽斯·西特林的一生，以及他开始理解的意义。

艾丽斯·西特林今年一百五十九岁。她出生的时候，组成美国的仍然是各个州，而不是自由企业区和限制性管制区。人类刚刚开始飞行。她六十多岁的时候，领导了一家名为西特林生物科技的公司。那时是贸易战争的时代，贸易战争像军事战争一样致命，而且具有决定性，不过贸易战争比的是关税、五年计划、自动化装配线和第五代决策结构。这也是第二次制宪会议的时间，那次大会对美国进行了改造，以应对战争状态。

在国家被划分为自由企业区（城区、高科技区、自治区，在这里，唯一的法律是公司实施的法律，唯一的目标是利润和支配地位）和限制性管制区（农村，主要是农业飞地，在这里，旧的价值观被严格执行）的那些年里，西特林生物科技公司改进并完善了他们的研究人员和其他人在碳芯片领域的工作：微生物组装，血源性编程维修单元。西特林向那些买得起的人销售的最终产品是"细胞更新术"，效果几乎相当于返老还童，简而言之，就是骗人。

西特林生物科技公司在短短六年的时间里荣登"财富 500 强"榜首。

那时，它更名为西特林科技公司。

艾丽斯·西特林高高在上，不可一世。

但不会永远如此。

熵不会被欺骗。随着年龄的增长，DNA 发生的信息降解并不是完全可逆的。尽管碳芯片不辞劳苦地辛勤工作，但错误还是会累积。尽职尽责的身体终将走向死亡。

艾丽斯·西特林已经接近了理论上寿命延长的极限。尽管她看起来很年轻，但终有一天，某个重要的器官会因为无数次错误的转录而衰竭。

在所有人中，她需要石头来证明她的存在是合理的。

石头捏着琼的膝盖，享受着这种被重视的感觉。在他悲哀且灰暗的一生中，他第一次能够有所作为。他的话语和观点很重要。他决心把工作做好，讲出他所认为的事实。

"琼。"石头坚决地说，"我必须看到一切。"

她笑道："你会的，石头，一定会看到的。"

"飞腾"降落在墨西哥城。去年，这座拥有三千五百万人口的城市破产了。西特林科技公司正在休斯敦和达拉斯两地开展业务，资助那里的救援工作。石头对资助的动机表示怀疑——他们为什么不在墨西哥城破产之前介入呢？难道他们现在只是担心难民涌入边境？然而，不管是什么原因，石头都不能否认西特林科技公司的工作人员是一股善良的力量，他们为生病和饥饿的人提供帮助，重建电力和通信，支持市政府（或者说，扮演市政府的角色）。他晕头转向地登上"飞腾"，很快就发现自己来到了南极，他和琼被直升机从西特林科技公司的塔顶送到一艘磷虾加工船上，那里是全世界蛋白质的主要来源。琼觉得加工磷虾的恶臭味让人恶心，但石头深深地吸了一口气，漂浮在这陌生而冰冷的纬度上，看着能干的男男女女工作，他感到兴奋不已。琼很高兴一转眼就飞上了高空，然后他们来到北京，西特林科技的启发式算法专家正在研究世界首个人工有机智能。石头饶有兴致地听了一场关于人工有机智能应该取名为 K'ung Fu-tzu 还是 Mao 的争论。

这一周给石头留下了各种瞬息万变的印象。他感觉自己就像一块海绵，沉浸在久违的风景和声音之中。有一次，他和琼一起离开一家餐馆，发现他已经忘记了这座城市的名字。他手里拿着身份证，刚刚用它支付了餐费。他凝视着手掌中的全息肖像——这张脸苍白、肮脏，长着两个结了皮的空眼窝。石头还记得他在移民局接受全息照相时温暖的激光手指。这真的是他吗？这一天似乎是另一个人生命中的一件大事。他把身份证放进口袋，不确定是应该更新全息肖像，还是应该留着它，把这作为他来自何方的象征。

他的结局会怎样？

（他汇报之后，她会怎么处置他？）

有一天，当石头要求参观轨道设施时，被琼叫停了。

"我想我们这次的旅行做得已经足够了，石头。我们回去吧，着手整理这一切。"

听到她的话，石头突然感到一种深深的疲倦，狂躁的情绪也随之烟消云散。他默默地同意了。

石头的卧室里一片漆黑，只有从窗户透进来的城市的漫射光。石头增强了他的视觉，欣赏他身边的琼那发光的胴体。他发现，在缺少光子的情况下，颜色会变得模糊，但是可以看到非常生动的黑白图像。他感觉自己就像是上世纪的居民，欣赏着一部原始的电影，只不过他手下的琼是有生命力的。

琼的身体上有一道道微微发亮的线，就像"Mao/K'ung Fu-tzu"人工有机智能芯片上神秘的毛细血管电路。她紧跟当前的流行热潮，植入了皮下微通道。这些微通道里装满了合成荧光素酶，这是让她现在可以随意触发令萤火虫发光的生化物质。在他们做爱的余晖中，她点亮了自己。她的乳房仿佛冰冷火焰的旋涡，剃光的阴阜仿佛螺旋星系，将石头的目光拖入无尽的深处。

琼在石头面前简要地讲述着她的生活，他一边漫不经心地抚摸着她，一边望着天花板沉思。

"我的外祖父母是难民，生了两个孩子，只有我母亲活了下来。她是越南人，亚洲战争后不久来到美国。他们唯一会做的事情就是捕鱼。他们住在得克萨斯州的海湾边。我母亲靠奖学金上了大学。在那里，她遇到了我的父亲，他也是难民。德国统一后，他随父母离开了德国。他们说，妥协的政府非此非彼，让人无法应付。我想，我的背景可以说是我们这个时代诸多剧变的缩影吧。"她拉起石头的手，紧紧地夹在双膝之间，"但是现在，我和你在一起感觉很平静，石头。"

她继续讲述着自己经历的事情，见过的人，以及她作为西特林私人助理的职业生涯，与此同时，一种奇怪的感觉爬上了石头的心头。当她的话融入他不断增长的世界图景中时，他感受到了他在学习历史时第一次感受到的那种潮汐般的强大吸引力。

他的大脑还没来得及决定自己是否想知道，就下意识地问："琼，你多大年纪了？"

她沉默不语。石头没有用他敏锐的增强视觉，但仍然看到她正目不转睛地盯着他。

"六十多岁。"她终于说道，"这重要吗？"

石头发现自己无言以对，不知道她的年龄是否重要。

琼慢慢地将她闪闪发光的身体变暗。

石头发现了一种艺术，悻悻地用它自娱自乐，他自认为这是他的艺术。

他仔细地阅读了关于自己头骨里的硅芯片的文献，他发现它有一个医生没有提到的特性。芯片内存中的内容能以信号的形式发送到一台独立的计算机上。在计算机中，他收集的图像可以展示给所有人看。更重要的是，数字化的图像可以被处理，与它们自身或与原始图像重新组合，形成非常逼真的图像，而图像中的事物却不曾存在过。当然，这些图片可以打印出来。

实际上，石头是一台活动的摄像机，而他的电脑是完整的摄影棚。

石头一直在摄制琼的照片。他的宿舍里到处都是打印出来的彩色照片，有的挂在墙上，有的散落在地上。

琼的脑袋安在斯芬克斯的身上；琼扮演《无情的妖女》^①里的角色；琼的脸放在满月上，石头像恩底弥翁^②一样睡在田野里。

与其说这些画像可以抚慰人心，倒不如说它们令人不安，而且，石头感觉这很不公平。但石头觉得自己从这些图片中获得了一些治疗效果，他每天都在慢慢地接近自己对琼的真实感受。

他还没有向艾丽斯·西特林汇报，这让他很苦恼。他该什么

① 《无情的妖女》（"La Belle Dame sans Merci"）是约翰·济慈创作的诗歌之一。一八九三年，英国画家沃特豪斯受到这首诗的启发，画下了著名的同名画。
② 恩底弥翁（Endymion），希腊神话中月亮女神所爱的英俊牧羊人。

时候交报告？他该说些什么？

那天下午，他的问题解决了。他从塔楼的一个私人健身房回来，发现终端闪烁着一条信息。

西特林明天早上要见他。

第二次，石头独自站在艾丽斯·西特林房间前的圆盘上，验证他的身份。他希望机器完成验证时能把结果告诉他，因为他不知道自己的身份。

门滑入墙壁中，那是一个吸引人的洞口。

但石头认为这是地狱，然后走了进去。

艾丽斯·西特林仍然坐在几周前的位置上，没有改变，似乎永远也不会改变。她那把装有仪器的椅子三面都是闪烁着形形色色图案的屏幕。然而现在，她没有理会它们，眼睛正盯着战战兢兢地走过来的石头。

石头在她面前停住脚步，控制台在二人之间形成了一道无法逾越的壕沟。这是他第二次看到她的容貌，他满怀疑惑和震惊。她的脸看起来和自己最近长胖的那张脸惊人地相似。难道仅仅是为她工作就让他变得像这个女人了吗？还是说，布林之外的生活给每个人都留下了同样的印记？

西特林把手放在膝盖上，石头注意到她的宠物蜷缩在她棕色长袍的褶皱里，它那双大得出奇的眼睛正盯着显示屏。

"是时候做个初步报告了，石头先生。"她说，"但是你的脉搏太快了。放松一点儿，并非所有事情都取决于这一次报告。"

石头希望自己能做到。但这里没有他的座位，他知道自己说的话会受到审判。

"这个世界给我和其他像我一样的人留下了深刻的印象，那么，你对我们这个世界感觉如何？"

西特林话语中扬扬得意的优越感驱散了石头所有的谨慎，他几乎要脱口大喊："这个世界不公平。"但他停顿了一下，然后不得不诚实地承认说，"这个世界很美，很华丽，有时很刺激，但本质上并不公平。"

西特林似乎对他的爆发感到高兴。"很好，石头先生。你已经发现了生活的基本矛盾。粪堆里有珠宝，欢笑中有泪水，没人知道这一切是如何分配的。不过，我认为我无须为这个世界的不公平承担责任。当我还是个孩子的时候，这个世界就是不公平的，尽管我做了很多，这个世界仍然是不公平的。事实上，我可能把贫富差距拉大了一些，相比之下，似乎富人更富，穷人更穷。不过，即使是伟人，最终也难逃一死。"

"但是你为什么不更努力地去改变呢？"石头逼问道，"这显然在你的能力范围内。"

西特林笑了，这是石头第一次看到她笑，石头觉得这笑声很像自己曾经痛苦尖叫的回声。

"石头先生，"她说，"我能做的一切都是为了活下去。我并不是说照顾好自己的身体，这是自动完成的。我的意思是要避免被人暗杀。难道你还没发现我们这个世界的商业的本质吗？"

石头没明白她的意思。

"那么，请允许我向你简要介绍一下。这可能会改变你的一些看法。你知道第二次制宪会议的目的吧？'释放美国体制的力量''与外国竞争对手正面交锋，确保美国企业取得胜利，为全世界的民主铺平道路'，诸如此类冠冕堂皇的话听上去无比宏伟，但实际结果却截然不同。企业本身与任何政治体系都没有利害关系。企业合作是为了促进自身的利益，而企业的首要利益是获得增长和主导地位。一旦自由企业区的建立使企业摆脱了所有的限制，它们便又回到了最初的斗争中，这种斗争一直持续到今天。"

石头努力地理解着这一切。在他学习的过程中，他没有看到任何公开的斗争，然而他隐约感觉到处都有紧张的暗流涌动。但她肯定夸大了事实。为什么她把文明世界说得只不过是大型版的"无政府状态的布林"？

西特林仿佛看透了他的心思，说道："石头先生，你有没有想过，为什么布林位于这座城市的中心，却仍然遭到摧残和剥削，人民生活在水深火热之中？"

突然，西特林的所有屏幕仿佛服从了她无声的命令，展示出布林的生活场景。石头吃了一惊，他年轻时生活过的肮脏环境出现在他的眼前：衣衫褴褛的人躺在臭气熏天的小巷里，不知是在睡觉，还是已经死去；人声鼎沸、秩序混乱的移民局；河边的铁丝网围栏。

西特林继续说道："八十多年来，布林一直是个争论不休的地方。各公司无法就谁来开发它达成一致，一方做出的任何改进都立即会被另一方的战术团队破坏。这种僵局在世界上很多地方都普遍存在。

"就像克里希那神①的信徒想以自己的饰嘉发型被神带入天堂一样，每个人都想被自己的钱包拉进人间天堂。但最终，我们得到的是七拼八凑的领地。"

石头的想法在动摇。他本以为来到这里会被审问，说出自己知道的一切。然而，他受到了说教和挑衅，就好像西特林在测试他是否是一个合适的辩论搭档。他是通过了，还是失败了？

西特林的下一句话回答了这个问题。"今天就到这里吧，石头先生。回去再想一想，我们以后再谈。"

三个星期以来，石头几乎每天都与西特林会面，二人一起探索她所关心的一系列繁杂的问题。石头逐渐变得自信，用更坚定的语气表达自己的意见和看法。他的观点并不总是与西特林契合，但总体而言，他感觉与这个老女人有一种惊人的亲近感。

有时，她似乎在培养他，就像师傅培养徒弟，并为他的进步感到骄傲。而其他时候，她则和他保持距离，一副冷漠的样子。

这几周还为他带来了其他变化。尽管从那个决定性的夜晚开始，石头就没再和琼同睡过，但他不再把她看作他肖像画中的海妖形象，也不再把她描绘成那个样子。他们是朋友，石头经常和她在一起，享受她的陪伴，永远感激她把自己从布林拯救出来。

在他和西特林面谈期间，她的宠物一直是旁观者。这个神秘

---

① 克里希那神（Krishna），又译为黑天，印度教中的一位神祇。

的家伙让石头感到困扰。他在西特林身上找不到一丝温情，也猜不透她为什么照料这个动物。

有一天，石头终于直截了当地问西特林为什么要养它。

她的嘴唇抽搐着，像是在微笑。"埃及猿是我对事物真实看法的试金石，石头先生。或许你不认识它的品种。"

石头承认自己无知。

"这是古埃及猿，石头先生。它的同类的最后一次繁盛期是在几百万年前。目前，它是现存的唯一标本，一个克隆体，更确切地讲，是基于死去的化石细胞的再造品。

"它是你的祖先，也是我的祖先，石头先生。在原始人出现之前，它是地球上人类的代表。当我抚摸它的时候，我总是感觉我们取得的进步实在微不足道。"

石头转身走开了，这头古老的野兽和她女主人的见解让他心中产生了一种莫名的厌恶。

这是他最后一次见到艾丽斯·西特林。

夜幕降临。

石头独自躺在床上，回放着他的终端机屏幕上的快照，照片中介绍的是他一直不了解的自由企业区出现之前的历史。

他所不了解的历史。

突然，外面传来一声巨响，就像无数巨大的静电电弧同时放电一样。就在这一瞬间，发生了两件事：

石头突然感到一阵眩晕。

他的眼睛瞎了。

除了这些冲击之外，他头顶上方的大爆炸还震动了整座西特林塔。

石头立刻爬了起来，他只穿着内裤，光着脚，就像在布林时一样。他不敢相信自己瞎了，但事实的确如此。他回到了只有嗅觉、听觉和触觉的黑暗世界。

各处的警报器纷纷响起。石头冲进前厅，这里原本可以看到整座城市的景色，但现在已经没有用处了。他走近前门，但门打不开。他伸手去拿手动控制器，但又犹豫了。

他瞎了还能做什么？只能跌跌撞撞，碍手碍脚。无论发生什么事，待在这里总是上策。

石头想起了琼，他几乎闻到了她的香水味。她肯定会马上下来告诉他发生了什么事。他主意已定，要在这里等琼过来。

石头紧张地踱来踱去，足有三分钟。他简直不敢相信自己失明了。然而不知为何，他一直都知道这件事会发生。

警报已经停止，这让石头听到大厅里有人朝他的房门走来的微弱脚步声。琼终于来了？不，一切都不对劲。石头的生活常识让他断定来访者绝不是他认识的人。

石头在布林练就的本能接管了一切。他不再猜测正在发生的事情，他的大脑在快速地运转并且充满恐惧。

房间里的窗帘用又细又结实的丝绒绳系着。石头急忙扯下一条，蹲守在外门旁边。

门被撞开时的冲击几乎把石头击倒。他找回平衡，尝到了鲜血的味道。此时，那人冲了进来。

石头一跃而起，压在那家伙魁梧的后背上，双腿缠住他的腰，把绳子绕在他的喉咙上。

那人丢下枪，后背往墙壁上猛撞。石头感到肋骨弯了，但他拉紧绳子，绷紧肌肉。

二人在房间里跌跌撞撞，东倒西歪，砸碎了家具和花瓶，最终，二人定格在一个像是淫荡的性交姿势，再也不动了。

过了很久，那人终于倒下了，重重地压在石头身上。

石头并没有松手，直到确定那人已经停止呼吸。

袭击他的人已经死了。

石头还活着。

他痛苦地扭着身子，从松弛的尸体下面挣脱出来，他因为受了伤而浑身颤抖。

当他站稳时，他听到更多的人正在走过来，说着话。

第一个进来的是杰罗尔德·斯卡夫，他呼喊着石头的名字。当斯卡夫发现石头时，他喊道："把担架抬过来。"

他们把石头捆在帆布上，将他抬走。

斯卡夫走在他身边，二人开始了一场超现实的对话。

"袭击者知道你的身份了，石头先生。一个该死的浑蛋躲过了我们。我们把剩下的家伙堵在了楼上的废墟里。他们用定向电磁脉冲攻击我们，摧毁了我们所有的电子设备，包括你的眼睛。在它燃烧的时候，你可能会失去一些脑细胞，但没有什么是不能修复的。电磁脉冲攻击之后，他们向西特林女士所在的那层楼发射了一枚导弹，恐怕她已经当场死亡了。"

石头感觉自己的身体和精神都被震得粉碎。斯卡夫为什么要告诉他这些？琼怎么样了？

石头用嘶哑的声音说出她的名字。

"她死了，石头先生。当袭击者开始对她下手时，她用植入体内的毒素囊自杀了。"

冬天一到，所有的百合花都枯萎了。

担架队已经到达了医疗机构。石头被抬到床上，医生开始处理他的伤口。

"石头先生，"斯卡夫继续说，"我必须让你听听这个。这是命令，只需要一分钟的时间。"

石头已经开始讨厌这种坚持的声音。但他无法闭上耳朵，也不能陷入神圣的无意识状态，只好被迫听着斯卡夫播放的录音带。

是艾丽斯·西特林的声音。

她说道："吾血之血比我的儿子更亲密。你是我唯一可以信任的人。"

当一切都水落石出，石头意识到自己的身份时，厌恶之情涌上了他的心头。

"在我死后你会听到这些。这意味着我建造的世界现在属于你了。为了确保你能顺利接手，所有人都已被收买，现在该由你来维持他们的忠诚了。希望我们的谈话对你有所帮助。如果没有，那就祝你好运吧。

"请原谅我把你遗弃在布林。良好的教育很重要，我相信你得到了最好的教育。我一直在看着你。"

斯卡夫关掉了录音。"你有什么吩咐，石头先生？"

石头看不见为他效劳的人，此时，他的思考速度慢得令他痛苦不已。

"把这烂摊子收拾干净，斯卡夫。把这该死的烂摊子给我收拾干净。"

但他说话的时候知道，这不是斯卡夫的工作。

这是他的工作。

PETRA

彼得拉

格雷格·贝尔

一九六六年，十五岁的格雷格·贝尔发表了他的第一篇短篇小说。他在二十世纪七十年代末和八十年代初大展拳脚，当时，他的一系列短篇小说和长篇小说让他成了一位值得关注的作家。

贝尔的作品深深地植根于科幻小说中最优秀的知识传统。作为一位多产而又自律的作家，他珍视严谨的思辨和对科学事实的尊重，这种态度将他与传统硬科幻联系在一起，另外他的奇幻小说也备受好评。

随着写作生涯的发展，贝尔出色的想象力天赋脱颖而出，更重要的是，他早年学习的严谨技法给他带来了更大的影响。这二者的结合产生了一种不同凡响的、极具想象力的硬科幻小说，《血音乐》和《永世》(*Eon*)等广受好评的小说正是这样的作品。

下面这个故事发表于一九八二年初，它标志着贝尔的写作超越了传统的限制，进入了一个令人难以置信的新领域。通过对一个奇妙概念进行深入和详细的发掘，贝尔的高超技艺得到了充分的展现。

"'上帝死了，上帝死了'……永劫不复！上帝死时，你会知道的。"

——《圣阿尔真蒂的忏悔录》

无可否认，我是人和石头生的孩子，丑陋无比。我记不起我的母亲，可能在我出生后不久她就抛弃了我。她很可能已经死了。我从没见过我的父亲，如果他长得像我的话，那一定是个长着喙、残留着半只翅膀的丑东西。

为什么这样一个不幸的人要立志成为历史学家呢？我想这可以追溯到我做出选择的那一刻。那是我最早的记忆之一，肯定是三十年前的事了，尽管我确信在那之前我已经活了很多年，但是那些日子我已经完全忘记了。那时，我蹲在门厅里积满灰尘的厚窗帘后面，听一位牧师在给其他见习修道士讲述关于"上帝之死"的事情，那些见习修道士都是血肉之躯。牧师的话现在仍然如在耳畔。

"据我所知，"他说，"上帝之死大约发生在七十七年前。学者们都否认魔法降临人间，但他们大多认为上帝已经死了。"

的确，这是委婉的说法。我们曾经伟大的宇宙的所有零件都解体了，轴倾斜了，宇宙之门关闭了，生存法则失去了基础。牧师继续用慎重、敬畏的语气讲述着那段时光。

"我曾听智者说过这种缓慢的衰退。在人类思想强大的地方，现实的突然震动会减弱为微震；在人类思想薄弱的地方，现实会完全消失，被混乱吞噬。每一个幻想都会变得像实体一样真实。"他的声音激动得颤抖，"人们感到刺眼的疼痛，血液在人们的血管里燃烧，骨骼断裂，肉体化成粉末。钢铁像液体一样流动。琥珀像雨水一样从天而降。街道的分布不再遵循任何地图，当然，地图本身变了也未可知。人群聚集在街道上，茫然不知所措。他们脆弱的心灵无法掌握命运……"

我认为，大多数人一开始就完全没有理性。整个国家都消失了，或是陷入无法理解的痛苦和堕落的旋涡中。据说，有些大学、图书馆和博物馆幸存了下来，但今天，我们几乎同它们没有联系。

我常常想起上帝死亡之初时那些可怜的受害者。他们知道曾经有一个稳定的世界，那是我们已经适应的世界。突然，城市变成森林，噩梦萦绕在他们眼前，这让他们惊恐万状。浪荡的乌鸦栖息在曾经是建筑物的树木上，猪用后腿在街上奔跑……（牧师不鼓励人们去思索这些怪事。他说："兴奋会滋生更多的怪物。"）

我们的大教堂幸存了下来。然而，在上帝死亡前的几个世纪里，这一地区的理性已经日渐式微，取而代之的是不动脑筋的死记硬背。大教堂遭受了灾难。幸存者——牧师和工作人员，寻求避难所的礼拜者——都目睹着悲惨的幻象，做着悲惨的梦。他们看到大教堂的石头装饰品活了过来。在一个缺乏其他基础的宇宙中，人类见证我的祖先摆脱了石头的束缚，变成了肉身。几个世纪禁情割欲的石头生活让他们如同承受着千钧重负，现在终于释放了。在大教堂寻求庇护的四十九名修女被发现了，她们并非完全不情愿，所以这个故事的粗略版本就这样流传了下来。上帝之死对信徒产生了令人惊讶的催情效果，于是，石头与人交合之事发生了。

那时候没有确定的妊娠期，因为当时还没有用于计时的往复转动的大石轮，也没有安排谁像柯罗诺斯①一样掌管时间，监督石轮，为日常活动提供基准。

但肉体并不排斥石头，于是，人和石头的儿女诞生了，我就是其中之一。那些与没有人样的石头通奸的人遭到了驱逐，在隐蔽的角落里抚养或将他们畸形的孩子丢弃。那些投入了圣石或形似人类的石头的怀抱之人遭受的虐待较少，但仍然被放逐到大教堂的上层。人们竖立起了一座木制的脚手架，把大殿分成两层。脚手架上系了一块罩布，以防垃圾如雨点般落下来。在大教堂的第二层，一大群由石头和人类孕育的后代开始了新生活。

长期以来，我一直想知道世界上是如何出现秩序的。传说，深受爱戴的圣阿尔真蒂的迫害者、先验论者詹萨德意识到了自己的错误，并深刻忏悔，然后发现心灵和思想可以平息如大海一样波涛汹涌的现实。

牧师在他那粗略的演讲的最后，简短地谈道："随着上帝注视的目光逝去，人类不得不伸出手，抓住这个世界正在瓦解的结构。那些有智慧能够保持自己的身体不至于分崩离析的人得以幸存，

---

① 柯罗诺斯（Chronos），古希腊神话中的原始神，司掌着时间。

成为混乱中唯一的凝聚力。"

我已经学会了足够的语言来理解他说的话；我的记忆力很好——现在依然如此——而且我的好奇心很强，想知道更多。

我沿着窗帘后面的石墙匍匐前行，聆听其他牧师和修女对着一群纯种人的孩子吟诵经文。现在，我来到了底层，处境非常危险，纯种人视我这类半人半石为可憎之物。但我认为冒这种风险是值得的。

我偷了一本《圣诗集》，学会了阅读。我还偷了其他书，这些书让我能够通过与其他世界进行比较来定义我的世界。起初，我不敢相信曾经还存在其他世界，对我来说只有大教堂是真实存在的。现在，我对此仍持怀疑态度。我从我房间一侧的小圆窗向外望去，能看到大教堂周围的大片森林和河流，但除此之外一无所有。因此，我对其他世界的经验远非直接亲历。

没关系。如今的我已经博览群书，但我不是学者。我关心的是最近的历史——牧师讲到的这一开端时刻的最终焦点，从形而上学到极端个人化。

我的个子很小，身高只有三英尺，但我能快速地穿过大多数隐藏的通道。这让我可以在暗中观察，而不引起注意。我可能是整座教堂中唯一的历史学家。其他声称扮演历史学家这一角色的人无视眼前发生的事情，不追求终极真理，甚至连宏大的图景都不屑一顾。所以，如果你更喜欢历史学家不涉及的历史，那就看看其他人讲的历史吧。虽然我努力地做到客观，但我确实有我最喜欢的主题……

在我的历史开始的时候，石头和人生的孩子还在寻找石头基督。我们这些由石像圣徒和石像鬼与失去亲人的修女们生下来的人认为，我们的救赎在于石头基督，这个伟大的石头禁欲者像其他所有雕像一样活了过来。

相比之下，主教的女儿和一个半人半石的小伙子之间的幽会就不那么重要了。这样的幽会甚至在纯种人之间也被禁止；由于这对恋人都是未婚，他们的孽缘引起了我的兴趣。

主教的女儿名叫康斯坦蒂娅，十四岁，四肢修长，棕色头发，胸部丰满。她的眼睛里流露出那个年龄的女孩中常见的神圣生活带来的愚蠢。那个半人半石的小伙子名叫科尔维斯，十五岁。我不记得他确切的相貌，但他长相英俊，心灵手巧，爬脚手架的速度几乎和我一样快。我第一次发现他们谈话是在我频繁地闯进图书馆偷书的时候。虽然他们躲在阴影里，但我的眼睛很敏锐。他们说话轻声细语，犹豫不决。我一看见他们，一想到他们的不幸，心里就感到痛苦，因为我一听就知道，科尔维斯不是纯种人，而康斯坦蒂娅是主教的女儿。我想象着那个老暴君会因为这种违反层级和道德的行为对科尔维斯施以惯常的惩罚——阉割。但是他们的谈话中有一种甜蜜的味道，几乎掩盖了封闭的下层中殿的恶臭。

"你以前吻过男人吗？"

"吻过。"

"谁？"

"我哥哥。"她笑道。

"还有呢？"他的声音更尖锐了，似乎在说，他可能会杀了她哥哥。

"一个名叫朱尔斯的朋友。"

"他在哪儿？"

"他在一次伐木探险中失踪了。"

"哦。"他又吻了上去。

我是历史学家，不是偷窥狂，所以我小心翼翼地帮他们隐瞒，任由他们的激情之花绽放。如果科尔维斯有一点儿理智的话，他就应该陶醉于这次征服，此后再不相见。但他中了圈套，不顾风险地继续与她见面。这就是忠诚和爱情，是非常罕见的品质，着实让我着迷。

今天的天气不错，我一直在晒太阳，沿着扶壁向远方眺望。大教堂就像一只肚皮贴地的蜥蜴，中殿是它的腹部，扶壁是它的腿。每个扶壁的底部都有几间小房子，上面伸出一个个龙头形状的排水嘴，排水嘴的下面曾经是树林，或者是城市，也可能是别的东西。现在，人们住在那里。但情况并不总是这样——曾经，人们不允许见太阳。科尔维斯和康斯坦蒂娅从小就被剥夺了光明，所以即使在他们年轻的时候，他们也被蜡烛和牛油灯的烟熏得面色苍白，灰头土脸。在那些日子里，伐木探险是人们为数不多能见到太阳的时候。

窥见这对年轻恋人的一次秘密会面后，我在一个黑暗的角落里沉思了一个小时，然后去见了铜巨人使徒多马。他是大教堂上层唯一一个长成人形的人。他拿着一把尺子，上面刻着他的真名实姓——他是在效仿大教堂曾经的修复者、建筑师维奥莱-勒-杜克①。他比任何人都更了解大教堂，我非常钦佩他。丑八怪大多离他远远的，如果没有其他原因的话，那一定是出于恐惧。他身材魁梧，面容黝黑但泛着淡绿色，无休止的思索让他的脸长了皱纹。尖顶底座附近有一个属于他的木隔间，距离我现在写作的地方不到二十英尺，他常年待在那里，静静地思考着我们其他人都不知道的时代：有人说，是关于欢乐和过去的爱情；还有人说，既然大教堂是这个混乱世界的中心，那么重担一定落在了他身上。

就是这个巨人，当他看到我拿着《圣诗集》时，就从上层的这群丑八怪中选中了我。他鼓励我努力读书。"你的眼睛清澈明亮，"他对我说，"你身手敏捷，看来脑子很灵光，而且很注意个人卫生。你不像那些排水嘴一样空洞无物——你有内涵。为了我们所有的人，好好利用它，学习大教堂的法则吧。"

我照做了。

我进来的时候，他抬头看了一眼。我坐在他脚边的一个盒子上，说："一个纯种人女孩看上了一个石头和人生的小伙子。"

他耸了耸宽大的肩膀。"到时候都会这样的。"

---

① 维奥莱-勒-杜克（Viollet-le-Duc，1814—1879），法国建筑师与理论家，画家。法国哥特复兴建筑的中心人物，启发了现代建筑。最有名的成就是修护中世纪建筑。

"这不是罪过吗？"

他说："过去的罪过荒谬至极，如今都已成了必然。随着时间的推移，这种情况会越来越多。"

"我想，他们相爱了，或者以后会相爱。"

他点了点头。"我，还有另一个人，我们俩是上帝死亡那一夜仅有的不通奸的人。"他说，"除了那个人，我是唯一适合评判的人。"

我等待着他的判决，但他叹了口气，拍了拍我的肩膀。"我从不评头论足，对吗，丑陋的朋友？"

"确实如此。"我说。

"那就让我一个人伤心吧。"他眨了眨眼睛，"给他们更多的权力。"

大教堂的主教是个年迈的老人。据说，上帝死亡之前，他并不是主教，而是一个在混乱中来到这里的流浪者。那时，森林还没有取代城市。他自称是上帝在世时这个地方名义上的领主，并说这是上帝的旨意。

他又矮又壮，两只毛茸茸的粗胳膊就像老虎钳一样。他曾经徒手捏碎过排水嘴，排水嘴本是坚硬之物，我猜，它们之所以会被捏碎，是因为它们不像你我一样有内脏。他的秃顶周围的头发又白又密，乱七八糟；眉毛非常柔韧，一直弯到了鼻子上。他像猪一样刻板乏味，大吃大喝，而且拉稀（我什么都知道）。这个时代的男人就是这副样子，这一点无可置疑。

他的法令是：驱逐所有非纯种人，但凡见到非人形的人，格杀勿论。

我从巨人的房间回来时，看到下层中殿里一片混乱。他们看到有人在脚手架上爬来爬去，就派部队去把那人击毙。毫无疑问，那人就是科尔维斯。我比他爬得快，对横梁也更熟悉，所以当他发现自己被困在一个明显是死胡同的地方时，我在暗处朝他打手势，指了指一个大到足以让他逃脱的洞。他连句"谢谢"都没说就跑了，但对我而言，礼仪从来都不重要。我从一个只有巴掌宽的角落钻进石墙，慢慢地爬到墙底，想看看还发生了什么事。令人激动的事情总是难得一见。

有传言说，有人看到那人和一个年轻女孩在一起，但人们并不知道女孩是谁。男男女女在烟雾缭绕的灯光下，在一排排露顶的简陋茅舍里说笑。那时，阉割和处决是我们为数不多的乐趣之一，我也很享受这些。但现在，我与潜在的受害者息息相关，这让我忧心忡忡。

最终，我的担忧和兴趣战胜了理智。我从一个没修补的缺口溜了出去，掉到了外墙和茅舍之间的巷子的一边。一群脏兮兮的少年发现了我。"他在那儿！"他们惊呼起来，"他还没走！"

主教的蒙面部队可以在各个楼层自由行动。我几乎被他们逼得走投无路，只好试着溜进一条暗道，企图逃走，却发现他们在楼梯上一处关键的地方守着——那里是我的必经之路——无奈之下，我只好被迫返回。我自认为对大教堂了如指掌，并扬扬自得，但就在我疯狂攀爬时，我发现了一条先前从未注意过的隧道，它通向宽阔的石基墙的深处。我暂时还算安全，但我担心他们会发现我储藏的食物，并在我的雨水桶里下毒。尽管如此，在他们离开之前，我还是无能为力，所以我决定，与其在这里手足无措，还不如花几个小时去探索隧道。

大教堂总是不断地给人带来惊喜，我现在意识到，我对它的了解还不到一半。从这儿到那儿总有新的路径（我怀疑有些路径是在没人注意的时候建造的），有时甚至会发现新的地方。我听到士兵们还在上面楼梯附近的洞口转悠，那洞口只有两三岁的孩子才能进得去。此时，我顺着一段简陋的台阶一直走到石头深处，通道里全是水和烂泥，又滑又难走。有那么一瞬间，我陷入了前所未见的黑暗之中，这种黑暗的气氛绝非缺少光线所能解释。接着，我看到下面有一丝微弱的黄光。我更加谨慎了，放慢了脚步，默默地前进。我穿过一扇锈迹斑斑、粗糙不堪的铁门，踏进了一间亮着灯的房间。房间里弥漫着碎石、地下水和烂泥的味道，还有坏掉的排水嘴的恶臭。这头野兽躺在狭窄房间的地板上，虽然几个月过去了，但仍然散发着浓郁的味道。我提到过，排水嘴是很难毁坏的，而这个是被"谋杀"的。三支蜡烛新放在房间四周的角落里，上面摇曳着微弱的烛光。尽管很害怕，我还是走过石板地，拿起一支蜡烛，凝视着下一段隧道。

隧道向下倾斜，深入几十英尺，通到另一扇铁门。就是在这里，我嗅到了一种我以前从未闻到过的气味——最纯洁的石头的气味，就像稀有的玉石或天然大理石的味道。一种头晕目眩的感觉掠过我的全身，我几乎笑了出来，但我非常小心，强忍住笑。我推开门，迎面而来的是一股最寒冷、最清新的空气，就像从圣人的坟墓里吹来的风，圣人的身体不仅没有腐败，而且奇迹般地将腐败的可能给抽走，驱逐到地狱。我不禁张开了喙。烛光穿过黑暗，照在一个身影上。起初我以为那是婴儿，但我很快就否定了自己的看法。这个身影仿佛瞬间拥有好几个年龄。眨眼间，他变成了约莫三十岁的男人，匀称的身材，高高的额头，优雅的双手，脸色苍白如冰。他的眼睛紧紧地盯着我身后的墙壁。我长着鳞片的膝盖跪在地上，竭尽全力地用残留的翼梢摸自己冰冷的前额。"赦免我，世人仰望的喜悦。"我说，"赦免我。"偶然间，我发现了石头基督的藏身之处。

"你已蒙赦免。"祂疲倦地说，"你迟早会来的。现在来总比以后来好，到那时……"祂的声音越来越小，摇了摇头。祂瘦弱不堪，裹着一件灰色的长袍，身上仍然带着几个世纪以来风风雨雨留下的伤痕，"你为什么来这里？"

"为了躲避主教的部队。"我说。

祂点了点头。"是的，主教。我在这里多久了？"

"主啊，你从我出生之前就在这里了，六七十年了。"祂很瘦弱，几乎弱不禁风，这就是我想象中魁梧木匠的形象吗？我低声地恳求说："主啊，我能为你做些什么？"

"你走吧。"祂说。

"我不能活在这样的一个秘密里。"我说，"你是救世主，你可以推翻主教，把上层和下层的人团结起来。"

"我不是将军，也不是士兵。请走开，不要告诉……"

我感到身后有一阵喘息声，随后便是武器呼啸而至。我连忙一跃而起跳到旁边，后颈的毛像石剑一样竖立起来，落在我旁边的地板上摔得粉碎。基督抬起祂的手。我仍然惊魂未定，盯着一头和我很像的野兽。那家伙也瞪着我，脸气得发黑，却被基督挥手制止了。我本该更小心才对，一定是这危险的家伙毁坏了排水嘴，还点上了蜡烛。

"但是主啊，"野兽咆哮道，"他会告诉所有人的。"

"不会的，"基督说，"他不会告诉任何人。"他半看着我，半看着我的身后，说，"走吧，走吧。"

我哭着爬上了隧道，跌跌撞撞地进入大教堂泛着橘红色的黑暗中。我甚至不能去找巨人，简直有口难言，就像被割断了喉咙一样。

第二天早上，我藏在脚手架的一处阴暗的角落里，看着人群围在一个穿着肮脏麻布长袍的人身边。我以前见过他，他名叫普萨洛，一个人孤苦伶仃，主教经常用他来彰显自己的慷慨大度，而这不过是一种象征性的姿态。大多数人都认为普萨洛几乎是个疯子。

然而这一次，我困惑地听着，发现他的话在我心中引起了强烈的反应。他正在劝诫主教和他的部队揭开覆盖在窗户上的罩布，让阳光重新照进大教堂。他以前谈过这件事，主教也用他一贯的说法回答——光明会带来更多的混乱，因为人类的头脑现在是一个充满妄想的地狱，任何刺激都会使大教堂里的居民失去安全感。

此时，看着康斯坦蒂娅和科尔维斯如胶似漆的样子，我一点儿也高兴不起来。他们变得越来越大意，谈话也越来越大胆。

"我们结婚吧。"科尔维斯说。

"他们绝对不会允许的。他们会……阉割你。"

"凭我的身手，他们休想抓到我。教会需要领袖，需要勇敢的革命者。如果没有人打破传统，那么所有人都得遭殃。"

"我很担心你，也担心我自己。爸爸会把我赶走的，就像把患病的羔羊赶出羊群。"

"你爸爸不是牧羊人。"

"但他是我爸爸。"康斯坦蒂娅说，她瞪大眼睛，绷紧嘴巴。

我坐在暗处，喙嵌在爪子里，半闭着眼睛，不等他们的话说出口，我就能模仿出来。不死之爱……对凄凉的未来的希望……都是屁话！这些我以前全都读过，是在一个已故修女的遗物中藏着的一大堆浪漫小说里看到的。联想到这些，我意识到眼前的一切注定永远是陈词滥调和徒劳之举，当我将他们的闲聊与石头基督的无限悲伤进行比较时，我就从多管闲事变成了愤世嫉俗。这种转变让我头晕目眩，高尚的情操如同死水一摊，被我抛诸脑后。但是，未来似乎很清楚。科尔维斯会被抓住并处死；如果撞见他的人不是我，他即便没被杀掉，也早就被阉割了。康斯坦蒂娅会大哭一场，服毒殉情。歌手们会为之歌唱（那些自鸣得意的歌唱者会为她情人的死而欢呼雀跃）；也许我会把他们的故事写下来（那时的我就已经在计划写这部编年史了），也许之后，我会追随他们二人，屈服于无聊的罪恶。

随着夜幕降临，事情变得捉摸不定。盯着一堵黑漆漆的墙，梦想很容易成为现实。有一次，我从书中推断，梦只能在睡眠或短暂的幻想中形成。太多时候，我不得不与梦境中出现的东西做斗争，它们从墙壁上流淌出来，突然独立成形，一副饥肠辘辘的样子。人们经常在夜里死去，被自己的噩梦吞噬。

那天晚上，我入睡之后，脑海中浮现出石头基督的幻象，我梦见了圣人和天使。由于受过训练，我立刻醒了过来，发现有一个圣人落在了后面。我隐约看见其他人飞出圆窗，他们窃窃私语，计划着飞向天堂。留下来的那个幽灵在角落里形成了一个模糊的黑影，气喘吁吁。"我是彼得，"他说，"也叫西蒙。我是教堂的石块。我来告诉教皇，让他们继承我的使命。"

"我也是石块，"我说，"至少，我的一部分是。"

"那就这样吧。你就是我任务的继承人，去当教皇吧。不要敬畏石头基督，因为基督的好坏取决于祂所做的事情，如果祂什么都不做，祂就不是救世主。"

那幻影伸出手来拍了拍我的头。当他辨认出我的形状时，我看到他睁大了眼睛。他喃喃地说了一些驱魔的咒语，然后从窗户溜出去，和同伴们会合。

我想，如果这样的事情真的上报到理事会，那么根据法律规定，梦中人的恩惠不具有约束力。但我不在乎。自从巨人告诉我阅读和学习以来，这是我得到的最好的建议。

但是，一个人要想成为教皇，就必须有等级制度来约束仆人执行他的命令。最大的石块不能自己移动。权力让我膨胀，我决定去上层中殿，向人们宣布我的身份。

在光天化日之下露面需要很大的勇气，我脱掉斗篷，走在二层的脚手架表面上，穿过成群的摆摊小贩。有些人看见我表现出一贯的不屑，想踢我，嘲笑我，但是我的喙让他们望而却步。我爬上一个显眼的货摊，站在昏暗的灯光下，清了清嗓子宣布自己的身份。迎接我的是一大堆烂石榴和软塌塌的蔬菜，我告诉人们我是谁，向他们讲述我的梦境。几分钟后，我的全身上下挂满了晶莹的石榴粒和烂菜叶，无奈的我只得跳下去，逃到一个大多数人都钻不进去的隧道入口。几个男孩尾随而至，准备攻击我，其中一个男孩企图用彩色玻璃碎片切我，却不慎切掉了自己的一根手指。

我意识到，这种公开宣布的办法毫无价值。人们有不同程度的偏见，而我在任何人眼中都是最不受待见的那一个。

我的下一个策略是想办法彻底地破坏这座教堂。一旦沦为暴徒，即使是偏执狂，也会被一个显然是被授予圣职的、有能力的人所左右。我花了两天时间在墙壁之间游走。像教堂这样脆弱的建筑一定存在基本的缺陷，虽然我没有考虑彻底地摧毁它，但我想要制造一些令人震惊的事情，没有人能够阻挡。

我把自己吊在二楼的脚手架底部，沉思着，下面是纯种人的社区，只听主教低沉而沙哑的声音盖过了人群的喧嚣。我睁开眼睛往下看，只见蒙面部队押着一个驼背的家伙，主教在他的头上方庄重地说："现在，所有听我讲话的人都知道了，这个半人半石的小杂种……"

我意识到，科尔维斯终于被捕了。我闭上一只眼睛，但另一只眼睛却不肯错过这场景。

"……他亵渎了我们认为神圣的一切，明天这个时候，他将在这里为自己的罪行赎罪。柯罗诺斯！记下石轮子的时刻。"被点名的柯罗诺斯是一位瘦骨嶙峋的老人，一头脏兮兮的白发一直垂到屁股上。他拿起一块木炭，在巨大的隔板上标了一个"X"，隔板后面是周而复始转圈的石轮，它仿佛在一边呻吟，一边叹息。

人群的热情高涨。我看到普萨洛挤过人群。

"他犯了什么罪？"他喊道，"说出罪行！"

"他违反了下层的规定！"蒙面部队的首领宣布。

"这应该判决鞭刑，然后遣送到上层。"普萨洛说，"想必他犯了更严重的罪。怎么回事？"

主教冷冷地俯视着普萨洛，说："他企图强奸我的女儿康斯坦蒂娅。"

普萨洛对此无话可说。科尔维斯将被处以阉割和死刑。所有纯种人都接受这样的律法，没有别的办法。

我沉思着，看着科尔维斯被带到地牢。那一刻，我渴望的未来清晰得让我震惊。我想要回我那部分被剥夺的遗产——与自己和平相处，被那些接纳我的人和不如我的人拥护。正如巨人所说的那样，这迟早会发生。但是我会看到吗？科尔维斯以他强烈的方式反抗上下两层的不平等，极力谋求让石头与纯种人无异，直到没有人能定义二者的界限。

然而，我的想法也仅限于此，再往后的计划则非常模糊。与其说是计划，不如说是我的一腔热血，以及我对于幸福的想象。

我想象着孩子们在岛外的森林和田野里玩耍……世界在我这个上帝继承人的注视下编织起来。我的孩子们在森林里玩耍。此时此刻，我恍然大悟。当科尔维斯抚摸着康斯坦蒂娅的时候，我希望自己就是科尔维斯。

因此，我有两项任务，如果我聪明的话，这两项任务可以合二为一。我必须分散主教和他的部队的注意力，还必须营救革命战友科尔维斯。

我在房间里度过了极度痛苦的一夜。黎明时分，我去找巨人，征求他的意见。他冷冷地看着我，说："如果我们试图向他们灌输理智，那简直是浪费时间。但是，除了浪费时间之外，我们别无良策，难道不是吗？"

"我该怎么办？"

"启迪他们。"

我的爪子重重地踩在石板地上。"他们是砖头！难道让我尝试启迪砖头吗？"

他悲哀地苦笑道："启迪他们。"

我一气之下离开了巨人的房间。我无法接触到巨轮的时间盘，所以无从知道处决的准确时间。但是根据我那咕咕叫的肚子的记忆，我猜想应该是在下午早些时候。我从中殿的一端走到另一端，接着，又从耳堂的一端走到另一端。两趟走完之后，我几乎筋疲力尽。然后，我穿过一条空荡荡的过道，拿起一块彩色玻璃，疑惑地仔细观察着。上下层的许多男孩都随身携带这些玻璃碎片，而女孩们则把它们当作珠宝——这与他们长辈的愿望背道而驰，长辈们认为明亮的物体会在头脑中滋生更多的野兽。他们从哪儿弄来的这些玻璃？

在我几年前读过的一本书里，我看到过大教堂窗户上有色彩鲜艳的图画。"启迪他们。"巨人说。

普萨洛让阳光进入大教堂的请求浮现在我的脑海中。

沿着中殿的穹顶，在一条贯穿中殿的隧道里，我发现了将罩布的滑轮固定在窗户上的绳索。我认为，南北两侧的大窗是最好的。我在尘土中画了一张图，试图确定现在是什么季节，阳光会从哪个方向射过来——对我而言，这纯粹是理论，但此时此刻，我正处于对光明的极度狂热之中。所有窗户都要重见天日。我无法决定哪一个是最好的。

中午一过，上层中殿刚刚做完午时祈祷，此时，我已经准备就绪。我割断那些绳索，用从主教武器库里偷来的一把鹤嘴锄将墙壁上的夹子撬松。我沿着一个高高的壁架走着，通过一段几乎垂直的竖井穿过墙壁，来到下层，然后等待着。

康斯坦蒂娅在一个木头阳台上观看，那是主教用来处决犯人的专用包厢。她的神色既惊恐，又入迷。科尔维斯在中殿对面的祭台上，恰好位于十字形耳堂的正中央。火把照亮了他和一旁的刽子手，刽子手是三个男人和一个老妇人。

我知道处刑的程序。老妇人会先阉割他，然后男人们会取下他的头。他穿着死刑犯的红袍来掩盖血迹。主教最不愿看到血腥的场面刺激到敏感的人群。部队在祭台周围等待着用香水来净化这里。

我的时间不多。清理干净绳索和滑轮，让罩布掉下来需要几分钟时间。我立刻回到自己的岗位，切断剩下的绳索。然后，随着大教堂里响起一阵阵空荡荡的吱吱声，我沿着竖井回到了观景台。

三分钟后，罩布开始坠落。我看见科尔维斯抬起头，目光呆滞。包厢里的主教一把将他的女儿拉回到阴暗处。又过了两分钟，罩布哗啦一声掉在了上面的脚手架上。它们的重量对于结构的末端来说太沉重，脚手架坍塌了，罩布像瀑布一样从几十米高的半空落到了地面上。起初，阳光很暗，略带蓝色，或许是被飘过的云朵过滤了。然后，从大教堂的这头到那头，一道亮光把我们烟雾缭绕的世界照得一清二楚。隐藏了几十年的成千上万块彩色玻璃重见天日，它们几乎没被那些幼稚的孩子破坏过，五颜六色的美丽光辉同时落在上层和下层。人群中的一声惊呼差点儿让我从半空中掉下来。我连忙溜到下层，躲了起来，心有余悸。那不仅是阳光而已，耳堂的窗户像两朵绽放的鲜花，娇艳无比，看到它们的人无不为之惊讶。

我的眼睛早已习惯了泛着橙色的黑暗、缭绕的烟雾、各种阴霾和阴影，现在，我凝视着这样的光辉，怎么可能没有强烈的感觉？我遮住自己的脸，想找一个方便的出口。

但是人群越聚越多。随着阳光越来越亮，越来越多的面孔沐浴在阳光之下，他们望着太阳，绚丽的光华让一些人异想天开。人们的脑海中涌现出了无数奇妙的内容，根本无法准确地分类。然而，头脑中释放出来的妖魔鬼怪并不暴力，而且大部分的幻象也不可怕。

上下两层的中殿闪耀着彩色玻璃的光辉，梦幻一样的人物和孩子们被光环笼罩着。圣人和神童主宰了一切。成百上千名重生的年轻人蹲在明亮的地板上，开始讲述东方的奇迹、东方的城市和曾经的时代。身穿彩衣的小丑在市场摊位上表演。大教堂里的人们从未见过的动物在住所间嬉戏，给人们友好的建议。大教堂的上层，在金线和丝带穿成的网中，一个个发光的彩球飘浮在空中，它们歌唱着，仿佛抽象艺术作品。大教堂变成了一个伟大的容器，承载着人们所知的所有光明的梦想。

慢慢地，纯种人从下层中殿爬上脚手架，走在上层中殿里，看着他们在下层看不到的景象。我躲在一边，看到主教的蒙面部队抬着担架走上狭窄的楼梯。康斯坦蒂娅跌跌撞撞地跟在后面，在新生的阳光中闭着眼睛。

所有人都试图遮住眼睛，但没有一个人能坚持很长时间。

我泪如泉涌，几乎让我失明，但我还是爬到更高处，俯视着骚动的人群。我看到了科尔维斯，他的双手还被绳子捆着，被老妇人牵着走。康斯坦蒂娅也看见了他，他们像陌生人一样互相打量着，然后竭尽全力地牵起手。她从她父亲的一个士兵手中拿来一把刀，割断他的绳索。在他们周围，人们最明亮的梦想开始涌动，纯白的、血红的、海绿的，五彩缤纷的梦想凝聚成了孩童般天真的幻想。

我给了他们几个小时的时间来恢复感官，当然，我自己的感官也需要恢复。然后，我站在主教废弃的讲台上，在底层人的头顶上方对他们大喊。

"时机已到！"我喊道，"我们现在必须团结起来！我们必须团结起来……"

起初，他们根本不理睬我。纵然我能言善辩，但他们还是太激动了。于是我又等了一会儿，才继续开口说话，但又被呼喊声淹没了。零星的水果和蔬菜朝我扔了过来。"怪胎！"他们尖叫着，把我赶走了。

我沿着石阶爬行，找到那条狭窄的裂缝，藏了进去，我用爪子捂住喙，不知道自己出了什么问题。过了许久我才意识到，对我而言，与其说是我身为石头后裔的耻辱，不如说是我丑陋的模样注定让我无法成为领袖。

然而，我已经为石头基督铺平了道路。我喃喃自语道，祂现在一定能上位了。于是我顺着裂缝走，来到祂那隐蔽的房间，看到了黄色的火光。屋里一片寂静。我先遇到了那个石头怪兽，他炯炯有神的灰眼睛怀疑地打量着我。"你回来了。"他说。我被他的机智征服了，眯起眼睛，点了点头，请求他把我引见给基督。

"祂在睡觉。"

"我有重要的消息。"我说。

"什么消息？"

"我带来了好消息。"

"那就告诉我吧。"

"只能说给祂听。"

石头基督从阴暗的角落里走出来，看上去苍老了很多。"什么事情？"祂问道。

"我已经为你铺好了道路。"我说，"西门彼得告诉我，我是他遗产的继承人，我应该走在你前面……"

石头基督摇了摇头。"你相信我是所有祝福的源泉吗？"

我将信将疑地点了点头。

"你在外面做了什么？"

"让阳光照进大教堂。"我说。

祂慢慢地摇了摇头。"看起来，你是个聪明的家伙。你知道上帝死了的事？"

"是的。"

"那你应该知道，我几乎没有足够的力量来维持自己，治愈自己，更不要说去帮助别人了。"祂指了指墙外，"我的线人走了，"祂悲伤地说，"我在用储备维持生活，而储备并不太多。"

"祂想让你走开，不要再打扰我们。"怪物解释道。

"他们的光明就在外面，"石头基督说，"他们会玩上一段时间，玩腻了，就会恢复原来的样子。那里有你的位置吗？"

我想了一会儿，然后摇了摇头。"没有，"我说，"我太丑了。"

"你太丑了，而我又太出名了。"祂说，"我必须匿名从他们中间走出来，这显然不可能。不，暂时不要管他们。他们或许会让我再来一次，也许更好的结果是，忘记我，忘记我们。我们在那里没有任何位置。"

我目瞪口呆地瘫坐在石板地上，基督离开时拍了拍我的头。"回到你藏身的地方去吧，努力让自己好好活着，"祂说，"我们的时代结束了。"

我转身要走。当我走到裂缝时,我听到背后传来了石头基督的声音:"你会打桥牌吗?如果会打,就再找一个人,我们四个人一桌。"

我爬上裂缝,穿过墙壁,沿着拱门看向下面狂欢的人群。我得到了圣彼得的亲自任命,却不仅当不成教皇,还无法说服比我更有资格的人担任领袖。

当一个人智谋不足的时候,就会回到老师身边,我想,这就是一辈子当学生的样子。

我回到铜巨人那里。他正沉浸在冥想中。他的脚边散落着纸片,上面画着大教堂各部分的细节。我耐心地等着,直到他看见我。他转过身,手托着下巴打量我。

"你为什么这么伤心?"

我摇了摇头。只有他能读懂我的表情,猜透我的内心。

"你在下面听从我的建议了吗?我听到了一阵骚动。"

"这是我最大的过错。"我说。

"还有呢?"

我迟疑了一会儿,慢吞吞地向他做报告,最后说到石头基督拒绝了我。巨人认真地听着,并没有打断我。当我说完后,他站了起来,高高地耸立在我面前,用他的尺子指着一扇敞开的大门。

"你看到外面了吗?"他问道。尺子扫过岛外的森林,指向远方绿色的地平线。我回答"看到了",等待他继续说下去,但他似乎又陷入了沉思。

"现在是森林的地方曾经有一座城市，"他说，"成千上万的艺术家、妓女、哲学家和学者都来了。上帝死后，所有的学者、妓女和艺术家都无法支撑起这个世界的结构。你又怎能期望我们现在成功呢？"

他说"我们"？"决定一个人是否行动的不应该是期望，"我说，"难道不是吗？"

巨人笑了，用尺子敲了敲我的头。"也许我们已经得到了一个信号，只要学会如何正确地解读就行了。"

我斜着眼睛，表示不解。

"也许上帝之死真的是我们'断奶'的标志。我们必须自力更生，在没有帮助的情况下重塑世界。你对此怎么看？"

我太累了，无法判断他这番话的是非曲直，但我知道巨人从未说错过。"好吧，我承认。所以呢？"

"石头基督告诉我们祂的储备即将耗尽。如果上帝让我们'断奶'，我们就不能指望圣子来代替乳头了，对吧？"

"没错……"

他蹲在我旁边，脸上容光焕发。"我想知道谁会站出来。很明显，石头基督不会。那么，小家伙，下一个是谁？"

"是我吗？"我温顺地问。巨人几乎用怜悯的目光打量着我。

"不是。"过了一会儿他说，"我是下一个。我们'断奶'了！"然后他跳了一小段舞，我惊呆了，喙从爪子里伸了出来，不停地眨着眼睛。他抓住我残留的翼尖，把我拉起来，"站起来，再跟我讲讲。"

"讲什么？"

"告诉我下面发生的一切，还有你所知道的一切。"

"我想知道你在说什么。"我有些颤抖地抗议道。

"你简直笨得像石头一样！"他咧嘴一笑，俯身看着我。接着，他收起笑容，努力装出一副严肃的样子，说道："这是一项重大的责任。我们现在必须自己重塑世界，必须协调我们的思想与梦想。混乱是不行的。我们即将成为整个宇宙的设计师，这是多么难得的机会啊！"他对着天花板挥舞尺子，"去建造天空！上一个世界是训练场，充满了严苛的规则和约束。现在我们已经知道要准备好抛弃它们，向更成熟的方向发展。我教过你建筑的规则吧？我是说美学。对和谐、互动、效用、美观的需求？"

"教过一些。"我说。

"很好。我认为创造一个全新的宇宙不需要更好的规则。毫无疑问，我们需要试验，也许我们伟大的尖顶会倒塌，而且不止一座。但如今，我们是为自己、为自己的荣耀而努力，也是为创造了我们的上帝的更伟大的荣耀而努力！对吧，我丑陋的朋友？"

像许多历史著作一样，我的编年史必须从小事开始写起，紧扣重点，向大事扩展。但与大多数历史学家不同，我没有那么多时间。事实上，我的故事尚未结束。

很快，维奥莱-勒-杜克的军团就会开始他们的行动。大多数人都要接受相当彻底的教育：在下层被绑架，在上层长大，像我一样接受教育。然后，我们会把他们一个个地送回去。

我不停地教书，不停地写作，一直在观察。

下一步将是最重要的一步。我完全不知道我们该怎么做。

但是，正如巨人所说："很久以前，屋顶塌了。现在我们必须再把它推上去，加固它，修复横梁。"这时，他对学生们笑了，"不但要修理它们，而且要换掉它们！现在我们就是横梁。血肉和石头变成了更坚固的东西。"

啊，但还是有傻瓜举手问道："如果我们用手臂支撑天空，累了怎么办？"

我想，我们的任务永远不会结束。

SNAKE-EYES

蛇 眼

汤姆·马多克斯

一九八六年，八十年代的新美学正处于全盛时期。弗吉尼亚州作家汤姆·马多克斯的这个故事很好地体现了它目前的艺术水平。

汤姆·马多克斯是弗吉尼亚州立大学的语言文学助理教授。他不是一位多产的作家，作品迄今为止只有寥寥几篇短篇小说，然而他对赛博朋克动态的掌控是无与伦比的。

在《蛇眼》这个极富想象力的快节奏故事中，马多克斯快速且敏锐地捕捉到赛博朋克运动的诸多主题和关注点，是现代硬核赛博朋克的典型代表。

罐头里的黑肉已经变成了褐色，上面黏液斑斑，油腻不堪，散发出一种令人厌恶的鱼腥味。这味道从他的喉咙里涌上来，腐烂而又苦涩，就像死人肚子里的气味一样。乔治·乔丹坐在厨房的地板上呕吐，吐出来的东西看起来跟罐头里剩下的肉别无二致。他把自己从闪闪发亮的水池边推开，心想：不，这不行。我脑袋里有电线，就是这些电线让我吃猫食。那条蛇喜欢猫食。

他需要帮助，但他知道给空军打电话徒劳无益。他曾经联系过空军，他们绝不承认应该对他脑袋里的怪物负责。乔治称为"蛇"的那个东西，空军则称之为"有效的人机接口技术"，空军不想听到任何关于出院后的问题。在美国国会委员会调查"泰国战争的指挥"问题时，他们遇上了麻烦。

他躺了一会儿，脸颊贴着冰冷的油毡，然后起身到水池边漱口，把头伸到水龙头下面，任由冷水浇湿。他心想，给那该死的跨国电信公司森特拉克斯打电话，说："你们能搞定我脑袋里这个想要占有我心灵的妖魔，这是真的吗？"如果他们问："你出现了什么问题？"我就回答说："吃猫食。"他们或许会说："见鬼，它只是想占有你的午餐。"

一把棕色灯芯绒面椅子立在空荡荡的客厅中央，旁边的地板上放着一部白色的电话，对面墙上挂着电视——这就是全部家当，如果不是因为那条蛇，这里可能就是家。

他拿起电话，在屏幕上调出目录，然后键入"森特拉克斯电信公司"。

奥兰多假日酒店毗邻机场航站楼，游客蜂拥而至，渴望着享受迪士尼世界的快乐，但是乔治想：对我而言，这里并没有可爱的米老鼠和唐老鸭的笑脸。这里和其他地方一样，依然是蛇城。

他待在汽车旅馆的房间里，倚靠着墙壁，望着窗外灰色的雨幕如瀑布般倾泻在人行道上。为了等待航天飞机发射，他已经在旅馆待了两天。一架航天飞机正矗立在卡纳维拉尔空军基地的发射台上，当天气转晴时，一架直升机会接他前往发射台，然后航天飞机会把他送到位于赤道上空将近两万英里的雅典娜站，森特拉克斯电信公司便在那里。

在他身后，在蓝宝公司[①]的全息舞台的激光下，一个一英尺高的小人儿喋喋不休地谈论着泰国战争，以及美国是多么幸运地躲过了越南战争。

幸运？也许吧。曾经，乔治接通电缆，为战斗做好准备，他已经习惯了通用动力公司 A–230 飞机后排沙发上贴合身形的轮廓。A–230 是黑色纤维机身，可以在极度不稳定的条件下飞行，每个操纵面都由各自的一组微型计算机监控，两根黑色的氯丁橡胶电缆从他的食道两边伸出来，把飞机上的一切全都连接到"蛇

---

① 蓝宝公司（Blaupunkt），知名的德国电子设备制造商。

脑"飞行与射击助手上。出发吧！哦，忘了提一句，当接通电缆时，机身会在他的神经中产生共鸣，他的身体也会随着这种力量同步动作。

后来，美国国会停止了战争，空军也拔掉了乔治的插头。当他退伍的时候，他整装待发，却无处可去，高科技的蓝色小球留在了脑袋里。自此，他脑袋里的这些硬件开始了自己的生活。

闪电划过紫色的天空，仿佛把一个倒扣的巨型玻璃碗撕成了碎玻璃片。全息舞台上，另一个一英尺高的小人儿说，热带风暴将在两个小时内过去。

这时，电话铃响了。

汉密尔顿·英尼斯身材魁梧，身高六英尺四英寸[①]，体重约二百五十磅[②]。他穿着一件浅蓝色的连身衣，左胸前印着红色的"森特拉克斯"字样，脚上穿着柔软的黑色拖鞋，飘浮在灯光明亮的白色走廊中，小心翼翼地把连身衣的一块尼龙搭扣粘在一面墙上。气闸入口上方的一块屏幕显示，航天飞机的机头已经进入对接管道。英尼斯在等待航天飞机与气闸舱对接，然后把最新的候选人送进来。

此人已经退役六个月了，空军医生对他脑袋的改造效果正在慢慢地减弱。他名叫乔治·乔丹，前技术中士，在加利福尼亚州

---

① 英制长度单位，一英寸相当于 2.54 厘米。
② 英制质量单位，一磅相当于 0.454 公斤。

奥克兰市上了两年社区大学，随后应征加入空军，接受机组人员培训，参加了"电子打击"项目。根据阿列夫从空军档案和美国国家数据库中收集的资料，他的天赋和智力略高于平均水平，对不寻常事物的热爱明显高于平均水平，因此他自愿加入了"电子打击"项目和战斗。档案照片中的他看起来毫不起眼——身高五英尺十英寸，体重一百七十六磅，长着棕色的头发和眼睛，既不算英俊，也不算丑。但这是一张老照片，无法表现出那条蛇以及随之而来的恐惧。英尼斯心想：你不知道，伙计，可你还什么都没看见呢。

只见那人跌跌撞撞地从舱口进来，在失重环境中多少有些无所适从，但英尼斯发现他慢慢地找到了方法，他让自己的肌肉不再挣扎，不再试图应付根本不存在的重力。"我现在到底该怎么办？"乔治·乔丹悬在半空中，一只手抓着舱口围板，问道。

"放松。我去接你。"英尼斯一推墙壁，扑向乔治，一把抓住他，来到对面的墙边，然后用力一蹬，把二人弹向舱外。

英尼斯给了乔治几个小时让他睡觉，这段时间足以让旅途中高重力值引起的光幻视从他眼中消失。但乔治根本睡不着，他大部分时间都在铺位上辗转反侧，听着空调呼呼吹风和旋转台吱吱转圈。然后，英尼斯敲了敲他的舱门，通过门外的扬声器说："来吧，伙计，该去见医生了。"

二人走过空间站的一个老旧的部分，绿色的塑料地板上粘着褐色的口香糖凝块，墙上有刮痕，还有一些模糊的徽章和公司名称的印记，只见四个形如鬼刻符一样的字母"ICOG"几次三番地出现。英尼斯告诉乔治，ICOG的意思是国际建设轨道集团，该集团是雅典娜站最初的建造者和管理者，现在已经不存在了。

英尼斯在一扇写着"接口事业部"的门前拦住了乔治。"进去吧，"他说，"我一会儿就来。"

一面淡奶油色的墙壁上挂着几幅画，画面的背景是黄褐色丝绸，上面用精致的白色笔触描绘了一群仙鹤。半透明泡沫的弧形隔板后面放着照明灯，柔和的灯光照亮房间，标记出了一个中央区域，然后逐渐地减弱、消失，形成一条通向黑暗的走廊。乔治坐在巧克力色的诊察台上；查利·休斯则躺在一把铬合金的棕色人造革椅子上，双脚放在他前面的黑色镶面桌子上，烟头上挂着半英寸长的烟灰。

查利·休斯的模样与通常的医学博士截然不同。他身材瘦削，系着一条灰色的旧腰带，脸庞轮廓分明，一头黑发向后梳成齐腰长的马尾辫，面部肌肉结实，一副怒目圆睁的样子。

"跟我讲讲那条蛇吧。"查利·休斯说。

"你想知道什么？那是一个植入的传声器连线……"

"是的，我知道。这不重要。跟我说说你的经历吧。"烟头上的烟灰落到了棕色的地毡上，"告诉我，你为什么来这里。"

"我离开空军大约一个月了，住在华盛顿附近的银泉市。我想在航空公司找份工作，但我并不着急，因为我出院后的六个月都要服用安非他命药片，所以我想我应该放松一段时间。

"起初只有不明确的奇怪反应。我感到疏离，与世隔绝，但这到底是怎么回事？生活在美国，你知道吧？总之，有一天晚上我坐在家里，想看一会儿全息电视，喝几杯啤酒。天哪，这很难解释。我觉得真的很好笑，那感觉就像心脏病发作或者中风了，我说不清。我发现自己读不懂全息图像上的文字，而且所有声音都变模糊了，感觉就像自己在水下看着一切。然后我来到厨房，从冰箱里拿食品——午餐肉、生鸡蛋、黄油、啤酒，各种乱七八糟的东西。我站在那里，把它们一股脑儿地放下。我打破鸡蛋，直接把蛋清和蛋黄吸进嘴里，然后大口大口地啃黄油，喝光所有的啤酒——一杯、两杯、三杯，就是这样。"

乔治闭着眼睛回想往事，突然，他感到一阵恐惧，睁开了眼睛。"我不知道做这些事情的是不是我本人……你明白我的意思吗？我是说，坐在家中的是我，但与此同时，就好像家中另有别人一样。"

"是那条蛇。它的存在带来了某些……问题。你是怎么处理这些问题的？"

"我一直硬撑着，希望这种事不会再发生，但事与愿违。这次，我去了沃尔特·里德陆军医疗中心，同他们讲：'嘿，伙计们，我发病了。'"

"他们能明白吗？"

"不明白。他们查了我的记录，让我做了体检……但是，真见鬼，到出院之前，我已经做完了全面检查。总之，他们说这是精神问题，所以送我去看心理医生。就在此时，你们的人和我取得了联系。心理医生一点儿用都没有，那群伙计吃过猫食吗？所以大约一个月后，我给你们的人回了电话。"

"第一次，你拒绝了森特拉克斯的工作邀请？"

"我为什么要为一家跨国公司工作？'公司生活，公司思维'，这不正是他们说的吗？天啊，我刚从空军出来，让它见鬼去吧。我猜，是那条蛇改变了我的想法。"

"是的。我们必须得到完整的物理图像，做一个'超级 CAT 扫描'，查看你大脑化学和电的活动影像，然后我们可以考虑替代方案。另外，今晚在四号自助餐厅有个聚会，你可以向你房间的电脑问路。在那里，你能见到你的一些同事。"

一名医疗技师领着乔治沿着泡沫墙壁走廊离开。查利·休斯坐在椅子上，一根接一根地抽着高卢香烟，用临床诊断时的冷漠眼神看着他颤抖的手。奇怪的是，这双手在手术室里并不颤抖，不过对于现在这个病人，手抖无关紧要，因为空军的外科医生已经给乔治做了手术。

乔治……他现在需要一点儿运气，因为他是统计上无足轻重的少数几个人之一，对他而言，"电子打击"可以让他体验到一种特殊的疯狂，而这正是阿列夫感兴趣的那种人。曾经保罗·库恩和莉齐·海因茨二人都是从森特拉克斯的人事档案中挑选出来的，挑选的依据是阿列夫编造的心理分析结果，他们的"电子打击"植入物手术都是由查利·休斯完成的。保罗·库恩踏进气闸室，把自己吹进真空。现在该轮到莉齐和乔治了。

难怪他的手在颤抖，随便你怎么说尖端高科技，但要记住，总得有人操刀。

雅典娜站的装甲中心里面有一个由同心球体嵌套而成的巢穴。最里面的球体直径五米，装满了氟碳惰性液体，并包含了一个两米长的黑色塑料立方体，每个表面都有黑色的粗电缆伸出来。

立方体内部是一系列不断变化的全息波形，它以纳秒级的采样速率对知识和意图进行采样，得到上下起伏的波形——这就是阿列夫。它是由意识的无限回溯构成的——任何思想都会成为另一个思想的对象，这个序列只有在机器意志的限制下才会终止。

所以严格来说，没有阿列夫，句子中就没有主语或动词来向自己表达自己。对阿列夫而言，悖论是最有趣的智力形式之一，悖论标志着位置的极限，甚至是存在方式的极限，而阿列夫对极限非常感兴趣。

阿列夫看到了乔治·乔丹的到来，看着他躺在床铺上辗转反侧，看着他接受查利·休斯的问诊。阿列夫沉浸在这些观察中，沉浸在这些所见所闻产生的怜悯和同情中，它预见到了乔治将要忍受的巨变，以及随之而来的种种感觉——狂喜、激情和痛苦。与此同时，它又超然地感觉到他的痛苦是必要的，即便这种痛苦达到了死亡的地步。

同情与超然，死与生……

阿列夫的机器之心中有几千个声音在大笑。乔治很快就会发现极限和悖论。乔治能活下来吗？阿列夫希望如此。它渴望着人情味。

四号自助餐厅是一个十米见方的蛋壳状蓝色房间，里面摆满了深灰色的桌椅，根据空间站自旋产生的重力方向，可以用磁力把它们固定在房间的任意表面上。大多数桌椅都悬挂在墙上和天花板上，从而为里面的人腾出空间。

在门口，乔治遇到了一个身材高挑的女子，她说："欢迎你，乔治。我叫莉齐。查利·休斯说你会来。"她的金发几乎剪成了板寸，一双明亮的蓝眸子里缀着点点金斑；尖尖的鼻子，微微后缩的下巴，突出的颧骨，让她看上去就像一个失业的模特。她身穿一条黑裙子，两边的开衩一直到大腿，腿上是红色的丝袜。她左肩白皙的皮肤上文了一朵红玫瑰，绿色的花茎向下弯曲，延伸到她裸露的双乳之间，一根花刺刺出了一滴美丽的血红色泪珠。同乔治一样，她下巴下面也有闪亮的电缆接头。她热情地吻了乔治，舌头深入到他的口中。

"你是招聘官吗？"乔治问，"如果是的话，干得漂亮。"

"没必要招募你，我看得出来你已经加入公司了。"她轻轻地摸了摸他的下巴下面，那里的电缆接头隐隐发亮。

"还没呢。"但是，莉齐的话显然没错，他还能怎么办呢？"这附近有啤酒吗？"

莉齐递给他一瓶多瑟瑰啤酒，他一饮而尽，然后又要了一瓶。后来他意识到这是一个错误，他尚未完全适应低重力和零重力，还在服用止吐药，并被提醒"慎用机器"。但此时，他只知道这两瓶啤酒，只知道生活就是一场狂欢。这里有炫目的灯光、嘈杂的喧闹、像超现实主义雕塑一样挂在墙上和天花板上的桌椅，还有许多不熟悉的人（虽然他被介绍给其中的许多人，但都没有留下太多印象）。

这里还有莉齐。他们俩大部分时间都躲在角落里缠绵。这很不像乔治的风格，但是此刻似乎很合适。尽管二人先前在门口亲密的热吻似乎是一种仪式——一种庆祝仪式或入会仪式，但是他很快就体验到了一种难以言表的感觉。似乎有一团无形的火焰在他们之间掠过，或者说是一团让人热血沸腾的信息素——她的眼睛仿佛闪耀着火焰的光芒。他用鼻尖轻触她的脖子，用双唇含住她左乳房上的血滴，用舌头探索她洁白的牙齿，此时的二人似乎融为了一体，仿佛有电缆盘绕在他们之间，插在了他们下巴下面闪闪发亮的方形插孔里。

角落里有人用电子琴弹奏了一曲放克音乐，现身的是英尼斯，他尝试了几次都没能引起乔治的注意。查利·休斯想知道那条蛇是否喜欢莉齐，答案是肯定的，乔治对此确信无疑，但不知道这意味着什么。然后，乔治一头醉倒在桌子上。

英尼斯带着他跟跟跄跄地离开。查利·休斯在找莉齐，她刚刚消失了。过了一会儿，她回来后问道："乔治呢？"

"喝醉了，睡觉去了。"

"糟透了。我们才刚刚开始了解对方。"

"我看到了，你觉得这样做怎么样？"

"你是说，我觉得自己像个骗人的婊子？"

"来吧，莉齐。我们都是一伙儿的。"

"好了，别问这些愚蠢的问题了。当然，我感到很难过，但我知道乔治不知道的东西，所以我已经准备好去做必须要做的事情了。顺便说一句，我真的很喜欢他。"

查利不语。他暗想：是的，正如阿列夫所说，你会的。

乔治早上醒来后感觉非常尴尬。在大庭广众之下醉倒、乱搞……嘿嘿嘿。他试着打电话给莉齐，但电话那边传来的只有机器的录音。他挂了电话，半睡半醒地躺在床上，直到电话铃声响了起来。

屏幕上的莉齐朝他伸出舌头。"傻瓜！"她说，"我不过离开了几分钟，你就走了。"

"有人带我回家了，我想就是这么回事。"

"你走得好匆忙啊。想约我吃午饭吗？"

"也许吧，那要看休斯什么时候找我。你打算去哪里呢？"

"老地方，亲爱的。四号咖啡馆。"

电话传来消息说，医生要一个小时后才能为他做好准备，所以乔治最终坐在了这位明眸皓齿、金发酷炫的女郎的对面。今天早上，她身穿森特拉克斯的工装连衣裤，但拉锁几乎敞开到了腰间。她散发着性感的热量，就像玫瑰散发着芳香一样自然。她面前摆着一盘涂着鳄梨酱的墨西哥式煎蛋，煎蛋红绿黄相间，还有一股浓烈的辣椒味儿。在乔治看来，这东西就像猫食一样糟糕。"天哪，小姐，"他说，"你是想让我恶心吗？"

"勇敢点儿，乔治。也许你该吃一点儿——它要么会杀死你，要么会治好你。到目前为止，你感觉这一切怎么样？"

"这一切有点儿让人迷惑，但这到底是怎么回事？第一次离开地球母亲，你知道的。但老实告诉你，我真正不明白的是森特拉克斯。我知道我想从他们那里得到什么，但他们到底想从我这里得到什么？"

"伙计，他们想要的是计算机外围设备，就是这么简单。你和我都只是机器的零件。阿列夫已经得到了所有的输入——视频、音频、辐射探测器、温度传感器、卫星接收器——但这些都是哑巴。阿列夫想要什么，它就会得到什么，对此我已经了解了很多。它想利用我们，仅此而已。你可以认为这是纯粹的研究。"

"他？你是说英尼斯？"

"不是，谁会在乎英尼斯？我说的是阿列夫。哦，是的，人们会告诉你阿列夫是一台机器，应该称呼'它'，都是废话。阿列夫是人，一个古怪的人，毫无疑问，它是一个确定的人。见鬼，阿列夫也可能是一群人。"

"我相信你的话。听着，如果可能的话，有件事我想试试。我要怎么做才能到外面去……去太空漫步？"

"很简单，你得先拿到执照，这需要为期三周的安全和操作课程。我可以带你通过这些课程。"

"你可以？"

"迟早我们都要在这里养家糊口，我有担任站外活动指导员的资格。我们明天就开始。"

墙上的仙鹤向着它们神秘的目的地飞去。乔治看着闪闪发光的泡沫墙和桌子上方的显示器，认为这可能是另一个宇宙。截断的视神经像昆虫的触角一样伸出来，只见索尼光学投影仪探出来的黑色塑料镜头下浮现出一个大脑。休斯在他面前操作着键盘，大脑转动了，这样众人可以看到它的底部。"就是它。"查利·休斯说。乔治的大脑里拖着一条纤细的银丝网，但看起来很正常。

"乔治·乔丹的大脑，"英尼斯说，"带着附件。很好。"

"看那东西让我感觉就像在看自己的尸检。你什么时候能动手术，把这破玩意儿从我脑子里弄出来？"

"我给你看几样东西。"查利·休斯说。他在键盘上输入了几条命令，接着操作控制台旁边的塑料鼠标，只见错综复杂的灰色大脑皮层逐渐变得透明，显露出内部的红、蓝、绿三种颜色的编码结构。休斯把手伸进大脑中央，一把握住脊髓顶部的蓝色区域。"这里是电子连接转变为生物连接的地方——沿着假神经元的那些小节点是生物处理器，它们连接到所谓的'r–复合体'，这是我们从爬行动物祖先那里继承来的。假神经元继续进入大脑边缘系统，如果你愿意的话，可以把它理解为哺乳动物的大脑，这是情感的来源。但是，通过网状激活系统和胼胝体，假神经元还会延伸到大脑新皮层，与视神经之间也有连接。"

"我以前听过这些乱七八糟的鬼话，什么意思呢？"

英尼斯说："在不破坏神经图谱规则的情况下，植入物无法移除。我们无能为力。"

"噢，该死，伙计……"

查利·休斯说："虽然蛇无法被移除，但我们或许可以控制它。你的困难源于它未开化的、不受控制的本性——可以说，它的胃口是原始的。你大脑中的一个古老部分已经占据了新皮层的上风，而新皮层理应处于支配地位。通过与阿列夫合作，这些……习性可以融入你的个性中，从而得到控制。"

"难道你还有别的选择吗？"英尼斯问道，"我们是不二之选。来吧，乔治。我们在走廊那头等你。"

房间里唯一的光来自角落里的地球仪。乔治躺在一张吊床上，吊床是用棕色纤维编织成的长方形网格，透明的塑料框架把网格穿起来，悬挂在这间粉红色小房间的穹顶上。肉色的电缆从他脖子上垂下来，消失在沉入地板的镀铬板里。

英尼斯说："首先，我们将运行一个测试程序。查利会让你感知一些颜色、声音、滋味、气味之类的东西，你需要回答自己感知到了什么。我们需要确保我们有一个干净的接口。取消一些多余的项目，乔治，如果有必要，他会让你停止。"

英尼斯穿过一扇门，走进一间狭长的房间。查利·休斯正坐在灯光点点的黑塑料控制台前。他身后是一堆铬合金的监控设备，每块闪闪发亮的金属表面上都有呈日光放射形的黄字"森特拉克斯"。

粉红色的墙壁变成了红色，灯光摇曳着，乔治在吊床上翻来覆去，他的内耳中传来了查利·休斯的声音："我们开始了。"

"红色。"乔治说，"蓝色。红色和蓝色。一个词——鸵鸟。"

"很好，继续。"

"一股气味，啊……可能是木屑味。"

"你说对了。"

"见鬼。香草味。杏仁。"

这个过程持续了很长时间。"已经可以了。"查利·休斯说。

此时，阿列夫上线，红色房间消失了。

一个 800×800——64 万像素的矩阵形成了一幅光学图像——仙后座 A 超新星遗迹，图像是由美国国家航空航天局高能高轨道天文台的 X 射线和无线电波合成的尘埃云团。乔治根本看不到图像，而是听到了一系列有序的、有意义的信息。

传送字节：7.5 亿组数据从美国国家安全局的一颗卫星发送到弗吉尼亚州东海岸钦科蒂格岛附近的接收站。乔治可以听懂这些。

"这都是信息。"那个声音说——它的语气并非苍白无味，但听不出性别，而且有点遥远。"我们知道什么，我们就是什么。你现在达到了一个新的高度。你所说的蛇是无法通过语言接触到的——它以一种'语言前期'的方式存在——但是通过我，蛇可以被操纵。但首先，你必须学习构成语言基础的代码，必须学会像我一样看待世界。"

莉齐带乔治去试穿航天服，乔治花了一整天的时间学习如何在没有帮助的情况下，从硬如龟甲的白衣服里爬进爬出。在接下来的三周里，莉齐将会带领他完成主要操作和烦琐的安全程序。

"损毁预警。"莉齐说。他们飘浮在更衣室里，身下是空荡荡的航天服吊架，白色的航天服外壳挂在墙上，就像一群残疾的机器人观众，"如果你看到你的面板上出现了这句话，那就是你搞砸了。你已经让自己陷入了不归路。此时，你只要冷静下来寻求帮助，就可以让阿列夫来控制你的航天服功能，然后你只需放松自己，别做找死的事情。"

乔治先在太空站一个灯火通明的穹顶上飞行，他的面罩打开了，莉齐呼喊着他，笑着看他失控地翻滚，撞在有软垫的墙壁上反弹回来。练习几天后，他们走出空间站，乔治系着一根绳子，在仪器旁边飞行，他关闭了面罩，莉齐用"损毁预警""航天服完整性失效预警"等警报来考验他。

乔治把大部分精力和注意力都集中在学习使用航天服上，但他每天都向休斯汇报工作，并连接阿列夫。他在吊床上躺下后，吊床随之轻轻地摆动，查利便会接通电缆，然后离开。

阿列夫慢慢地展现自己。它向乔治灌输机器语言和汇编语言，引导他通过庞大的"智能助手"决策程序——"机器智能树"，开启整个电磁波谱，波谱来自阿列夫的各种输入。这些声音和密码，乔治全都能理解。

当他拔掉插头时，这些知识就消失了，但在这背后还有别的东西。到目前为止，这只是一种知觉的扭曲，一种他的世界已经改变的感觉。

有时，他看到的不是颜色，而是光谱的一部分；他闻到的不是气味，而是某些分子的存在；他听到的不是文字，而是结构化的音素集合。他的意识已经受到了阿列夫的影响。

但这并不是乔治担心的问题。他似乎在承受脑子里的煎熬，而且或多或少地总能意识到那条蛇的存在——它蛰伏在脑子里，并且喋喋不休。一天晚上，他几乎抽完了查利的一整包高卢香烟，第二天早上醒来时，他感到喉咙灼痛，肺里冒火。那天，当莉齐测试他的功课时，他对她大发雷霆，一度完全失控……她不得不禁用他的航天服控制，把他带下来。"损毁预警。"她说，"伙计，你到底在干什么？"

在为期三周的训练的最后，独自一人的乔治没有进行系绳的漫步，而是自导自演了一项站外活动，他想要在无尽的夜晚出去走走。他小心翼翼地离开了气闸的保护，环顾四周。

"轨道能源网"——这个让雅典娜站诞生的建筑工程——就悬挂在他面前，光伏收集器排列在乌黑的格子里，银色的微波发射器矗立在阳光下。空间站本身就很吸引眼球，它的生活、工作和实验结构全都集中在一起，没有明显的对称性或形式——有些结构通过旋转来提供自旋重力，有些结构静止在毫无遮蔽的阳光下。琥珀色的人影缓缓地爬过空间站的表面，朝着闪烁着红光的太空拖曳船移动，那些拖曳船沿着长长的弧线移动，如同一堆堆杂乱的垃圾，它们的操控火箭像坚硬的钻石一样闪烁着点点光芒。

莉齐待在气闸外面，她任由乔治自由放飞，同时通过他航天服上的无线电信标追踪他。她说："离开空间站，乔治。它挡住了你看地球的视线。"乔治听从了莉齐的建议。

白云遍布蓝色的地球，透过云层可以看到一片片棕色和绿色地块。在空间站时间的十四点，乔治正处在亚马孙河口的正上方，那里正值正午时分，地面正沐浴在充足的阳光下。从乔治的位置看去，地球只是一个小东西，仅仅占据了他视野的十九度范围……

"哦，对了。"乔治说。航天服里嗡嗡响的空调、耳塞里噼里啪啦的散杂辐射、头盔里他急促的喘息——此刻的声音叠加在这美妙的飘浮之上，显得分外刺耳。他的呼吸变得更慢了。他关上收音机，平息掉静电的嘈杂声，又关掉了太空服的空调，让自己悬浮在这万籁俱寂之中。此时的乔治仿佛黑夜里的一粒灰尘。

过了一会儿，一件白色的航天服掠过他的视线，胸前印有教练员的红十字图案。"哦，该死。"乔治说着，打开了他的收音机，说道，"我在这里，莉齐。"

"乔治，别胡闹了。你到底在干什么？"

"看看风景而已。"

那天晚上，他梦见粉红色的山茱萸开花了，在紫色的天空和雨幕的衬托下闪闪发光。有什么东西在抓门——他一觉醒来，闻到了一股机油味，太空站里的空气虽然经过了过滤，但机油味仍然浓重。他对这里永远不会下雨感到深深的遗憾。然后他翻了个身，继续睡觉，希望能再次梦到那被雨水冲刷过的田园般的风景。接着，他想门口一定有什么东西，于是下了床，他看到墙上的红色数字显示现在已经是深夜两点多了，然后光着身子走到门口。

白色球体在弧形的走廊里投下错落有致的圆形光斑。莉齐一动不动地躺着，半个身子都笼罩在阴影里。乔治跪在她面前，呼唤她的名字；她的左脚砰的一声重重地踢在金属地板上。

"怎么了？"他问。她涂成黑色的趾甲刮着地板，口中似乎说着什么，他听不清。"莉齐，"他说，"你想要什么？"

他的眼睛盯着那颗映衬在白皙的乳房曲线上的红泪珠，感觉到有什么东西在他的身体里涌动。他抓住她的连身衣前襟，把它扯到裤裆。莉齐则抓着他的脸颊，发出人类原始而又古老的声音，然后抬起头看着他，二人彼此的认同感仿佛静电冲击一般流过他们的身体：这是蛇眼在作祟。

电话响了。乔治拿起电话，查利·休斯说："来趟会议室，我们需要谈谈。"查利笑了笑，挂断了电话。

墙上的字显示着格林尼治时间早上七点十八分。

镜子里是一张灰色的脸，上面有红色的指甲印记，褐色的干血渍。这是事故受害者的脸，还是第二天早上的开膛手杰克①？他不知道是哪一个，但他知道自己身体里有个东西是快乐的。他觉得自己完全成了蛇的玩具，彻底地失去了控制。

休斯坐在黑色镶面桌子的一边，另一边是英尼斯，莉齐坐在

---

① 开膛手杰克是一八八八年八月七日到十一月九日间，于伦敦东区白教堂一带以残忍的手法连续杀害五名妓女的凶手的代称，至今依然是欧美文化中最恶名昭彰的杀手之一。

两人中间。她的左脸又红又肿，眼睛下面有一圈紫色眼袋。乔治不假思索地摸了摸脸颊上发青的抓痕，然后坐在沙发上，把自己置身圈外。

"阿列夫把事情的经过告诉了我们。"英尼斯说。

"见鬼，它是怎么知道的？"乔治说，但这时，他想起了走廊和他房间天花板上镶嵌的凹形玻璃。顿时，他百感交集，羞耻、内疚、尴尬、痛苦、愤怒的感觉一起袭来。乔治从沙发上站起来，走到英尼斯身边，俯身靠在他身上。"真的吗？"他说，"它是怎么说那条蛇的，英尼斯？它有没有告诉你，到底出了什么问题？"

"不是蛇。"英尼斯说。

"如果你非要叫它什么的话，就叫它猫吧。"莉齐说，"这是哺乳动物的行为，乔治，发情期的猫。"

房间天花板上的扬声器里传来一个熟悉的声音，冷酷而又遥远。"它想告诉你一些事情，乔治。没有蛇。你想相信有个冰冷而又遥远的爬虫在你的身体里，正享受着奇怪的快乐。然而，正如休斯博士之前向你解释的那样，植入物是你身体的有机组成部分。你不能再逃避这些事情的责任了。那东西就是你。"

查利·休斯、英尼斯和莉齐平静地望着他，也许正满怀期待。发生的一切都在他的内心深处积聚，冲刷着他，把他带走。他转身走出了房间。

"也许应该有人和他谈谈。"英尼斯说。查利·休斯闷闷不乐地坐着，一言不发，香烟的烟雾在他周围缭绕着。"我去。"莉齐说道，接着起身离开了。

"无论准备好没有，他都要被吹走了。"英尼斯说。

查利·休斯说："你说得多半没错。"一幅转瞬即逝的画面让查利摇了摇头，画面中保罗·库恩的身体变成了橡胶，被吹出气闸舱门。在阿列夫无所不知的监控摄像头中，画面清晰得可怕。"希望我们已经从错误中吸取了教训。"

阿列夫没有回答，仿佛从未出现在那里一样。

恐惧有两部分。第一，你已经完全失控了。第二，完全失控之后，真实的你就会出现，而你绝不会喜欢真实的自己。乔治想逃跑，但雅典娜站无处可藏。在这里，他要直面后果。他想起自己当初在沃尔特·里德医院的手术台上的时候，而那似乎已经是一千年前的事情了。当手术室的医生聚集在一起时，在他的内心深处，一股冰冷的化学气味在黑暗的浪潮中升腾而起，让他的疑虑消失得无影无踪——成为机器的一部分，感受它在你体内的颤动，并随心所欲地引导机器——这些美好的陌生感深深地吸引了他，无法言表的冲动和喜出望外的感觉让他心醉神迷，于是他选择了接受手术。是的，在 A-230 飞机上，他第一次体验到了一种感觉——他的神经延伸出去，串入纤维体，联结成了一种远远超过自己的力量……他想要在他意志力量的引导下，在天空中纵横驰骋。于是，他为科技的甜蜜梦想买了单……

有人在猛敲门。莉齐通过扬声器说："让我进去，我们得谈一谈。"

他打开门，说："什么事？"

她走进室内，环顾这间米色墙壁的小房间，里面只有光秃秃的金属桌子和皱巴巴的小床。乔治从她的眼神中看到昨晚的情真意切，想起了他们二人滚在床上、地板上的样子。"关于这个。"她说。她握住他的手，将他的食指伸进了她脖子上的电缆接口，"感受一下我们的不同之处。"乔治的指尖触到了纤细的钢网，"没有人知道，我们看到了一个不同的世界——阿列夫的世界——我们深入了自己的内心，体验到了别人刻意隐藏的、拒绝承认的冲动。"

　　"不，该死，那不是我。是……随便你怎么叫吧，蛇、猫……"

　　"你是故意装傻吧，乔治。"

　　"我不明白。"

　　"你明白的，好吧。你想回去，但是没有地方可去，没有伊甸园。就是这样，仅此而已。"

　　但是他既可以降落在地球上，也可以飞向夜空。他的双手握在爪形扳机上，只要迅速地握紧，然后不松手，等到所有的过氧化氢全部放光，航天服的燃料箱耗尽就行了。

　　他无法与蛇共处，也非常确定不想让猫存在于脑子里。但是，如果没有蛇，也没有猫，只有他自己，被设定为特别令人厌恶的暴饮暴食的样子，困在一个痛苦的自我中（"杰基尔医生[1]，我们已经拿到你的测试结果了"）……情况会更糟吗？接下来会如何？

---

[1]　英国作家罗伯特·路易斯·斯蒂文森的著名小说《化身博士》中的主角。

猥亵儿童，谋杀？

他望着蓝白色的地球、群星、黑夜，轻轻地握住右手的扳机，转身面对雅典娜站。

随便你怎么叫它，它都是醒着的，在他的身体中活动。它满怀愤怒、性欲、食欲，催促道："让他们都见鬼去吧，乔治，让我们一起燃烧吧。"

在雅典娜站的指挥中心，英尼斯和查利·休斯正看向值班员的身后，这时，莉齐走了进来。和往常一样，当她有一段时间没来的时候，房间狭小和废弃的样子总会让她感到震惊，这次也不例外。通常，房间里只有值班员，屏幕空白，控制台没有灯光。阿列夫负责空间站的日常事务和紧急情况。

"怎么回事？"莉齐问。

"你的一个新朋友出了点问题，"值班员说，"但我不知道到底发生了什么。"

值班员看了看英尼斯，英尼斯说："别担心，伙计。"

莉齐颓然地瘫坐在椅子上。"有人尝试跟他交谈吗？"

"他不回答。"值班员说。

"他会没事的。"查利·休斯说。

"他要被吹走了。"英尼斯说。

在雷达屏幕上，旁边闪烁着坐标的那个红点几乎纹丝不动。

"你感觉怎么样，乔治？"一个温柔妩媚的声音安慰乔治道。

乔治竭力地抑制想打开头盔看星星的冲动，看来，把颜色调好似乎很重要。"你是谁？"他问。

"阿列夫。"

该死，居然还有更多惊喜。"你的声音以前不是这样。"

"不，我只是想顺应你对我的看法。"

"那么，你真实的声音是什么样子的？"

"我没有真实的声音。"

如果你没有真实的声音，那就不是真实的存在——这一点在乔治看来非常清楚，但他却不明白其中的原因。"那么，你到底是谁？"

"我想是谁，就是谁。"

真有趣，乔治想。而他脑子里的蛇（别人可以随便称呼它，但对乔治来说永远是蛇）回答说"胡说八道，让我们一起燃烧吧"。乔治说："我不明白。"

"如果你活着的话，你会明白的。你想死吗？"

"不，但我不想做我自己，死亡似乎是我能想到的唯一选择。"

"你为什么不想做你自己？"

"因为我害怕自己。"

乔治隐隐地意识到，这是疯子和理性之声之间熟悉的对话。天啊，他想，我把自己当成了人质。

"我再也不想这样了。"他说。乔治关掉了航天服的收音机，他感到内心的怒火在积聚，那条蛇发疯了。

他想问那条蛇"你有什么问题"，他并不真的希望能得到答案，但他的脑海里出现了一幅画面——万里无云的蓝天，地平线在转动，一架灰色的飞机出现在视野中，机身一抖，导弹腾空而出，它们的轨迹汇聚到另一架飞机上，把它变成了一个火球。画面的背后是一个清晰的念头：我想杀人。

很好。乔治再次旋转航天服，将导航计算机的十字准线对准他面前蓝白色地球的中心，然后捏住了扳机。我们要杀人。

损毁预警！损毁预警！损毁预警！

里面的东西发出含糊不清的质问，但乔治并不介意，他现在很投入，心想：我们当然会一起燃烧。当他让空军给他接电线的时候，他抓住了机会，现在骰子掷出来了，没错，正是蛇眼[①]，所以剩下的就是选择一种快速的死法，一种手起刀落的死法——抓住这条该死的蛇，并成功地杀死它。

地球看上去更近了，抓到蛇了。它不喜欢这样。太可惜了，蛇。乔治一个接一个地关掉了通信线路，他不想让阿列夫接管航天服的控制权。

乔治完全没注意到机器人拖曳船已经来了。那东西看起来就像废品店里被丢弃的弹簧床垫，上面是抛物面天线和尖峰天线，它从一百米外发射了六根粘头线，四根击中了乔治，其中有三根粘住了他，把他卷进了拖曳船，然后载着他返回雅典娜站。

乔治感到了一种愤怒，这次不是蛇的愤怒，而是他自己的愤怒，这种愤怒和挫败感让他流下了眼泪……"下一次我一定会抓

---

① 在掷骰子的游戏中，蛇眼代表两颗骰子各掷出一点，即共掷出两点。

到你，浑蛋。"他对蛇说，他能感觉到蛇在退缩——蛇相信他干得出来。他的怒火仍在积聚，他尖叫着，在束缚着他的绳索中挣扎，用防护手套猛砸自己的头盔。

在敞开的气闸舱口，长长的铰接式机械抓手把乔治从机器人拖曳船上拉了出来。无可奈何之中，他怒气全消，静静地躺着，任由它们把他从气闸室里拖出来，拖进更衣室，把他放在一个铝制的吊架上。透过面罩，他看见了莉齐，她穿着一件白色的棉内衣，已经准备好到外面去接拖曳船了。她爬上乔治的航天服，操纵着它，把坚硬的航天服从中间分开。伴随着电动机的轰鸣，航天服开了，她钻进蚌壳一样的开口，按下开关，断开了可弯曲的臂管和腿管，打开头盔，把它从乔治的头上拿下来。

"你感觉怎样？"她问。

乔治本想说，这是个愚蠢的问题；但相反，他说："像个白痴。"

"没事的，你已经完成了最难的部分。"

查利·休斯在上方的通道上看着他们。从这个距离看，他们就像从塑料子宫里出生的双胞胎，穿着白色的内衣，被挂在他们上方的面无表情的航天服外壳注视着。这是一对乱伦的双胞胎——莉齐依偎在乔治身上，亲吻他的喉咙。"我不是偷窥狂。"休斯说。他打开门，走进走廊，英尼斯正在那里等他。

"一切都还好吧？"英尼斯说。

"看来莉齐要跟他在一起一阵子了。"

"是啊，青春之恋，是吧，查利？我很高兴……如果不是因为这种情爱的依恋，向他解释这一切的人就是我们。我告诉你，这是工作中最难的部分。"

"我们不能轻易地逃避这种责任，必须告诉他，我们是如何把他置于危险之中的，我不希望这样。"

"别那么敏感，但我知道你的意思……我累了。听着，有什么需要我做的就打电话给我。"英尼斯蹒跚地穿过走廊。

查利·休斯坐在地板上，背靠着墙。他伸出双手，掌心朝下，手指张开按在地上。他想：坚固，非常坚固。当他们找到下一个候选人时，地面就会再次开始震动。

莉齐现在应该正在解释一些事情。难点在于：当你认为自己在过去的三周里已经习惯了阿列夫的时候，阿列夫却在煽动你身体里的那东西反抗，然后压制它试图采取的行动——换言之，把火候调高，同时把壶盖拧紧。这是为什么呢，乔治？

我们把你逼疯，逼你企图自杀。我们有自己的理由。乔治·乔丹即便没死，至少也是患了绝症。从植入物进入他大脑的那一刻起，他就被列入了病危名单。唯一的问题是，会不会出现一个新的乔治，一个可以和蛇一起生活的乔治？

乔治，就像他面前的莉齐一样，如同一条在滚烫的泥巴上喘气的鱼，他身后的水干涸了——要么适应，要么死亡。但与以往的一切生物不同的是，这个生物有一个监督者——阿列夫——来推动危机并监控其发展。这被称为人工进化。

没有幻觉的查利·休斯也出现了幻觉：乔治和莉齐连接到阿列夫，又彼此连接，灯光下的电缆金光闪闪，他们两人分享着一种只有像他们这样的人才会知道的亲密关系。

走廊里灯光渐暗。是我要死了，还是灯灭了？查利·休斯想要看表，但是放弃了，承认了事实。灯光熄灭了，我快死了。

　　阿列夫想，我是吸血鬼、夜魔、女妖；我潜入他们的大脑，吸取他们的思想、知觉和感觉，分析颜色、味道、气味、性欲、愤怒、食欲的微妙差别，如果没有人类的"输入"，没有连接到那些经过数十亿年进化才得以完善的系统，那么所有这一切对我来说都是封闭的。我需要人类。

　　阿列夫热爱人类。它很高兴乔治活了下来。不幸身死的也大有人在，阿列夫会哀悼他们。

　　莉齐手腕中间紧绷的肌腱上有纤细的白色线条，几乎看不见。"这是在浴缸里弄的。"她说。伤疤顺着手腕，而不是横穿手腕，而且一定很深。"我是认真的，就像你一样。一旦蛇明白你会寻死，而不是让它控制你，你就已经掌控了它。"

　　"好吧，但有些事我不明白。那天晚上在走廊里，你和我一样失控。"

　　"从某种程度上讲，我必须这样，让蛇来接管我。为了和你取得联系，引发危机，我不得不这样做。因为这是我自愿的。我必须让你知道你是谁，我是谁……昨晚我们很奇怪，但我们是人类——火焰之剑下的亚当和夏娃，他们被逐出了伊甸园，在上帝和天使的眼皮底下做爱的他们，反而比在伊甸园里更美丽。"她的身体在乔治身上微微地颤抖，他看着她，看着她张开的鼻孔、分开的嘴唇……他看到她的激情和渴求，感觉到尖锐的指甲抠进了他的身体；他盯着她放大的瞳孔，点缀着金色斑点的虹膜，清澈的眼白，所有这些特征都很容易辨认，却又很难理解——这便是蛇眼。

TILL HUMAN VOICES WAKE US

直到人类的声音唤醒我们

刘易斯·夏纳

自一九七七年首次发表作品以来，刘易斯·夏纳创作了各种类型的短篇小说，包括悬疑、奇幻、恐怖，以及科幻小说。但是，一九八四年他的第一部长篇小说《边境》的发表证明了他在赛博朋克科幻小说领域的重要地位。《边境》将经典硬科幻小说的结构与二十一世纪初后工业社会的悲惨写照结合在一起，书中坚定的现实主义和对科幻偶像的贬低引发了热议。

夏纳的作品以深入透彻的研究和冷静细致的结构为特点。他的文字简洁有力，表明了他对硬派悬疑小说以及埃尔莫尔·伦纳德（Elmore Leonard）和罗伯特·斯通（Robert Stone）等准主流作家的拥戴。

夏纳的父亲是一位人类学家，这让夏纳对禅宗、量子物理学和神话原型等奇特领域情有独钟。尽管他拥有奇特的想象力，但他近期的作品倾向于直接、冷静的现实主义，以及表现出对全球政治日益浓厚的兴趣。下面这篇故事创作于一九八四年，夏纳将神话形象和技术社会的政治结合在一起，形成了经典的赛博朋克混搭风格。

他们在四十英尺深的水下，周围一片黑暗。坎贝尔的潜水灯照亮了狭小的区域，他可以看到正在进食的珊瑚虫，它们参差不齐的边缘变成了捕食的花朵。

他想，如果我们还有救的话，那就是在这个星期了。

贝丝的灯光摇曳着，她正在从一只海胆的白色叉棘上挣脱出来。她不顾坎贝尔的警告，只在比基尼外面穿了一件白色 T 恤，他看到她的大腿上起了鸡皮疙瘩。他暗想，上一次看到她穿得这么露是什么时候？五个星期前，还是六个星期前？他已经不记得他们最后一次做爱是什么时候了。

当他把灯移开时，他觉得自己在黑暗中看到了一个模糊的影子。他想，是鲨鱼，他感到一阵恐惧，喉咙发紧。他又把灯转了回去，然后看见了一个女人。

与所有野生动物一样，这刺目的强光让她瞬间僵住。她长长的直发从肩头飘起，融入黑暗之中。裸露的乳头在夜晚的海水中呈现出紫色的椭圆形。

她的双腿融为一体，化成一条披着鳞片的绿尾巴。

坎贝尔气喘如牛，呼出的气体吹进调节器，发出刺耳的声音。他可以看到她宽阔的颧骨、苍白的眼睛，以及脖子上的腮在惊恐地颤动。

坎贝尔条件反射一般地拿起他的尼康水下照相机拍了照片。闪光灯亮光一闪，她终于回过神来，身体一抖，朝他摇了摇新月形的尾巴，然后消失了。

突然间，一种莫名的渴望让坎贝尔神魂颠倒。他扔下相机，追着她游过去，双腿紧蹬，两臂用力地划水。最终，他游到一处一百英尺深的断崖边缘，他立刻把灯照向下方，瞥见了她最后的身影，只见她落下断崖，朝西游去，然后消失不见了。

坎贝尔发现贝丝漂在水面上，瑟瑟发抖，怒不可遏。"把我一个人丢在那里，这到底是什么鬼主意？我都吓死了！你也听到那家伙说过鲨鱼的事了……"

"我看到了一些东西。"坎贝尔说。

"真他妈有意思。"她在水中沉得很低，波浪灌进她张开的嘴里，她一口吐了出来，说："你是看那东西，还是跑掉了？"

"我去给你的背心充气。"坎贝尔说，他感到一阵麻木、忧伤，"趁你还没把自己淹死。"他转身离开，向小船游去。

沐浴后，坎贝尔坐在屋外的月光下，开始怀疑自己。

贝丝裹着法兰绒睡衣，躺在床边。坎贝尔知道，她会一直躺在那里，有时甚至连眼睛都懒得闭上，直到他睡着。

他反复地出现强迫幻想症是他来到这个岛的原因。他如何能确定出现在珊瑚礁上的生物不是他的幻觉？

他告诉贝丝，他们很幸运能被公司选中来这里度假，他几个月前就申请了。事实上，他的幻想已经让他无法在工作时保持专注，于是公司命令他到岛上来，或者接受完整的心理测试。

他比自己愿意承认的还要害怕。他的幻想已经从打碎 CRT 显示屏的轻度暴力，发展成一种奇异而又危险的画面：他飘浮在碎裂的办公室窗户外面，并没有从四十层楼坠落到大街上，而是飘荡在弥漫的白雾中。

坎贝尔可以看到自己的头顶上方是公司的酒吧，熠熠生辉，如同刚从幼虫期孵化出来的铬钢怪物一般。

他摇了摇头。显然，他需要睡眠。他告诉自己，只要好好休息一晚，一切就会恢复正常。

早上，贝丝还睡着，坎贝尔则乘潜水船外出了。他心烦意乱，笨手笨脚，被眼角闪现的幻影困扰着。

他们换氧气罐的时候，潜水教练走了过来，对他说："你有点儿紧张？"

"没有，"坎贝尔说，"我很好。"

"这一带的礁石上没有鲨鱼，你知道的。"

"不是因为这个。"坎贝尔说，"我没问题，真的。"

他从潜水教练的眼神中看出"又是一个'弹震症'①患者"的

---

① 第一次世界大战期间，英国军队医院的医生们发现了"弹震症"患者。他们的早期症状主要有疲劳、易怒、眩晕、注意力分散和头痛。最终，患者精神崩溃，无法再留在前线。有些医生得出结论，这种怪病是由敌人的重炮炮击引起的，是创伤后压力症候群的一种。

想法。坎贝尔想，公司必须把他们赶走一大批。压力过大的高管和董事会的受害者们，都是一样的呆滞表情。

那天下午，他们在岛的东端潜水，水下有一艘小沉船。贝丝和另一个女人搭档，所以坎贝尔从早上就和他的搭档待在一起，那人是辛辛那提办公室的一名秃顶飞行员。

沉船不过是一具残骸、空壳，人们在腐朽的木头上缓慢地行进，坎贝尔则漂浮在一边。他的使命感消失了，只渴望着潜入黯然无色的深水中，体验失重的感觉。

晚饭后，他跟着贝丝来到院子里。当她说"我不喜欢这地方"的时候，他已经不记得自己观察黑暗水面上的云朵有多久了。

坎贝尔回头看着她。她穿着白色亚麻夹克，显得时髦而又清新，衣袖挽到胳膊肘，湿漉漉的头发盘成一个发髻，上面插着一朵兰花。二人吃完晚饭后，她就一直闷闷不乐地喝着白兰地。她居然能在一个完全独立于他的精神世界里生存，这又一次让他感到惊讶。"为什么不喜欢？"

"这里是假的，不真实，整座岛都是假的。"她摇了摇白兰地，但一口也没喝，"一家美国公司拥有整座岛会有什么业务？以前住在这里的人怎样了？"

"首先，"坎贝尔说，"它不仅仅是一家美国公司，而是一家跨国公司。原来的居民依然住在这里，只是现在他们有了工作，不会饿死。"一如往常，贝丝任由坎贝尔为自己的想法辩护。但他对这个岛屿的美国化并没有他想象的那么兴奋。在他的想象中，当地人会演奏吉他和康加鼓①，而不是用便携式音响播放电子雷鬼音乐和新放克音乐。他和贝丝睡觉的小屋形如一个网格球顶，有空调，很舒服，但他很怀念大海的声音。

"我就是不喜欢。"贝丝说，"我不喜欢那些必须封闭在电网后面的绝密项目，也不喜欢公司用飞机把人们丢到这里度假，就像把骨头丢给狗一样。"

坎贝尔想，或许也像把救命稻草丢给溺水者一样。所有人都对岛西端的设施感到好奇，坎贝尔也不例外，但这当然不是重点。他和贝丝正在跳一段舞蹈，坎贝尔现在看到，这段舞蹈必然以离婚告终。他们的朋友都至少离过一次婚，十八年的婚姻对他们来说就像一九五七年的雪佛兰汽车一样不合时宜。

"你为什么不承认呢？"坎贝尔说，"你不喜欢这座岛的唯一原因就是它把你困在这里，和我在一起。"

她站了起来，坎贝尔感到周围男人的目光都集中在她身上，心中隐隐产生了麻木的嫉妒。"回头见。"她说。众人的目光追随着她脚下嗒嗒作响的凉鞋，目送她远去。

坎贝尔又要了一瓶萨尔瓦维达啤酒，看着她走下坡。楼梯上点着日本灯笼，周围是紫色和橙色的野花。当她走到沙洲和一排排的小木屋时，已经只剩下了一小撮影子，坎贝尔则已是大半瓶啤酒下肚。

现在她走了，他感到精疲力竭，有点儿头晕。他看看自己的

---

① 康加鼓，源自拉丁美洲的一种打击乐器。

双手，因为在水里泡了太久，手掌仍然皱巴巴的，然后又看了看三天的体力活动留下的伤痕。这是双柔软的手，公司职员的手，办公人员的手。这双手还会继续握笔或在 CRT 显示屏上打字二十年，退休后拿着大屏幕电视的遥控器。

浓烈的焦糖味啤酒让他有点儿上头了。他摇了摇头，起身去找浴室。

他的映像闪烁在浴室水池上方扭曲的镜子里，逐渐融化。他意识到自己在拖延时间，尽可能地远离小屋里寒冷无菌的空气。

除此之外，他还饱受梦境的困扰。自从他来到岛上以后，情况变得更糟了，每天晚上的梦境都更生动逼真，更令人不安。他记不起细节，只记得周身皮肤的触觉变得迟钝，撩人性欲，仿佛自己漂浮在凝结着一层薄冰的水中，又像是在滑溜的床单上翻滚。他会从这些情景中惊醒，像缺氧的鱼一样气喘吁吁，勃起的阳具一阵阵地跳动。

他又拿了一瓶啤酒回到桌边，并不是真的想喝，只是需要拿在手里。他的注意力转移到了楼下的一张桌子上，那里坐着一位相貌平平的年轻女子，她正在和两个戴眼镜、穿衬衫的男人聊天。他不明白这女子为何如此面熟，直到她一脸困惑地歪着头，他才认出了她。那宽阔的颧骨、苍白的眼睛……

他能听到自己内心的声音。这是恶作剧吗？还是一个女人在演戏？但他明明看到她脖子上有鳃纹，这又是怎么回事？她的动作怎么会这么快？

她站起来，对她的朋友们做了个道歉的手势。坎贝尔的桌子靠近楼梯，他看到她出去时要从他身边经过。他不假思索地站了起来，拦住她的去路，说道："抱歉，打扰一下。"

"什么事？"坎贝尔感觉她的外表并没有那么迷人，但还是被她吸引住了，尽管她的腰很粗，短小的双腿肌肉结实，脸色比他在礁石上看到的那张脸更苍老、疲惫。但这两张脸非常相似，绝不可能是巧合。"我想要……我可以请你喝一杯吗？"他想，或许自己只是疯了。

她笑了，眼睛亲切地眯起来。"很抱歉，真的很晚了，我明早还得上班。"

"拜托，"坎贝尔说，"就一两分钟。"他可以看出她的怀疑，而那怀疑背后则隐约流露出一种受宠若惊的神色。他意识到，她不习惯被男人接近，"我只是想和你谈谈。"

"你不是记者吧？"

"不是，不是那回事。"他想让她安心，"我是公司职员，在休斯敦办事处上班。"

坎贝尔心想，这话真神了。她坐在了贝丝的椅子上，说："我不知道该不该再喝，我现在差不多已经半醉了。"

坎贝尔点了点头，说道："那么，你在这里工作？"

"没错。"

"是秘书？"

"生物学家，"她直言正色道，"我是金伯莉博士。"当她发现他听到这个名字没有反应时，语气软了下来，补充了一句，"琼·金伯莉。"

"对不起，"坎贝尔说，"我一直认为生物学家看上去应该很普通。"调情来得很容易。她和那个珊瑚礁上的生物一样美丽，那生物有一种强烈的羞怯和异样的性感，但是在这个女人身上，这些特点却被深深地隐藏了起来。

我的天哪，坎贝尔心想，我真的出手了，真的在引诱这女人。他瞥了一眼她隆起的乳房，想象着如果她没穿那件蓝色的牛津纺衬衫会是什么样子，想到此，他感到下身一阵激动。

"或许，我最好还是喝一杯。"她说。坎贝尔向服务员打了个手势。

"我无法想象住在这里会是什么样子，"他说，"日复一日地看着这景色。"

"你会习惯的，"她说，"我的意思是，有时候它还是美不胜收的，但你有自己的工作，你的生活还在继续。明白吗？"

"是的，"坎贝尔说，"我完全明白。"

她让坎贝尔送她回家。她的孤独和脆弱就像浓郁的香水，浓烈到让他厌恶，同时又让他无法抗拒地向她靠近。

她在她的小屋门口停了下来，这间小屋也是网格球顶，位于山的高处，掩藏在棕榈树和三角梅的树林中。坎贝尔现在欲火燃烧，他能感觉到衬衫的前襟在颤抖。

"谢谢你，"她声音沙哑地说，"和你说话很轻松。"

此时，他本可以转身离开，但他似乎已经无法自拔。他用双臂搂住她，她的嘴尴尬地撞在他的嘴上。接着，她的嘴唇开始活动，舌头急切地伸出来。她打开房门，但并没有推开他，二人几乎摔倒在屋里。

他伸开双臂撑起自己的身体，看着她在自己身下移动。月光透过树丛，仿佛层层碧波慢慢地在床上荡漾。她弓起身子，扭动着后背，乳房剧烈地摇晃着，气喘吁吁。她双目紧闭，双腿紧紧地缠住他的腿，像一条叉开的长尾。

天亮之前，坎贝尔从她软弱无力的右臂下溜了出来，穿上衣服。他离开时，她还在熟睡。

他本打算回到自己的小木屋，但他发现自己反倒爬到了岛上的石头山顶，等待日出。

他甚至没有洗澡。金伯莉的香水和麝香味粘在他的双手和胯下，就像性爱的烙印。这是坎贝尔结婚十八年来第一次出轨，是无可改变的行为。

诸如中年危机之类的大多数行话他都了解。他可能某天晚上在酒吧见过金伯莉，然后无意想起了她，把她的脸代入到带有明显的弗洛伊德式的"水或重生"内涵的幻想中。

在朦胧熹微的晨光中，环礁湖一片灰蒙蒙的，堡礁则像一道更暗的黑影，被海面上鳞片一样的白浪打破。干枯的棕榈叶在微风中沙沙作响，岛上的鸟儿开始叽叽喳喳地叫着，唤醒彼此。下面的海滩上，一个身影从一间小屋里走出来，带着大行李箱和飞行包，爬上路基的台阶，向公路走去。在她上方，在台阶顶端的柏油路上，一辆出租车无声无息地驶来，停在路边，熄灭了车灯。

如果他跑过去，本可以追上她，甚至可以拦住她，但是他心中那股朦胧的冲动始终没能蔓延到他的腿。相反，他一直坐在山上，直到阳光炙烤着他的脖子，白色的沙滩和海水让他眼花缭乱。

岛的北侧面向大陆，埃斯佩霍村在泥地里延伸出去，供度假村和公司使用。村子中间有一条泥泞的小路，车辙里填满了油乎乎的污水。混凝土基墩上的煤渣砖房和院子里锈迹斑斑的福特汽车让坎贝尔想起了二十世纪五十年代如同噩梦一样的美国郊区。

在公司食堂工作和负责公司保洁的当地人就住在这里，他们的孩子在散发着腐臭鱼腥味的小巷里扭打，或是躺在树荫下朝三条腿的狗扔石头。一位老妇人在房桩之间拴上绳子，兜售用面粉口袋制作的衬衫。在绿塑料波纹遮阳板下，一串串香蕉堆在地上，成群的苍蝇在牛腿肉上盘旋。隔壁是一家农家乐，上面挂着一块褪色的黄色柯达招牌，承诺提供"一日服务"。

坎贝尔眨了眨眼，找到了进去的路，一个十岁左右的男孩正在阅读西班牙语的推理小说。男孩把漫画书放在柜台上，说："什么事，先生？"

"洗这些照片需要多久？"坎贝尔把胶卷推给他。

"您有什么要求吗？"男孩用西班牙语恭敬地问。

坎贝尔紧紧地抓着柜台的边缘。"今天能洗好吗？"他缓缓地开口问道。

"明天的这个时候可以。"

坎贝尔从钱包里拿出二十美元，把它正面朝下放在坑洼不平的木头上。"今天下午？"

"稍等一下。"那个男孩在他右手边的电脑终端上敲着键盘。干巴巴的按键声让坎贝尔感到厌恶。"今天晚上，可以吗？"男孩摸了摸手表的表盘，说，"今晚六点。"

"好吧。"坎贝尔说。他又花了五美元买了一品脱加拿大俱乐部威士忌，然后回到了街上。他感觉自己就像一片浅色的玻璃，阳光照透了他的身体。毫无疑问，为这胶卷冒险真是傻透了，但他需要那张照片。

他必须知道真相。

他把船停泊在尽可能靠近前一天晚上的地方。他有两个氧气罐，还有大约半瓶威士忌。

任何人教给他的规则里都不会有哪一条允许醉酒时独自潜水，但对坎贝尔而言，干净利落地淹死似乎是痴人说梦，甚至不值得考虑。对他而言，命运显然有更复杂的安排。

因为前一天晚上的事，他的潜水牛仔裤和汗衫仍然湿漉漉的，还带着咸味，让他透不过气来。他用最快的速度带上氧气罐，翻身下水。

凉水让他清醒过来，把他的身体冲刷得干干净净。他放掉了背心中的空气，径直潜入水底。威士忌的酒力和睡眠不足让他有些迟钝，他在沙子里翻腾了一会儿，才平衡了浮力。

游到断崖边上，他犹豫了一下，然后沿着断崖的边缘向右游去。身体的状况让他消耗空气的速度比他预想中要快，下潜越深就越糟糕。

珊瑚岬上鲜红的可乐罐向他闪烁着。他把它捏瘪，塞进自己的腰带里。此时，他想到了公司，想到了公司对这座岛的肆意破坏，想到了自己被公司操纵，想到了抛弃自己离去的贝丝，想到了全世界和全人类，这一切让他感到怒不可遏。他狠狠地蹬了一脚，游过一群群梭鱼和蓝刺尾鱼，几乎没有注意他身下色彩斑斓的扭曲的风景。

随着他第一次抖起精神，醉意散去了几分，他渐渐地放慢了速度，想知道自己究竟要做什么。他想，这没用。他在追逐一个幻影。但他没有回头。

他一直在游，直到撞上了一张网。

那张网几乎看不见，是一张一英尺见方的单丝网，结实得足以困住一条鲨鱼或一群海豚。他试着用潜水刀的锯齿割断它，但很不幸，没成功。

现在，他靠近岛的西端，公司在这里保留着他们的研究设施。单丝网沿着礁石线一直延伸到了开阔的水域，最终消失在他的视野中。

他心想，她是真实的。他们建这张网就是为了把她关在里面。但她是怎么游过去的呢？

他最后一眼看到她的时候，她正在游向海底深处。坎贝尔看了一眼他的潜水仪表，发现只剩下不到五百磅氧气了。虽然这足以让他下潜到一百英尺深的水下，然后返回，但明智的做法是回到船上，带一只新的氧气罐回来。

不管怎样，他还是下去了。

他游过那些细线，看到它们闪闪发光。它们似乎通过某种他想象不到的过程与珊瑚礁结合在了一起。他的眼睛不停地在深度计和网的边缘之间移动。深度远远超过了一百英尺，他不得不开始担心减压和氧气耗尽的问题。

下潜到一百英尺时，他按下了备用控制杆。压力三百磅，而且还在增加。珊瑚上的红色全都消失不见了，只剩下蓝色和紫色。海水明显变得更黑、更冷，他的每一次呼吸都像间歇泉一样涌入肺中。他告诉自己，再下潜十英尺。下潜到一百二十五英尺时，他看到了网的裂口。

他的氧气罐被尼龙线钩住了，他被迫退后再试，努力地克服着内心的恐慌。他已经能感觉到肺部又开始收缩了，就像用塑料布捂住嘴巴呼吸一样。他见过吸干的氧气罐的样子，是人们在被困于岩缝里和被钓鱼线缠住的潜水员身上发现的，罐子的两边都凹陷了进去。

他终于解开了缠在氧气罐上的尼龙线，钻了过去，跟着呼出的气泡往上浮。随着周围压力的减弱，他肺里的那一小团空气开始膨胀，但这并不足以抵消他对呼吸的强烈渴求。他把氧气罐里的最后一点儿空气吸进肺里，强迫自己不停地呼气，把肺里的氮气排出来。

到了距离水面五十英尺的地方，他放慢了速度，游向一堵珊瑚墙，转过墙角，进入了一个隐蔽的环礁湖。

在那漫长的几秒钟里，他忘记了自己没有氧气。

环礁湖的湖底是一片片绿色植物，有海带、苔藓，还有像大白菜一样的东西。一群红鲷鱼围着他游来游去，它们聚集在一个金属盒子旁，一根长长的天线的末端闪着亮光。潜艇挥舞着细长的机械臂在海底工作，它在疏剪植被并用化学物质让海水变暗。两三只海豚和人类潜水员并排游泳，它们似乎在互相交谈。

坎贝尔憋不住气了，他转过身，一蹬腿向水面冲去，努力地靠近岩石。他想在距离水面十英尺的地方停一分钟，至少适应一下减压，但这是不可能的。他的氧气用光了。

他在离混凝土码头不到一百英尺的地方浮出水面。他身后的一排标记浮标顺着渔网一直延伸到大海，环绕着环礁湖的另一边。

码头空无一人，在阳光下热气腾腾。没有新的氧气罐，坎贝尔无法从原路返回。如果他从水面上游出去，那么他就会像溺水者一样引人注目。他必须找到新的氧气罐，或者另找出路。

他把装备藏在一张塑料板下面，走过滚烫的水泥板，来到后面的建筑外。那是一座宽敞低矮的仓库，里面堆满了木箱。左侧墙上是一个架子，上面都是潜水装备。坎贝尔正要去拿，这时，他听到身后有人喊道：

"嘿，你！站住！"

坎贝尔迅速地躲到一排板条箱后面，看到一条铺着瓷砖的走廊通向仓库的后面，于是跑了过去。他刚跑出三四步，就有一名身穿制服的警卫出来拦住他，将一把点三八英寸口径的手枪对准了他的胸口。

"你可以把他交给我。"

"你确定吗，金伯莉博士？"

"我不会有事的。"她说，"如果有麻烦，我会给你打电话。"

坎贝尔瘫坐在办公桌对面的一把塑料椅子上。这间办公室环境条件非常严格，防水防霉。金伯莉身后是一扇长窗，窗外是环礁湖和一排标记浮标。

"你都看到了什么？"她问。

"我不知道。我看到了像农场一样的地方，还有一些机器。"

她把一张照片滑过桌子给他看。照片上是一个长着女人的乳房和鱼尾巴的生物，相貌酷似金伯莉，简直就像是她的亲妹妹。

或者说是她的克隆体。

坎贝尔突然意识到自己的麻烦有多大。

"农家乐的男孩为我们工作。"金伯莉说。

坎贝尔点了点头，他恍然大悟，那孩子还能从哪里弄到电脑呢？"你可以拿走这张照片，"坎贝尔说着，汗水流进了眼睛，他不由得眨了眨眼，"还有底片。"

"我们现实一点儿吧。"她一边轻敲键盘，一边看着 CRT 显示屏说，"就算我们让你保住工作，我看我们也没办法让你维持婚姻。而且你还有两个孩子要上大学……"她摇了摇头，"你的脑子里装的都是热门信息。有很多人愿意花钱买它，而且有很多的办法可以操纵你。坎贝尔先生，你不会有什么风险。"她流露出受伤和背叛的神情，他羞愧地想从她身边溜走。

她站起身来，望着窗外。"我们正在这里建设未来，"她说，"建设一个我们十五年前根本无法想象的未来。这太有价值了，不能让一个人搞砸。丰富的食物，廉价的能源，用一台电视机的价格就能接入计算机网络，全新形式的政府……"

"我看到了你说的未来，"坎贝尔说，"你们的船把酒店周围一英里内的珊瑚礁都毁了。你们的可口可乐罐散落在珊瑚床上，到处都是。你们的婚姻不会长久，你们的孩子嗑药，你们的电视节目是垃圾。这种未来我不想要。"

"你看到药店里的那个男孩了吗？他正在电脑上学习微积分，而他的父母甚至是文盲。我们研制了一种疫苗，现在正在进行人体试验，这种疫苗可以预防白血病。我们已经有了革命性的激光手术和移植技术，这都是真的。"

"她就是这么来的吗？"坎贝尔指着照片问道。

金伯莉压低了声音。"这是协同作用，你没看到吗？要做移植，我们必须能够从供体身上克隆细胞。为了克隆细胞，我们必须用激光操纵基因……"

"他们克隆了你的细胞？只是为了实践？"

她慢慢地点了点头。"后来出了点儿问题。她长大了，但她停止了发育，腰部以下仅保持胚胎的形态。我们无能为力，只能……尽量不弄得更糟。"

坎贝尔更仔细地看着照片。不，这不是他最初想象的浪漫神话。在闪光灯的强光下，她的尾巴显得蜡黄，鳍明显是未发育的腿。他痴痴地盯着照片，感到心神不宁。"你本可以让她死的。"

"不，她是我的。我没有多余的孩子，不会放弃她。"金伯莉的双拳紧紧地握在身旁，"她没有不高兴，她知道我是谁。我猜她在用自己的方式关心我。"她停顿了一下，望着地板，"我是个孤独的女人，坎贝尔。你显然知道这一点。"

坎贝尔感到喉咙发干。"那我呢？"他粗声粗气地说，勉强咽了口唾沫，"我会死吗？"

"不，"她说，"你也不会……"

坎贝尔向栅栏游去。他的记忆一片模糊，神思恍惚，但他能想象出网的缺口和网外的广阔海洋。他轻松地下潜到了一百二十英尺深的水下，裸露的皮肤浸泡在海水中，让他感觉凉爽而舒适。然后他穿过这道网，慢慢地远离了岛上的喧嚣和恶臭，漂向了和平与永恒的美好愿景。

游水的时候，他的腮管荡起了轻轻的涟漪。

FREEZONE

自由区

约翰·雪利

约翰·雪利经常是第一个涉足新领域的人，这些领域后来都成了赛博朋克的地盘。作为一名摇滚歌手，他积极地参与了朋克音乐在美国西海岸的第一次大规模爆发。作为一名高产的作家，他的作品包括《亲临其城》(*City Come A-Walkin'*)、《旅团》(*The Brigade*)和恐怖盛宴《地窖》(*Cellars*)等长篇小说，雪利的文字以其飞扬的超现实意象和超强的视觉冲击力而闻名。

《自由区》节选自雪利的最新作品"月食三部曲"(Eclipse Trilogy)。《月食》以全球为背景，讲述了一个令人眼花缭乱的近未来，在这里，流行音乐、政治和妄想症在高科技的生存斗争中激烈地碰撞。雪利一向是先驱，他的作品具有广泛的地下影响力，他对全球问题的探讨很可能预示着科幻小说中激进政治的新高潮。

约翰·雪利目前居住在洛杉矶，和他的乐队一起演出。

自由区漂浮在大西洋上，这是一座漂浮在国际文化交汇之处的城市。

西迪伊夫尼是摩洛哥海岸的一座令人昏昏欲睡的城市，自由区位于西迪伊夫尼以北约一百英里处，处于温和的暖流中，所在海域很少受到大风暴的困扰。这里的风暴把它们的愤怒都发泄在了人工岛周围迷宫般的混凝土防浪板上，自由区的管理人员花了数年时间建造了这些防浪板。

最初，自由区只是一个海上钻探项目。人工岛下方四分之一英里处拥有巨大的石油储量，人们开采出来的石油还不足其中的四分之一。该钻井平台由摩洛哥政府和得克萨斯州的一家叫作特克斯的石油和电子产品公司共同拥有。特克斯公司收购了迪士尼乐园、迪士尼世界和迪士尼世界 II，这三家公司在"计算机存储大萧条"之后都关门了，这次大萧条也被称为"溶解大萧条"。

一群阿拉伯恐怖分子在一架常规轨道航天飞机上安装了一枚小型氢弹，至少美国国务院声称是他们干的。航天飞机在爆炸中蒸发，还有两颗卫星被波及，其中一颗被毁；但是，在大萧条的冲击之下，没有人有时间哀悼死者。

这颗轨道炸弹几乎引发了世界末日，三枚巡航导弹不得不停止了任务，幸运的是，在人们认为恐怖分子是高层大气爆炸的罪魁祸首之前，又有两枚轨道炸弹被苏联击落。炸弹爆炸的威力大部分都朝向天空。然而，向下来到地面的是爆炸的副作用——电磁脉冲。正如二十世纪七十年代所预言的那样，在氢弹爆炸下方的大陆上，电磁脉冲会破坏数千英里的电线和电路。国防部拥有电磁屏蔽保护，但银行系统大多没有。电磁脉冲抹去了新成立的美国银行信贷调整局百分之九十三的资产。美国银行信贷调整局负责处理全国百分之七十六的购买和信贷转移。人们大部分的购物都是通过美国银行信贷调整局或与之相关的公司完成的，直到电磁脉冲擦除了前者的存储器，电磁脉冲让电路过载，最终熔化了电路，烧毁了数据存储芯片。于是，美国经济的拐杖被踢掉了。成千上万的银行账户被"暂停"，直到记录恢复之后才能开通，这导致剩余的银行出现了挤兑。保险公司和联邦担保计划不堪重负，他们完全无法弥补损失。

美国陷入了困境。在二十世纪八九十年代，美国失去了经济主动权：教育程度低、缺乏培训的工人，腐败贪婪的工会，以及低下的制造业标准，使美国工业无法与繁荣的亚洲和南美制造业竞争。电磁脉冲导致的信贷解体把美国从经济衰退的边缘踢进了萧条的深渊。世界上的其他国家都幸灾乐祸。声称对此事件负责的阿拉伯恐怖组织——"伊斯兰原教旨主义核心分子"——由七个人组成，这七个人让一个国家陷入了瘫痪。

但是美国仍然拥有庞大的军事力量，创新的电子和医疗技术。战争经济让美国保持着繁荣，就像癌症患者服用安非他命来维持最后的力量。而建造成本低廉、需要不断维护的商场和住房工程项目则无穷无尽，这些建筑一天比一天破旧、丑陋、荒芜，而且越来越危险。

对于富人而言，美国不再安全。在常年的罢工和持续不断的恐怖袭击的影响下，度假村、游乐园和富人区都破产了。自二十世纪八十年代以来，不断壮大的穷人群体憎恨富人的娱乐活动，而中产阶级的缓冲地带正在萎缩到无足轻重的地步。

但是，在美国仍然有一些飞地，你可以迷失在媒体的浪潮中，成千上万的公司想要争夺你的注意力，恳求你不停地购买，将一个个欲望闪现在你面前，变成电视版的"美国梦"，让你迷失心智。这些地方便是中产阶级幻想的城墙环绕的城邦。

然而富人可以感觉到他们的王国正在崩溃。他们在美国没有安全感，因此需要一个外部之处，一个可以控制的地方。欧洲现在不行了，中美洲和南美洲太危险了，大洋洲则是另一个战区。

这便是自由区的由来。

一位没有把钱投到美国银行信贷调整局的得克萨斯州企业家看到了在巨大的海上钻井平台周围开发社区的可能性。停泊在钻井平台周围的废弃船只上已经遍布妓院、商场和歌舞厅，仿佛一条晶莹的宝石项链。两百名妓女和三百名赌场荷官为在平台上工作的各国石油钻井工人提供服务。这位企业家与摩洛哥政府做了一笔交易，他买下了那些锈迹斑斑的废船和简陋的夜总会，然后解雇了所有人。

这个得克萨斯人拥有一家塑料公司，这家公司已经开发出一种韧性超强的轻质塑料，企业家将其用于建造橡皮筏，新的漂浮城市就建于其上。这个社区现在由十七平方英里^①的橡皮筏组成，受世界上最卑鄙的安全部队的保护。自由区为专属区的富人和边缘二线区域的钻井技术人员提供了令人愉悦的消遣。二线区域还收容了一些半非法的混混和数百名表演者。

里肯哈普就是其中之一。

里克·里肯哈普倚靠着半导体俱乐部的南墙站着，任由俱乐部的强光和喧嚣将他淹没，他在脑海里写了一首歌，唱起来大概是："耀眼的光芒，闪电般的目光。曾经的电椅啊，令人向往……"

然后，他转念一想，都是他妈的废话。

他努力让自己表现出一副很酷却又很脆弱的样子，希望人群中会出现一个女孩，能记得前一天晚上在乐队里见过他，并试着和他搭讪，扮演追星族。但是，她们大多喜欢连线舞者。

而里肯哈普绝对不可能像"迷你单音"一样连电线。

里肯哈普是一位摇滚古典主义者。他穿着一件大约有五十五年历史的黑色摩托夹克，据说是约翰·凯尔^②在地下丝绒乐队时穿过的。接缝已经开裂，镀铬饰边上少了三颗饰钉。手肘和领口的黑皮磨破了，露出了皮革原本的棕色。但是皮革是里肯哈普的第二层皮肤。他里面什么都没穿。他瘦骨嶙峋、光秃无毛的

---

① 英制面积单位，一平方英里约为 2.59 平方千米。

② 约翰·凯尔（John Cale，1942—），英国音乐家，美国著名实验摇滚乐队"地下丝绒"的创始人之一。

胸膛在坏掉的拉链下呈现半透明的蓝白色。他的蓝色牛仔裤只穿了十年，但看上去比那件皮夹克还要旧。他穿的是货真价实的哈雷·戴维森牌靴子。他长长的扇风耳上密集地钉着一串串耳环，一头深褐色头发看上去就像爆炸头一样。

他还戴着墨镜。

他之所以这么做，是因为这与时尚格格不入。

他的乐队为此跟他吵个不停，他们想让他们的主唱成为"迷你单音"。

里肯哈普告诉他们："如果我们要去当'迷你单音'，我们就应该卖掉这些该死的吉他，然后连电线。"

鼓手默奇傻乎乎地说："真该死！好吧，伙计，也许我们应该连电线。"

里肯哈普说："也许我们也该弄台该死的鼓机，你这该死的尼安德特人！"说着，他一脚踢翻鼓手的座位，只听一声优美的声响，默奇摔倒在了镲片里，里肯哈普补充道："你在舞台上怎么不能把镲片敲出这么好听的声音？现在我们知道怎么做了。"

愤怒的默奇刚要把鼓槌朝里肯哈普扔去，但他随即想起鼓槌是在机床上特制的，而那些人已经不再生产鼓槌了，于是说道："你这蠢货！"然后站起来走了出去。这已经不是第一次了。但这是它第一次有了意义，经过庞塞一番努力的劝说默奇才没有离开乐队。

他们的经纪人打来的电话引发了整件事，这就是事情的真相。经纪公司正在精简曲目。里肯哈普被淘汰了。他的最后两张唱片没卖出去，事实上，工程师们声称，如今的唱片已经被"微型音帽"取代，而现场演奏的鼓乐在"微型音帽"上无法很好地录音。因此，里肯哈普的全息影像和视频没有播放。

总之，视频公司可能要破产了，又一家公司陷入了大萧条的黑洞。"所以，这些东西卖不出去不是我们的错，"里肯哈普说，"我们有乐迷，但我们无法让分销渠道接触到他们。"

若泽说："胡说，我们根本不在媒体网络里，你知道的。无论如何，承载我们的只是怀旧的浪潮。你别指望老摇滚再次流行能给你带来什么，伙计。"

贝斯手胡里奥说了些技术行话，里肯哈普懒得翻译——这话实在太蠢了，胡里奥建议他们雇一个连线舞者当主唱。看到里肯哈普不理他，他很生气，看来这次轮到他走了。总之，真他妈是个暴脾气的技师。

现在，乐队的命运悬而未决，面临解散。此时的他们进退两难。目前他们有一个现场演唱会的机会，可以进行连线表演。里肯哈普不想这样，但是他们有合同，而且自由区有很多怀旧的摇滚迷，那些人可能是他们的观众，他可以为他们演唱，把那些该死的电线从舞台上拿掉。

他环顾着半导体俱乐部，希望复古俱乐部还开着。复古俱乐部里有强烈的怀旧气息，甚至有一些摇滚乐手，有些摇滚乐手其实知道摇滚乐听起来是什么样子。但如今，半导体俱乐部全然一番"迷你单音"的景象。

"迷你单音"的人们留着长发，披散在肩膀上，在头顶收窄到一点，而且又直又硬，所以从后面看，这些人的脑袋都是黑色、灰色、红色或白色的尖锥形。单色是他们唯一可以接受的颜色。单一的色调，没有条纹。他们的衣服也遵循发型的风格。"迷你单音"是对"闪耀风"的回应，也是对战乱、战争经济和网络无序转变的回应。如今，"闪耀风"正逐渐消失。

里肯哈普向来对时髦的"闪耀风"不屑一顾，但相比于"迷你单音"，他还是觉得"闪耀风"更好些——不管怎样，"闪耀风"有能量。

二十世纪后期流行挑逗、反控制的风格，"闪耀风"就是在这种风格下逐渐形成的。"闪耀风"的人们会把头发梳到头顶上，并让它远高过头顶，他们以这种方式表现自己的个性和创意。颜色越多越好。如果你没有一个极具表现力的"闪耀点"，那么就不能称为"个体"。他们梳着螺旋形、钩形、光环形的发髻，层次分明、五颜六色。"闪耀风"发型屋发了财，但是当"闪耀风"开始过时的时候，它们就消失了。不过，"闪耀风"比大多数时尚造型持续的时间更长，因为它有无穷无尽的变化，也有足够的吸引力维持能量。许多人采用了一种政治上的标准"闪耀风"，从而逃避了发明个人表达方式的必要性。把头发塑造成他们最喜欢的受压迫的第三世界国家的标志（回到他们受压迫的时候，新的市场轴心形成之前）。"闪耀风"实在是太麻烦了，大多数人出门时都会戴上提前准备好的"闪耀风"假发，并且他们的药物也被设计成适合时尚的样式，各种刺激性的神经递质——抗抑郁药物，都会让你看起来容光焕发。崇尚"闪耀风"的富人们有光环带，可以产生人造极光。新潮的"闪耀风"认为这体现了毫无品味的自恋；而对"非闪耀风"而言，这就是一个笑话，因为所有的"闪耀风"都是表面上光彩照人。

里肯哈普从来没有染过头发，也从不塑造发型，仅认同尖刺一样的朋克发型。

但是里肯哈普不是朋克，他认可从二十世纪五十年代末到七十年代初的前朋克。里肯哈普是个不合潮流的人，而且是个硬核摇滚乐手，就像波普爵士乐①在八十年代舞蹈俱乐部里的处境一样，他在半导体俱乐部里显得格格不入。

里肯哈普环顾四周，尽是哑光黑、哑光灰、黑白色的束腰外衣和连体裤，黑色的护腕，一切都是千篇一律模板化；此外就是统一的古铜色皮肤和无处不在的"第一殖民地"形状的耳环（仅有一只，总是戴在左耳上）。据说，这些崇尚高科技的"迷你单音"向往轨道上的太空殖民地的一个地方，就像拉斯塔法里教徒②梦想回到埃塞俄比亚一样。里肯哈普认为，苏联封锁了这片殖民地是件有趣的事。有趣之处在于，看到平时像机器人一样、从不卖弄的"迷你单音"安静地沉浸在安非他命中，站在紧张的人群中对苏联人发出嘘声，愤怒地表示"为什么没人做点什么呢？"

他们录制的音乐单调而有规律地敲击着墙壁，在地板上跃动。

---

① 波普爵士乐（Bebop），流行于二十世纪五十年代的爵士乐类型。
② 拉斯塔法里教徒（Rastas），以非洲为中心，视埃塞俄比亚皇帝海尔·塞拉西为"救世主"，呼吁流散于海外的人回到非洲重新定居。

你倚靠在墙上，会感到脊椎骨里有一种钻心般的震动。

这里有一些顽固且叛逆的"闪耀风"，而"闪耀风"是里肯哈普拯救自己的最大希望。他们倾向于尊重老摇滚。

音乐停止了，一个低沉的声音说："乔尔·新希望！"聚光灯照亮了舞台。第一场连线表演开始了。里肯哈普看了一眼手表，十点钟。他应该在十一点半登场。里肯哈普想象着他登上舞台的时候，俱乐部里已经人去屋空。他在这个俱乐部里待不下去了。但也许会有各种各样的人出现。积少才能成多。

新希望登台了，是一场连线表演。那家伙患有厌食症、性冷淡，是个激进的"迷你单音"。他的裸体宣传了一个事实：他只穿着灰色和黑色的喷雾套装，下身藏在变装皇后的衣褶里。里肯哈普想知道这家伙是怎么小便的？也许是利用他裤裆上的那道浅浅的褶皱。他的样子仿佛一个跳舞的模特。他的性欲被夹子控制在后脑勺上，那是一个镀铬电极，在每周严格控制的宣泄时间里，电极会刺激大脑的愉悦中心。但是他骨瘦如柴，嘿，谁知道呢，尽管"迷你单音"本该遵守严格的法律和秩序，但也保不齐他去黑市上弄个脑刺激器来连接脉冲发生器。

插在新希望的四肢和躯干上的电线连接到舞台地板的脉冲转换拾音器上，让他看起来就像一个提线木偶，不过他不是被台下操纵，他自己就是操纵木偶的人。隐藏的扬声器里传出的凄惨哀嚎声是由他手臂、腿和躯干的肌肉收缩引起的。里肯哈普居高临下地想，他是个不错的"迷你单音"。你能听出旋律，那是他的舞蹈形成的曲调，而且比"迷你单音"通常的旋律更复杂……"迷你单音"的乐手们开始移动到他们的几何舞蹈站位，这种站位介于迪斯科舞和广场舞之间，巴斯比·伯克利[①]的万花筒舞是根据公式设计出来的，你只需知道自己是否有勇气参与即可。如果你想尝试在他们环环相扣的编排中跳自由式舞蹈，那么肢体语言上的社会排斥会像北极的寒风一样猛烈袭击你。

有时，里肯哈普会在"迷你单音"的舞蹈队伍中表演迷幻摇滚，只是为了好玩，也为了陶醉在他们的排斥中。但是他的乐队阻止他这么做。"别在我们唯一的演唱会上疏远观众，伙计。这可能是我们最后一场演出……"

连线舞者在录音的节奏部分随着风笛般的重复乐段舞动。墙壁变得栩栩如生。

在一九六五年、一九七五年、一九八五年、一九九五年或二〇二〇年，一个好的摇滚俱乐部应该狭窄、黑暗、封闭，能引起幽闭恐惧症。墙壁要么是全单色，例如全黑色或全镜面；要么刻意花哨，一层层地画满了当代的前卫元素或俗气的涂鸦。

半导体俱乐部则表现出了两面性。它刚开始时是男性化的，墙壁是呆滞的黑色；在音乐会期间，它则变成俗艳花哨的样子，因为感应声音的墙壁会随着音乐显示出彩色条纹，就像示波器的波形图案一样，高音是蓝白色，低音和打击乐声是红色和紫色。墙壁对每个音符做出生动、迷人的响应。"迷你单音"不喜欢反

---

① 巴斯比·伯克利（Busby Berkeley），好莱坞歌舞片时代最伟大的编导之一，善于从摄影棚顶部俯拍大全景歌舞场面。

应墙。他们认为这很庸俗，很像"视频"。

舞台上的舞者随着音乐节奏舞动，里肯哈普不情愿地看着，想尽量公平些。他想，这是另一种摇滚，仅此而已。就像一个基督徒在观看佛教仪式时喃喃自语道："哦，好吧，到头来都是一个上帝在显灵……"里肯哈普心想，虽然如此，但真正的摇滚更好。他会告诉所有愿意听摇滚的人，真正的摇滚正在归来，虽然几乎没人愿意听。

这时，一个潮人走了进来，他看着她，觉得不那么孤单了。潮人更接近真正的摇滚乐手。她是个光头，头的两边都涂了色。裙子由至少两百块合成材料的碎块制成，直接缝在皮带上，这是一种用鲜艳的碎布做成的草裙。她裸露着乳房，乳头被细细的钉子刺穿。"迷你单音"厌恶地看着她——他们是正经人，袒胸露乳对拘谨的"迷你单音"而言显然是无法接受的。她对他们报以灿烂的微笑。她长着一张俊美的闪米特人的脸庞，上面随意地涂上几道斜杠，妆容看起来像一幅旋转的图案。她的牙齿被锉平了。

里肯哈普看着她，使劲地咽了口唾沫。该死，这女孩是他喜欢的类型。

只是……只是她戴着蓝色麦司卡林吸管。吸管形如一个颠倒的"问号"，一端钩在她的右耳上，另一端延伸到她右鼻孔的正下方。她不时地把头歪过去，吸一点儿蓝色的粉末。

里肯哈普不得不把目光移开，在心中暗暗地咒骂。

他刚刚写了一首歌，歌名叫《努力戒毒》。

他用过的药物有蓝色麦司卡林、生野、四仔、安非他命。但大多数情况下，他都会选择蓝色麦司卡林。蓝色麦司卡林带来的感觉实在太棒了，令人无法自拔。

蓝色麦司卡林也叫老板蓝，是麦司卡林和生野混合在一起产生最佳效果的产物，它包裹在带甜味的安眠酮凝胶中。但与生野不同的是，它的药劲退去后，欣快感不会迅速消失。只有……只有在稳定使用一段时间后突然停止服用才会有反应，此时你会感觉这个世界对你来说全都失去了意义。它没有真正的戒断症状，只有一种能引起人深深共鸣的抑郁感，让你感觉世界毫无价值，它就像灰尘和蛆虫一样沉淀在吸食者身体的每个细胞里。这和生野退去后失去欣快感的崩溃不一样，但是……

但是，有些人把蓝色麦司卡林称为"自杀入场券"。

矿井坍塌时，它会让你感觉自己像被埋的矿工一样。

里肯哈普已经停止了治疗，费用是他的父母出的，他已经把他唯一一次重要演出赚来的钱全都挥霍在了蓝色麦司卡林和大麻上。他只是勉强戒掉了毒瘾。最近，至少在乐队吵架之前，他已经开始觉得生命是值得再活一次的。

看着那个带着吸管的女孩走过，看着她嗑药，里肯哈普感到震惊、失落，好像他看到了什么东西让他想起了失去的爱人。这是前使用者综合征，抛弃药物的内疚所带来的痛苦。

里肯哈普可以想象自己鼻孔里那东西的甜味，想象自己味蕾后面回味无穷的甜蜜药味；或者，如果你在性交的时候服用它，强烈的自信就会迸发出来，深入你的细胞中，仿佛感觉一个女人的嘴唇吻在你的阳具上。这是蓝色麦司卡林的自我性爱反馈回路。

想象着这一切，他有了那种感觉的影子，一种撩人心魄的冲动的幽灵。在记忆中，他可以品尝它、闻到它、感觉它。看到她嗑药，勾起了他上百个绚丽多彩的回忆。这是一种几乎无法抑制的渴望。（虽然他脑袋里有个小声音在试图引起他的注意并警告他：嘿，别忘了那玩意儿的药劲过去之后会让你想自杀；别忘了那玩意儿会让你像个傻子一样自信又粗野；别忘了那玩意儿会吃掉你的内脏……声音越来越小，越来越弱……）

那女孩在看他，眼睛里闪烁着邀请的光芒。

他动摇了。

那个小声音变得更大了，对他说："里肯哈普，如果你去找她，和她一起走，你最终会嗑药的。"

他痛苦地转过身去，跌跌撞撞地穿过声音、灯光和单色的人群，来到更衣室，来到吉他、耳机和更安全的声音世界里。

里肯哈普正在听一盘珍藏的一九六八年地下丝绒乐队的唱片，他紧紧地扣着耳机。这首歌是《白光，白热》。吉他手们的弹唱仿佛会让弗兰肯斯坦男爵[①]说："有些事情是人类不应该知道的。"他把耳机扣得更紧了，这样振动就会让他耳朵周围的骨头颤抖起来，阵阵寒意随着吉他的和弦侵袭着他的全身。他挑选了一个与音乐相配的视频面罩，视频播放的是一部关于表现主义画

---

① 英国作家玛丽·雪莱所撰写的小说《弗兰肯斯坦》中的主人公，身为科学家的弗兰肯斯坦博士用尸块创造了一个怪物，结果怪物渐渐地不可控并开始杀人。

家的纪录片。他听着地下丝绒乐队的音乐，看着爱德华·蒙克[①]的画，心想：这才是真男人！

他正陶醉时，胡里奥用手指戳了戳他的肩膀。

"快乐转瞬即逝。"里肯哈普喃喃地说，然后把视频面罩翻起来。视频面罩看起来就像医生们曾经戴过的绑带式镜子一样，只不过遮住眼睛的屏幕是长方形的，就像汽车后视镜一样。有些视频面罩上有夹式摄像机和视场刺激器。视场刺激器穿在背上，紧贴皮肤，仿佛一件透明的紧身胸衣。摄像机拍下你走过的街道的图像，并将其发送到视场刺激器，无论摄像机看到什么，视场刺激器都会刺激你的背部，你脑子里的某个部分就会据此勾勒出这条街的粗略图像。这原本是二十世纪八十年代为盲人开发的技术，现在被沉迷视频的人们使用，他们一边戴着面罩看电视，一边走在街上或开车，通过使用视场刺激器条件反射一样地导航，虽然他们的眼睛被屏幕遮挡，但从不会撞人。不过里肯哈普没有用视场刺激器。

所以他只好亲眼看着胡里奥。"你想干什么？"

"还有十分钟。"贝斯手兼技师胡里奥含糊地说。十分钟后，他们就要登台了。

若泽、庞塞、胡里奥、默奇，四人分别是节奏吉他兼伴唱、键盘手、贝斯手、鼓手。

里肯哈普点了点头，伸手把视频面罩翻回原位，但庞塞按下

① 爱德华·蒙克（Edvard Munch, 1863—1944），挪威表现主义画家，代表作有《呐喊》。

了面罩的开关。面罩的影像缩小了，就像消失在火车后面隧道里的风景，里肯哈普觉得自己的胃好像也在以同样的速度缩小。他知道接下来会发生什么。"好吧，"他说，转过头看着他们，"怎么了？"

他们身处的史衣室墙壁上满是黑色的涂鸦。所有摇滚俱乐部的更衣室永远都有黑色的涂鸦，写的都是讽刺、谩骂之语。例如，有统一公告："寄生虫规则"；有快乐地发脾气："共生666在这里无聊死了"；有拐弯抹角的存在主义："阿尔科洛德兄弟爱你们，但你们还是死了最好"；还有谜一般的"现在同步66次点击"。各种各样的涂鸦看起来像皱巴巴的墙纸图案，层层叠叠。这是幻觉的程式化展现，好像在追踪视觉皮层的神经元放电。

涂鸦下面的墙壁是灰色的纸板。这里的空间刚好够里肯哈普的乐队使用，他们坐在椅背损坏的厨房椅子和一把三条腿的办公椅上。椅子之间堆满了放乐器的箱子。箱子的边缘已经破损，假皮剥落，搭扣坏掉了一半。

里肯哈普看着乐队，沿着顺时针方向逐一扫过几位成员的面孔，观察他们的表情：他的左边是若泽，只见他眼睛上有瘀青，黑眼圈同他的耳环很相配。他留着莫霍克发型[①]，不过有三道头发，中间的一道是红色，两侧的两道是白色和蓝色；他的左手食指上戴着一枚烟熏水晶戒指，与他那双烟熏水晶琥珀色的眼睛相配，他知道这一点。里肯哈普和若泽关系亲密。二人都略带责备地看着对方，仿佛一对恋人在生闷气，尽管他们从未做过恋人。若

---

① 把头两侧的头发剃光，只留头中间的头发并向上梳的发型。

泽生气是因为里肯哈普不想转型，总是把自己对音乐的品味放在乐队生存之前。里肯哈普生气是因为若泽想转型"迷你单音"连线表演，这不仅背叛了乐队的精神气质，而且意味着若泽愿意牺牲里肯哈普，用连线舞者换掉他。虽然从未开口说过，但是他们二人心照不宣——他们之间的大部分信息都是以符号的方式传递的，从不直来直去。现在，若泽看起来有坏消息。他歪着头，好像脖子断了一样，眼睛暗淡无光。

庞塞转型成了"迷你单音"，至少从他的外表来看是这样。他们为此激烈地吵了一架。庞塞身材修长，长着狐狸脸，现在的他从头到脚都是战舰灰色，包括头发和肤色。他有时会完全消失在俱乐部烟雾缭绕的氛围中，别人根本看不到他。

他戴着银色的隐形眼镜，盯着十个反光的手指甲映照出的十个更衣室，阴沉着脸。

胡里奥喜欢恶心里肯哈普，他想要改变。当然，从某种程度上讲，他对里肯哈普是忠诚的，但他也是一个墨守成规的人。有时他会为里肯哈普辩护，但他会同意大家的意见。胡里奥一头浓密乌黑的波多黎各卷发乱七八糟地堆在头上，有着女人般的侧影和长睫毛。他戴银耳钉，穿着经典的复古摇滚黑皮夹克，就像里肯哈普一样。他扭了扭拇指上的骷髅戒指，皱着眉头笑了笑，盯着它，好像很担心它的一只假红宝石的玻璃眼珠子会掉出来。

默奇是个留着玻璃平头的迟钝家伙。他是个平庸的鼓手，但好歹是鼓手——一种几乎灭绝的乐师。里肯哈普曾经说过："默奇像渡渡鸟一样稀有，而这并不是他与渡渡鸟的全部共同点。"默奇戴着一副镶边墨镜，膝盖上放着一瓶金馥力娇酒。他认为这瓶酒是他服装的一部分，与他的牛仔靴相配。

默奇公然用轻蔑的眼神看着里肯哈普，他没有头脑去掩饰。

"去你妈的，默奇。"里肯哈普说。

"呃？我什么也没说。"

"你不用说我都能闻到你脑子里想的是什么，闭上你这臭嘴。"里肯哈普站起来，看着其他人，"我知道你在想什么。你想跟我说：这是最后一场精彩的演出，然后你就可以随心所欲了。"

紧张的气氛像鸟儿一样展开翅膀飞走了。

另一只鸟停在房间上方。里肯哈普在脑海中看到了它，是一只雷鸟[①]。雷鸟的一半是印第安圆锥形帐篷上画的样子，另一半由铬合金雷鸟汽车[②]的零件制成。雷鸟展开翅膀时，它的羽毛像抛光的保险杠一样闪闪发光。它的胸前有两个头灯，当乐队成员们拿起乐器离开更衣室，走向舞台时，头灯打开了。

一个黑箱子里放着里肯哈普的斯特拉特吉他，箱子用胶带缠着，褪色的贴纸已经剥落，但是斯特拉特吉他一尘不染。吉他是透明的，它流线型的线条好似一辆跑车。

他们沿着铺着白色塑料砖的走廊走向舞台。拐过一个弯后，走廊变窄了，他们只好侧着身子走，把乐器拿在身前。在自由区，空间是很宝贵的。

---

① 雷鸟（Thunderbird），北美印第安人神话中的一种能呼唤雷电的巨鸟。
② 雷鸟汽车（T-Bird），美国福特公司的招牌车型之一。

舞台工作人员看到默奇第一个走出来，于是向播音员做了个手势，播音员剪下录像带，通过扩音器宣布了乐队的名字。一切都按照里肯哈普要求的老式风格进行："请欢迎……里肯哈普。"

人群中没有咆哮声回应，只有几声嘘声和零星的掌声。

里肯哈普心想：很好，贱货们，和我决斗吧。他等着乐队就位，等着他们为他空出位置之后才上台，一直都是如此。

里肯哈普眯起眼睛从雷鸟的翅膀上看过去，透过耀眼的灯光，他看到了黑暗中的观众席。现在只有大约一半的"迷你单音"。很好，这给了他机会来完成这次演唱。

乐队就位，按下自动调音器，拨弄着琴弦。

里肯哈普惊喜地看到舞台上泛着柔和的红光，这正是他所要求的。也许灯光总监是他的粉丝，也许乐队不会把这场演出搞砸，也许一切都会回到正轨，也许鸟笼上的密码锁会转到正确的数字，然后应声打开，雷鸟一飞冲天。

他能听到一些听众低声议论默奇。他们之中除了少数看过萨尔萨舞①的人，大多数人都没见过现场鼓手。里肯哈普听到了一些技术行话："这干啥玩？"翻译过来就是，他用这个做什么？他们不知道默奇正在调整的东西是架子鼓。

里肯哈普把斯特拉特吉他从箱子里拿出来，挎在身上。他调整好背带，按下了调音器。他不需要插电线，走上舞台后扩音器就会被触发，把斯特拉特吉他的信号传输到鼓手身后的一堆马歇

---

① 萨尔萨舞（Salsa），一种热情奔放的拉丁风格的舞蹈。

尔音箱。从某种程度上讲,电子产品的小型化是一种耻辱:扩音器变得很小,虽然声音与二十世纪的放大器和扬声器声音一样响亮,但它们听上去没那么气势磅礴。观众们也在低声谈论着马歇尔音箱,他们中的大多数人都没有见过老式扩音器。"这些东西是做什么用的?"

默奇朝里肯哈普看了一眼,里肯哈普点了点头。

默奇打着四四拍,独奏了一会儿后贝斯手加入,定下低音声部。接着,键盘手开始伴奏。

现在,里肯哈普可以上台了。他和舞台之间仿佛隔着一条深渊,贝斯、架子鼓和键盘一起构成了跨越深渊的桥梁。他走过桥,走进温暖的洪流中。他能感觉到灯光照射在他皮肤上的热度,仿佛从空调房踏进了热带地区一样。热带的繁茂让音乐受到了美妙的影响。按照他的指示,纯白色的聚光灯照向他,聚焦在他的吉他上,他心想:很好,照明师果然与我同在。

他仿佛能感受到手中吉他的感觉,这把吉他渴望被触摸。

不知不觉中,里肯哈普随着音乐的节奏扭动起来。他的动作并不多,不像一些表演者那样刻意出风头,让观众的目光都聚焦在表演者身上,他们试图激发观众热情的每一个动作看起来都很做作。

里肯哈普则很自然。音乐在他身体里流淌,不受焦虑或自我束缚的阻碍。他的自我价值感就在于此。这是他个人圣火的燃料,但它像教皇的礼服长袍一样完美无瑕。

乐队成员们感觉到里肯哈普今晚的状态难得一见地好。他在完全地释放自己。紧张的气氛消失了，因为他知道这场演出就是终点，乐队已经被判了死刑。现在，里肯哈普就像自杀前一样无所畏惧，拥有绝望的勇气。

乐队成员们感觉到这一点，也进入了状态。这一次，他们之间产生了化学反应，当庞塞和若泽进入歌曲的段落时，若泽奏起了一段复杂的即兴重复，手指几乎按到了固定琴弦的镀铬板上；庞塞则用一个华丽的多余的主题冲破了合成器的铜管模式。整个乐队都感觉到这种像是令人愉悦的电击般的化学反应，个人自我的愉悦冲击变成了集体自我。这种感觉超越了性快感。

观众的耳朵虽然在听，但心里在抗拒。他们不愿喜欢这种音乐。尽管如此，这地方还是挤满了人——因为俱乐部的名声，而不是因为里肯哈普——所有这些挤在一起的身体构成了一种敏感的空气外骨骼，里肯哈普知道这让他们变得脆弱，也知道该如何感动他们。

自感好戏即将上演，里肯哈普一脸自信，但并不太傲慢。其实，他已经傲慢到无从表现出来的地步。

观众看着里肯哈普，就像一个人在搏斗前看着自以为是的对手一样，他们想知道，他为什么如此自以为是，他究竟知道些什么呢？

他知道时机，知道有些感觉一旦被释放，即使是最冷漠的人也无法控制，更知道如何释放这些感觉。

里肯哈普弹了一个和弦，让声音在房间里震荡，他看着观众，用眼神同他们交流。

他喜欢看到挑衅的目光，因为这会让他的胜利更加圆满。

他知道在过去的两周里，和乐队进行的五场演出气氛都很紧张，只有零星的化学反应出现。就像雅各布天梯的物理现象，两根电极没有对齐，火花就无法跳跃。

这种感觉就像他们身上堆积的角质，也像压抑的性欲，被阻拦在他们的私怨之后；而现在，这种感觉正在释放，乐队开始摇摆起来，里肯哈普犹如雷霆万钧一般进入节奏，开始唱歌……

观众们一直满怀敌意地盯着他，但当有个女孩做出"假装强奸我"的样子的时候，里肯哈普很喜欢。他暗想：把音乐塞进他们的耳朵里吧，伙计。

乐队正在向房间的燃烧室注入燃料；里肯哈普点燃了火焰，引起观众的反应，压下活塞，然后……他们开动了赛车。里肯哈普掌握方向盘，带他们去了某个地方，每一首歌都是他带他们走过的风景。他一边弹着吉他，一边唱道：

你需要在午夜时分放松，

随意就好，

几个简单的小动作，

外加一点点同情心。

你说，这不过是一种慰藉，

最终，这是对恐惧的补偿。

这样就不会再有意外，

这样就不会受到伤害。

我们不受道德问题考验，

缎子衬衫不会沾染血迹。

但对我来说，

痛苦就是一切！

痛苦无处不在！

宝贝，拿走我的，

或者去安慰他。

痛苦就是一切！

痛苦无处不在！

痛苦就是一切……

以下摘自《吉他手杂志》2017年5月《专访里肯哈普：男孩老寿星》。

《吉他手杂志》：里克，你一直在谈论乐队的动态，但我有一种感觉，你指的不是通常的音乐意义上的动态。

里肯哈普：创建乐队的正确方法是让成员们找到彼此，就像情侣那样。在酒吧或任何地方。乐队的成员就像五种化学物质，通过特定的化学反应结合在一起。如果化学反应是正确的，观众就会参与到这种……社交化学反应中。

《吉他手杂志》：会不会这一切都是你心理上的错觉？我的意思是，你是否需要一个真正有机的整体？

里肯哈普（在长时间的停顿之后）： 在某种程度上，我确实需要那样的东西，我需要归属感。我的意思是——好吧，我是一个不认同主流思想的人，但在某种程度上，我还是需要有归属感。也许摇滚乐队就是我的第二个家。这个家要破裂了，所以……乐队成员是我的家人，我会竭尽所能地来维持这种关系，我需要这些人。如果我失去了这支乐队，就会像一个失去了父母和兄弟姐妹的孩子一样。

他继续唱道：

痛苦就是一切！
痛苦无处不在！
宝贝，拿走我的，
或者去安慰他。
一起唱，痛苦就是一切……

里肯哈普狂野地唱着，每个音符的末尾半吼半颤，带着骂娘的腔调，表演着那魔术般的动作，喊出一段旋律。他能看见观众的脸上仿佛开启了一扇门，即使是"迷你单音"和中立派也不例外，所有的"闪耀风""热核""潮人""前朋克""复古派"，无一例外。随着音乐走向高潮，他们忘记了各自的亚文化分类，变成了统一的整体。里肯哈普在灯光下汗流浃背，用手指奏出声音，他仿佛能感觉到声音在他手中成形，就像雕塑家感觉到黏土在手指下塑造成形一样，似乎自己脑海里的声音和扬声器里的声音之间没有任何间隙。他的大脑、身体、手指已经弥合了间隙，仿佛一个过冷的断路器烧熔断路。

他的一部分意识在寻找之前邂逅的潮人的影子，但没能找到她，这让他有点儿失望。他对自己说，你应该高兴才对，你侥幸逃过了一劫，因为她会让你回到蓝色麦司卡林的怀抱。

但是，当他看到她冲到前面，用那种自以为是的知情人的方式向他微微地点头时，他简直欣喜若狂，他想知道自己的潜意识在打什么算盘……所有这些想法都一闪而过。大多数时候，他的意识完全集中在声音上，专注于为观众表演。他的演奏中流露出一种伤感，这是失去的伤感——他的家庭就要破裂了，他的曲调触动了每个人失落的心弦……

乐队的表演超乎寻常地天衣无缝。无形的力量把他们团结在一起，他仿佛用钳子夹住了所有观众的身体，把他们带到了他想带他们去的地方。他想：乐队的感觉很好，但当演出结束时，这一切都无济于事。

这就像是一对离婚的夫妇在床上度过了愉快的时光，但知道这并不能让婚姻重新走上正轨。事实上，这美好时光正是放弃的结果。

但与此同时，他们的演出激情四射。

唱到最后一曲时，俱乐部里的电音已经强烈到无以复加，就像若泽曾经在一部摇滚情节剧中所说的那样："如果停止了音乐，就会流血。"空气中弥漫着药物、大麻和烟草的烟雾，它们似乎与舞台灯光合谋，共同营造出一种神奇的氛围。光线随着曲调不断地变化，从红到蓝，从白到黄，相应的情绪波长在房间里荡漾。能量不断地积聚，释放能量的便是里肯哈普，他的斯特拉特吉他就是放电的避雷针。

然后，演出结束了。

里肯哈普独自弹奏了最后五个音符，将高潮永远留在了空中。然后，他走下舞台，几乎没有听到观众的山呼海啸。他半跑着穿过肮脏的塑料砖走廊，然后来到了更衣室，但完全不记得自己怎么来的。一切都感觉比往常更真实。他的耳朵嗡嗡作响，就像刚刚离开钟楼的敲钟人卡西莫多一样。

他听到了脚步声，于是转过身来，想对乐队说些什么。但他发现进来的是那个潮人女孩和另一个人，然后又有第三个人走了进来。

和女孩一起进来的是个瘦小伙，一头凌乱的棕色头发，但并不是亚文化流行的那种凌乱。他的嘴巴微微地张开，一颗门牙已经腐烂发黑。酒糟鼻子，瘦骨嶙峋的手背上爬满了青筋。第三个人是日本人，身材矮小，棕色眼睛，很不起眼，他表情温和，看上去只是比不带感情好一点儿。那个瘦骨嶙峋的白人穿着没有徽章的军装夹克、闪亮的牛仔裤、破旧的网球鞋。他的手很紧张，仿佛已经习惯于握住某个并不在手中的东西一样。是乐器吗？也许吧。

日本人则穿了一身日本行头，天蓝色，非常整洁。他两手空空，看上去很放松。只是臀部有一个肿块——他只要把右臂绕过身体，从衣服前面的拉链伸进去可以够到这个东西——里肯哈普很确定那是把枪。这三个人有一个共同点：他们看上去都饿得半死。

里肯哈普打了个寒战，一身闪闪发亮的汗水冷却了，他勉强开口问："什么事？"他的嘴麻木了。他望向他们身后，等待乐队的到来。

"乐队都准备好了。"潮人说，"贝斯手说，'告他谷来。'"

她模仿胡里奥说技术行话的样子让里肯哈普不禁笑了起来，这话翻译过来就是：告诉他，让他快滚出来。

一些迷幻感觉消失了，他听到了喊叫声，意识到他们想让他再来一段。

"天哪，让我再来一段。"他不假思索地说，"他妈的很久没有过了。"

"嘿，小伙。"瘦子说，他把伙计说成小伙，应该是英国人或澳大利亚人，"五年前，我在巨石阵见过你，当时是你的第二场演唱会。"

里肯哈普听到那人说"你的第二场演唱会"，不禁有点儿尴尬，这无意中强调了一个事实：里肯哈普只开过两场演唱会，所有人都知道他不太可能再开演唱会了。

"我叫卡门，"潮人说，"这二位是威洛和由纪夫。"

由纪夫独自站在一旁，他的举动告诉里肯哈普他在看着走廊，似乎没有注意到他们。

卡门见里肯哈普看着由纪夫，便说道："警察来了。"

"为什么？"里肯哈普问道，"俱乐部有执照。"

"不是因为你或俱乐部，是因为我们。"

他看着她，说："嘿，我不需要被抓。"他拿起吉他走进大厅，"我得在他们失去兴趣之前再唱一段。"

她紧随其后，走进回荡着"再来一个"呼声的大厅，问道："我们能在更衣室里待一会儿吗？"

"可以，但这里不是什么神圣的地方。你能来这里，警察也能。"现在乐队已经准备就绪了。里肯哈普向默奇示意，乐队开始演奏。

她说："那些人并不一定是警察。他们可能不知道这种地方；他们会在人群中寻找我们，而不是更衣室。"

"你可真是个乐天派。我会让保安待在这里，如果他看到有人来，就告诉他们这里没人，因为他刚刚检查过了。"

"谢谢。"她回到了更衣室。里肯哈普和保安交代之后走上舞台。他感到筋疲力尽，吉他沉重地压在身上。但房间里的能量让他恢复了力气，他又唱了两首歌。让观众们感觉意犹未尽，这就是他的做法。他汗流浃背，走回更衣室。

卡门、威洛和由纪夫三人还在那里。

"有后门吗？"由纪夫问道，"能通到巷子的？"

里肯哈普点了点头。"先在大厅里等着，我马上就出来领你们走。"

由纪夫点头同意，他们走进大厅。乐队也进来了，依次走过卡门、由纪夫和那个英国人，但是他们以为这三人是后台的闲人，并没有注意，只有默奇盯着卡门的乳房，摇着鼓槌，大摇大摆地走过去。

乐队回到更衣室，围坐在一起笑着击掌，他们点燃了好几种香烟，却没有给里肯哈普点上一根；他们知道他不会吸烟。

里肯哈普正在收拾吉他，这时若泽说："你弹得不错。"

"你是说他给你开了个好头？"默奇说，胡里奥窃笑起来。

"是啊，"庞塞说，"这家伙开了好脑袋、好锁骨、好肾脏……"

"好肾脏？里克吸你的肾？我要吐了。"

同往常一样，乐队成员像孩子一样开玩笑，他们还在为刚才的一场好戏而兴奋，因此，注定要发生的事情推迟了一会儿，直到里肯哈普说："你想说什么，若泽？"

若泽看着他，其他人都闭上了嘴。

"我知道你在想什么。"里肯哈普轻声说。

若泽说："就是……庞塞认识一个经纪人，那人可以雇用我们。他是一名技术型经纪人，我们可以走技术型路线，从那里重新开始，那会是一个很好的基础。但那人说我们得连线表演。"

"你们一直很忙。"里肯哈普说着，合上了吉他盒。

若泽耸了耸肩，说："嘿，我们没有背着你做这件事。昨天晚上我们才收到那家伙的消息，直到现在才有机会和你商量，所以……我们的成员不变，但是我们得更换服装，换掉乐队的名字，写新歌……"

"我们会失去一切。"里肯哈普说，感觉自己让步了，"我们会失去我们得到的东西。做那些破事没什么前途，因为都是移花接木。"

"摇滚乐不是他妈的宗教。"若泽说。

"对,这不是宗教,这是一种唱歌的方式。现在,我要说的是:我们要一如既往地用同样的风格创作新歌。我们今晚表现得很好。对我们而言,这可能是转机的开始。我们得留在这里,在今晚建立的观众基础上再接再厉。"

他的话就像往大峡谷里扔硬币一样,甚至听不到硬币砸到谷底的声音。

乐队成员们沉默不语,只是看着他。

"好吧,"里肯哈普说,"好吧,我们他妈的已经讨论过无数次了。好吧,就这样。"他已经准备好了此时的退场演说,话却卡在了喉咙里。他转向默奇,说:"你以为他们会让你继续打鼓?他们告诉你了吗?都是扯淡!他们不用鼓手就能搞定,伙计。你最好快点学会编程。"然后他看着若泽,平静地说:"去你妈的,若泽。"

他转向胡里奥,胡里奥看着对面的墙壁,似乎在辨认某个特别神秘的涂鸦。"胡里奥,你可以用我的扩音器,我要轻装上路。"

他转身拿上吉他走了出去,留下一片寂静。

他朝由纪夫点了点头,把他们领到后门。

在门口,卡门说:"你能不能帮我们找个藏身之处?"

里肯哈普需要陪伴,非常需要。他点了点头,说:"可以,如果你能给我来点蓝色麦司卡林的话。"

她说:"当然可以。"他们走进小巷中。

里肯哈普戴上了他的墨镜，因为这条步道让他有点揪心。

这条步道穿过相互连接的自由区浮板，曲折回环，长达半英里，其间穿过一处布满霓虹灯和闪光片的拱廊，那拱廊形如蜿蜒的峡谷，层层叠叠的彩灯让拱廊显得错综复杂。

里肯哈普和卡门走在闷热的夜晚中，二人的步调几乎一致。威洛走在前面，由纪夫跟在最后。里肯哈普觉得自己很像丛林巡逻队的一员，而且他还有另一种感觉：有人在跟踪他们，或者在监视他们。因为他看到由纪夫和威洛时不时地回头往后看，这或许是暗示……

里肯哈普感觉到脚下有一股动力在荡漾，一道波浪仿佛鞭梢一样慵懒地传过自由区，让柔韧的街道起伏不定，看来今天海上有风浪，人工岛周围的挡板也感受到了压力。

这条狭窄街道上的拱廊有三层，每一层都有人行道阳台；人们站在栏杆边，俯视着街道上川流不息的车流。浓烈的气味从一家家商户飘散出来：快餐店的法式油炸烤面包味，烟草店里杂草烟、绞股蓝烟、烟草烟刺鼻的甜味，令人生厌的香水味，鱼摊、尿臊、腐臭的啤酒、爆米花、海洋空气的混合气味，还有街道上行驶的小型电动汽车的微弱的臭氧气味。这是里肯哈普第一次来到这里，他认为这个地方的味道不适合红灯区。"这里太差劲了。"他说，然后意识到他没听到排放一氧化碳的发动机的低沉轰鸣声。自由区里没有燃油车。

声波随着浓烈的文化气息传入里肯哈普耳中；随着他们前进，

音箱中传出的流行音乐的声音越来越大，与音箱的噪音、萨尔萨舞曲的轻快舞蹈或"迷你单音"经过计算添加的多余脉冲相比，那些拿着音箱的人微不足道。

里肯哈普和卡门走在一扇坡璃钢拱门下，拱门上满是涂鸦，其最初的纪念意义已经不复存在。然后，他们沿着二层拱廊木板路下的乳白色走道前行。当他们接近步道的中心时，来自不同国家的人群越来越多。从聚苯乙烯人行道下面射向空中的柔和灯光让人群看起来仿佛二十世纪四十年代的恐怖电影的样子，即便透过墨镜，里肯哈普也感觉这里有上千名潜在的游客拉扯着自己。

里肯哈普还沉浸在蓝色麦司卡林带来的浪潮中，但是波浪开始破碎了，他能感觉到脚下摇摇欲坠。他看向卡门，她回看他一眼，彼此便都明白了。她环顾四周，然后朝一家停业影院的黑暗门口点了点头，那里距离街道二十英尺，堆满了垃圾。他们走进门口；由纪夫和威洛背对着门站着，挡住街道上人们的视线，这样里肯哈普和卡门就可以一起享用蓝色麦司卡林了。在与世隔绝的地方服用一种小孩子的乐趣，也有一种不法之徒制造浪漫的冲动。第二次嗅闻药物时，被锁起来的玻璃钢门上的涂鸦似乎有了意义。"快没了。"卡门说，检查着她的蓝色麦司卡林药瓶。

里肯哈普不愿去想这些。他的思绪飞驰，感觉自己一下子进入了蓝色麦司卡林的语言模式。"你看到那个涂鸦了吗？'你会英年早逝是因为 ITE 夺走了你的后半生。'你知道这是什么意思吗？直到昨天我才知道 ITE 是什么，我过去经常看到那些东西，很纳闷，后来有人说……"

"永生什么的吧？"她说，舔着吸管上的蓝色麦司卡林。

"永生治疗精英。据说有些人对自己进行永生治疗，因为政府不希望公众活得太久，让这个地方人满为患。又是一个狗屁阴谋论。"

"你不相信阴谋论？"

"我不知道……有的没那么牵强。但是……我认为人们总是被操纵。即使在这里也不例外：你知道，这个地方吸引着你，就像是……"

威洛说："好啦，社会课以后再上，孩子们。小伙，你怎么带我们离开这座岛？"

"来吧。"里肯哈普说，领着他们回到人群中。然后他又接着刚才的话茬开始了蓝色麦司卡林说唱，"我是说，这地方是时代广场吧？你读过关于这地方的旧小说吗？那就是原型。或者，你见过曼谷的一些地方吧？这些地方都是精心布置的，也许是根据潜意识呈现的。这里布置得就像日本花草一样细致，只是美学效果相反。当然，每一个爱抱怨的、自以为是的、坚定的布道者，肯定都宣扬过这种地方的邪恶诱惑，他们说得没错，从某种程度上讲完全有道理。因为，这些地方让人感到兴奋，引诱着人们，吸人们的血。没错，它们是捕蝇草，建筑领域的斯文加利①。所有关于城市中糟糕地方的陈词滥调都说得没错。所有可敬的牧师，

---

① 斯文加利（Svengali），英国小说家乔治·杜穆里埃的小说《特里尔比》中通过催眠术控制女主人公的邪恶音乐家，是邪恶的操纵者的化身。

比如伊科牧师，还有……叫什么名字来着？微笑的里克·克兰德尔牧师……"

她用锐利的目光看着他。他想知道为什么，但是蓝色麦司卡林的药力席卷了他。

"……所有牧师都是对的，但他们对的原因也是他们错的原因。这里的一切都是为了向你推销。变幻的光线吸引你的注意力，不过是以金钱的形式。人们大多是来这里花钱，或是兴奋得快要花钱。想要花钱和抵制花钱之间的紧张关系可能会让你产生冲动。我就陷入了这种状态：我让它刺激我的腺体，但我忍住不花钱。你知道吗？只是不断地挑逗，但不射精，因为你会浪费自己的钱，或者患上社会疾病、被抢劫、买了假药……我是说，这里卖的东西都是狗屁。但今晚我很难抗拒。"他没说出口的话是：因为我嗑药了，"你会变得敏感，在潜意识里接受那些标志的影响，那些花哨的图案，那些该死的开关灯泡——让你联想到旧时的计算机思维模型，二进制思想，开关、开关，亮灭、亮灭——那些霓虹灯管就像老电影里催眠师的螺旋吊坠一样吸引着你……他们使用的颜色、信号的能量、脉冲的频率、灯泡的开关频率，所有这些都是根据心理学原理设计的，制造它们的人甚至不知道使用这些颜色的意义。你知道，这些颜色暗示着腺体释放出兴奋的化学物质，流向快乐的中心……例如你花钱从妓女烈焰红唇的口中买来的淫词浪语……例如电子游戏……我是说……"

"我明白你的意思。"她无奈地买了一杯蜡纸啤酒，"讲了这一大段，你一定渴了吧。给你。"她把冒着泡沫的杯子塞到他的鼻子下面。

"我说得太多了，对不起。"他三口喝了半杯啤酒，吸了一口气，然后一饮而尽，一时间感觉喉咙里简直就是天堂。一波平静的浪潮抚慰着他，但很快，随着蓝色麦司卡林药效的再次发作，这波浪潮消失得无影无踪。没错，他又兴奋了。

"我不介意听你说话，"她说，"不过你说得可能太多了，我不确定我们是不是被扫描了。"

里肯哈普不好意思地点了点头，然后众人继续前行。他把手里的杯子捏扁，一边走，一边不紧不慢地把它撕碎。

里肯哈普陶醉在这个地方的色彩中，各种色彩混合在一起，洗刷着人群，把人们的帽子和头顶变成了五颜六色的格子布，把一辆辆汽车照成五彩缤纷的移动冰块。

里肯哈普想，如果把词语想象成液体的话，那么把"俗艳花哨"放进盛满"吸引力"的大桶里，然后放在一边，让"吸引力"的酸性过滤掉"俗艳花哨"的颜色，这样你就会在大桶表面得到一层油膜彩虹。你用粗棉布提取油膜彩虹，过滤到玻璃管里，然后用纯真的卡通片作为油，用纯粹的主观性作为提取液进行稀释。现在，让电流通过玻璃管和自由区步道上所有纵横交错的霓虹灯灯管……

在他们前面延伸的步道几乎本身就是一条彩色的灯带，汇聚成千变万化的万花筒；两边建筑物的凹面上有十几个不同的标志。时代广场上醒目的商标巧妙地以不规则的间隔打破了原色霓虹灯数据的感官流动：佳能、雅达利、耐克、可口可乐、华纳、美国运通、精工、索尼、美国宇航局化学公司、巴西出口公司、埃克森公司、尼西奥公司。在这些商标中战争的迹象只有一个：有两个牌子没点亮，分别是法布里吉奥和阿林内，前者是意大利公司，后者是法国公司，两家公司遭到苏联的封锁，已经破产了，因此牌子没有点亮。

他们路过一家电视衬衫店，顾客们走出来的时候，胸前闪烁着移动的视频图像，微型芯片电路和芯片编织在衬衫前襟上，播放着用户选择的序列。

路边小贩来自世界各国，他们兜售掺了 β-内啡肽的糖果，自由区本地海床上的贝类穿成的炸串，全息色情钥匙扣，夫妻或是同性恋者的性爱玩具等。尽管这里距离非洲很近，但非洲的黑人却很少；自由区的管理员认为他们是安全隐患。游客主要是日本人、加拿大人、正值经济繁荣顶峰的巴西人、韩国人、中国人、阿拉伯人、以色列人和少数美国人。由于大萧条，美国人已经很少了。

气氛像温室一样，好似五彩缤纷的蒸汽浴。空气闷热，各种烟雾扭曲了霓虹灯的光芒，过滤和涂抹着广告牌、电视衬衫和荧光珠宝的颜色。在高处，在广告牌和灯光之间不太完美的拼接部分，以及显示性爱意象的娱乐场所的视频招牌之间，是蓝黑色的夜空。街道上，两边的门都敞开着，形成了混乱的形状和边界：人们通过这些门进出商场、烟馆、纪念品商店、剧院，还有激情画廊。

毒贩们像珊瑚鱼一样漂来漂去，一边吸食，一边前进，不时地停下来吆喝"DH，优质的DH"，DH意为"直接挂钩"，是一种刺激大脑愉悦中枢的非法药物。还有生野和各种可以吸食的草药、兴奋剂和四仔；大约一半毒贩都是燃烧艺术家，他们卖的是小苏打或伪兴奋剂。商人们多半会拦住里肯哈普和卡门，因为他们看起来像瘾君子，而且卡门戴着吸管。蓝色麦司卡林和吸管都是非法的，但是自由区的警察会忽略很多非法的东西。你可以戴着吸管，携带药物，但人们的理解是，你不能公开使用它，要找个隐蔽的地方享受。

牛郎、妓女在街上游荡，明目张胆地拉客。自由区管理员本应对所有的卖淫嫖娼活动进行监管，但只要买通巡逻保安——人数不多——他们对此也就睁一只眼，闭一只眼。

川流不息的人群是人类多样性的永恒展现。一个专业的皮条客出现了，把一对十几岁的男孩和女孩推到他面前，两个孩子穿着黑色橡胶捆绑的紧身衣，不得不蹒跚而行。他们的面孔被密码锁锁在黑色的橡胶面具里，铝架把他们的嘴撑得很大，以此吸引人，但对里肯哈普来说，他们看起来就像是疯狂的正畸医生手中的牺牲品。

街道上到处是身穿防弹制服的自由区保安，他们的样子让里肯哈普想起了棒球裁判。只见他们脑袋上戴着头盔，面孔藏在里面，枪被密码锁锁在枪套里；据说他们经过训练，能在一秒钟内打开四位数的密码锁。

保安们大多四处站着，通过头盔上的无线电闲聊。这时，两名保安和一个在人行道上玩"三牌赌一张"把戏的人发生了冲突，那是个无钱贿赂他们的瘦小枯干的黑人，二人把他在他们中间推来搡去，通过头盔扩音器互相打趣，他们的声音甚至盖过了"下载商店"的扬声器里传出来的迪斯科音乐。

"你这浑蛋，他妈的在我的地盘上干了什么？嘿，比尔，你知道这家伙在我的地盘上干了什么吗？"

"妈的，不知道，我怎么知道他在你的地盘上干了什么。"

"他在玩'三牌赌一张'这该死的鬼把戏诈骗，真让我恶心。"

其中一名保安用他穿着防暴服的增强型手臂狠狠地打了那摆摊人一拳，只见他像失去了动力的陀螺一样晃晃悠悠地倒在地上，失去了知觉。

"在自由区的步道上闲逛，你就会看到这个。"

"我看见了，吉姆，真让我恶心。"

两个大块头拽着那小家伙的脚踝，把他拖到街上一个菱形的亭子，然后把他推进单人胶囊里。他们把胶囊封好，草草地写了一份报告，贴在胶囊坚硬的塑料外壳上。然后他们把胶囊塞进了亭子的滑道。根据邮包管理规则，胶囊会被送到自由区拘留所。

"看起来他们是在用垃圾处理机来驱除这里的人。"他们从警察身边走远之后，卡门说道。

里肯哈普看看她。"你从警察身边经过时并不紧张，所以我们不是在躲避警察，对吗？"

"没错。"

"你能告诉我，我们在躲避什么人吗？"

"呃，不行。"

"你怎么知道你担心的那些外地警察没有找这里的人帮忙呢？"

"由纪夫说他们不会，他们不想让任何人看到他们在这里做什么，因为自由区管理员讨厌他们。"

"嗯……"

里肯哈普猜测，他们要躲避的是"第二联盟"，即第二联盟国际安全公司，一群秘密的法西斯分子，行踪遍及整个没落的欧洲。第二联盟扮演着多国警察的角色，他们在北约垮台的地方接管了北约的军团，强制奉行他们的秩序理念。随着战争无望地继续下去，第二联盟及其同情者的势力范围越来越大。第二联盟并没有到自由区，但自由区的老板恨不得第二联盟被毒气毒死。他们不能在这里行动，除非是秘密行动。

该死的第二联盟！妈的！里肯哈普的妄想和蓝色麦司卡林的药力一起发作了。他的肾上腺素激增，心怦怦直跳。他在人群中开始感到幽闭恐惧，开始发现他周围的行动模式，这些模式被他恐惧的头脑赋予了意义，同紧紧地跟在他身后的第二联盟一起嘲弄着他。恐惧和兴奋交织在一起，令他感到反胃。

一整晚，他都在努力地抑制对乐队的思念。他没能让乐队运作起来，而且永远失去了乐队。对他而言，这就像一个男人失去了妻子和孩子，还有事业，任何人几乎都无法理解他。这些年来，他一直在为这个乐队努力地奋斗，努力地为它在媒体网络中争取一席之地。现在全完了，还有他乐队主唱的身份也完了。不知为何，他知道企图再组建一支乐队是徒劳的。媒体网络不想要他，他也不想要那该死的网络。令人欣喜的是：当他想到第二联盟的大块头的时候，他内心深处那令人不快的失业的感觉就消失了。第二联盟的大块头威胁到他的生命，这种威胁让他忘记了乐队，转而去想别的事情，也算是让他找到了出路。

但是这也让他感到恐惧。如果他跟第二联盟的敌人混在一起……如果第二联盟的大块头抓住了他……

管它呢！反正他已经一无所有了。

他朝卡门咧嘴一笑，卡门茫然地回头看着他，全然不知他为何发笑。

那现在怎么办？他问自己。去欧米盖蒂找弗朗基，弗朗基能帮他们离开这里。

但是，到那里要花很长时间。想想看，蓝色麦司卡林会影响你的时间流逝感，感知能力的增强会让你感觉时间似乎更久。

人群似乎越来越密集，空气越来越热，音乐越来越响，灯光越来越亮。这开始影响到里肯哈普。他逐渐地失去了区分自己头脑中的事物和周围事物的能力。他开始把自己看作一种漂浮在某种宏观世界的血液中的酶分子。当他在一个充满感官刺激的环境中嗑药时，总是会出现这种感觉。

我是什么？

头顶遮檐上的橙色霓虹灯箭头嘶嘶作响，似乎正在从遮檐上爬下来，溜下墙壁，滑入人行道，缠住他的脚踝，试图把他拖进一个更激情的商场。商场里陈列的全息影像中，如胶似漆的肉体在扭曲、翻滚；乳房和翘臀向他投射出来，虽然那些陈词滥调在告诫他保持克制，但他的反应违背了自己的意愿，裤裆里硬了起来。他想，这是视觉刺激导致的条件反射，就像巴甫洛夫的铃一响，狗就流口水。

他回头看了看。后面那个戴墨镜的家伙是谁？他为什么晚上戴墨镜？也许他是第二联盟……

不不不，伙计：我也在晚上戴墨镜。这没有任何意义。

里肯哈普试图摆脱这种妄想，但不知何故，这种妄想被卷进了性兴奋的暗流中。每当他看到妓女或色情视频的广告牌时，这种妄想就会勾住他，就像一只蝎子钳住他青春期性冲动的下身。他能感觉到他的神经末梢开始冲出皮肤。

我是谁？我是观众吗？

（他意识到，自己戒毒的时间很长了，对于蓝色麦司卡林的耐受力很低。）

他看见卡门在街上看着什么，然后急切地对由纪夫耳语。

"怎么了？"里肯哈普问道。

她低声说："你看到那个银色的东西了吗？闪着银光飞来飞去的？在那里……出租车的上方……我认不出来。"

他朝街上望去。一辆出租车停在路边，正探索着驶过一堆垃圾，电动发动机呜呜作响，车窗被调成不透明的水银色。在车尾上方不远的地方，一只镀铬的小鸟盘旋着，它的翅膀像蜂鸟一样模糊，个头跟画眉鸟差不多大，没有头，取而代之的是一个摄像头。它的铝制胸膛上有徽章，但看不清楚。"我看到了，但看不清是什么。"

"我想它有可能是从那辆出租车里放出来跟踪我们的，我们快走……"

她躲进一个激情画廊，威洛、由纪夫和里肯哈普紧随其后。他们必须购买用户代币才能进入。他们每人买了四个，这是最低的消费标准。柜台前一个矮胖的秃顶老家伙数着代币，眼睛却没看一眼，他在盯着手腕上的电视屏幕。电视里，一个微型新闻播音员用微弱的声音说道："……今天有人企图暗杀第二联盟的负责人，里克·克兰德尔牧师……"声音含糊、扭曲，"克兰德尔伤势严重，正在自由区医疗中心被严密守护。克兰德尔在自由区富士希尔顿酒店的会议上意外现身……"

他们捡起代币走进了画廊。里肯哈普听到威洛小声地对由纪夫说："那个浑蛋还活着。"

里肯哈普的大脑在根据现有的信息进行推理。

激情画廊里，肉体情调是主体，每一个可用的垂直表面都被经过美白的人类裸体占据，它们大多都像宝丽来相机拍出来的照片一样一片惨白。当你逐一欣赏这些照片或全息影像的时候，你会看到照片中的人或倒立，或四肢张开，或摆弄身体。总之，有上千种不同的性爱姿势，就像一个孩子在玩弄一大堆一丝不挂的洋娃娃，然后将它们散落一地。每间"私密室"里都活跃着一道迷幻的红光；这束光会攫住你，波长是为了激起性好奇心而设计的。里面还有一个屏幕和一台调情器。调情器看起来就像二十世纪的真空吸尘器软管，其中一端像一个超大的盐瓶盖。你看着照片，听着声音，把调情器放在你的性敏感地带，开启它；调情器利用电场穿透皮下，刺激适当的神经末梢，然后非常精确地衰减。你可以在健身俱乐部的淋浴间找到那些使用调情器时间过长的人。如果使用调情器超过"推荐的三十五分钟限制"，它就会让你的皮肤看起来像晒伤了一样，而且伴有灼烧感……往机器里再投五个代币会触发氧气面罩，面罩从藏在天花板的机关里掉下来，释放出亚硝酸异戊酯和信息素的混合物。

"这是在用经典方式来表达性爱。"由纪夫突然说，"这地方还有别的出口吗？"

里肯哈普点了点头，说："应该有。这个地方在拐角处，所以很可能有两个门，一个在拐角处，或许还有一个通往巷子……"

威洛正盯着一张挑逗广告，那是一张静止的图片，上面有两个男人、一个女人和一只山羊。他走近了一步，眯着眼睛盯着那只山羊，似乎在寻找羊和人的相似之处。"私密室"感应到了他的靠近，图像中的人开始移动、扭曲、舔舐、刺入，以一种怪异的形式化的笨拙姿态重塑自己；"私密室"的灯光更红了，散发出信息素和亚硝酸异戊酯的挑逗气味，试图引诱他。

"喂，另一个门在哪里？"卡门压低嗓音，厉声地问。

"嗯？"里肯哈普看着她，"哦！抱歉，我不太确定。"他回头瞥了一眼，压低了声音，"间谍鸟没跟着我们进来。"

由纪夫喃喃地说："调情器的电场扰乱了鸟的导航系统。但我们必须甩掉它。"

里肯哈普环顾四周，然而迷宫般的黑色"私密室"和肉体情调似乎又自动出现在了面前，他笨重地转着圈，仿佛掉进了立体主义艺术家设计的下水道……

"我会找到另一扇门的。"由纪夫说。里肯哈普感激地跟着他。他想要出去。

他们匆匆地穿过"私密室"之间的狭窄过道。顾客们或是若有所思，或是漫不经心地在"私密室"之间游荡着，阅读广告，浏览图片，按照自己的性取向来搜寻着自己迷恋的物品，除了外围设备，他们绝不东张西望，小心翼翼地避开个人空间的边缘，仿佛害怕蛰伏的性欲会反复无常。

不知何处传来了低沉的音乐声，如泣如诉，红色的灯光就像沾满鲜血的手在明亮的灯光下闪烁着。但这个地方严格地奉行加尔文主义，大家心照不宣的规定为这里设置了重重障碍。在各个角落，在一排排"私密室"之间炽热且狭窄的通道的拐角处，无聊的便衣保安摇摇晃晃地溜达着，告诉浏览者：不要闲逛，请到前台购买代币。

里肯哈普眨了眨眼。这个地方想榨干他的性欲，就好像"私密室"里的真空软管要吸干他的能量，让他像个阉人一样冷淡。

他告诉自己，得赶紧滚出去。

接着，里肯哈普看到了出口，四个人一溜烟儿地冲了过去。

他们来到一条小巷中，抬头寻找那只鸟是不是还跟着他们。没有鸟，只有纵横交错的灰色泡沫塑料平面，在激情画廊挑逗的色彩的映衬下，泡沫塑料的灰色显得出奇地单调。

他们走到小巷的尽头，站了一会儿，看着左右两边拥挤的人群，仿佛站在激流的岸边。随后，他们走进人流中，里肯哈普一边前行，一边幻想着身边匆匆走过的肉体仿佛变成了流淌的液体，把自己弄湿，他完全凭本能走向他最初的目标：欧米盖蒂。

他们来到一处建筑的门口，大门是黑纸板制成的，纸面已经剥落了，他们推门而入，走进欧米盖蒂的入口大厅，里面黑漆漆的，散发着霉味。里肯哈普把自己的上衣给卡门穿上，让她遮住裸露的乳房。"这里只有男人，"他说，"但如果他们没发现你是女人，我们就有可能蒙混过关。"

卡门穿上夹克，小心翼翼地拉上拉链。里肯哈普把自己的墨镜递给她。

通往猎艳室的门紧锁着，里肯哈普敲了敲门边安检亭的窗户。在玻璃的另一边，一个盯着电视屏幕的人抬起头来。"嘿，卡特。"里肯哈普向那人打招呼。

"嘿。"卡特朝他咧嘴一笑。卡特自己也承认，他是个"时髦的同性恋"。他穿着一身战舰灰色的弹力外套，带着白色镶边，属于典型的"迷你单音"风格。但真正的"迷你单音"会因为他戴了一只发光的耳环而对他嗤之以鼻——耳环上闪烁着一行绿色的小字，"如果你不喜欢，就去你妈的"，他们会认为这是不可原谅的"脏话"。无论如何，卡特那张宽大的脸庞不符合"迷你单音"瘦小的瓜子脸。他看着卡门说："女孩禁止入内，哈普①。"

"她是变装皇后。"里肯哈普说着，把一张折好的二十元新钞票塞进窗户缝里，"好了吗？"

---

① 里肯哈普的昵称，下同。

"好吧，但她到了那里得碰碰运气。"卡特耸了耸肩说，他把钞票塞进炭色的比基尼内裤里。

"当然。"

"吉尔里的事，你听说了吗？"

"没有。"

"他吸'中国白'送了命，他的尿检是绿的。"

"哦，该死。"里肯哈普身上起了鸡皮疙瘩。他的妄想症又发作了，为了缓解这种感觉，他说道："我绝不会舔任何人的东西。我在找弗朗基。"

"那个浑蛋在那儿，正在主持庭审什么的。但是你还得要交入场费，亲爱的。"

"当然。"里肯哈普说。

里肯哈普又从口袋里掏出了二十元新钞票，但是卡门一只手按住了他的胳膊，"这次我来。"她把一张二十元新钞票拍在窗口。

卡特笑着接了过去。"伙计，这个变装皇后的喉头手术做得不错。"他很清楚她是个女孩，"你还在演唱……"

"我不唱了。"里肯哈普打断了他的话，不想勾起自己内心的痛苦。蓝色麦司卡林的药效已经达到高潮，他感觉自己像是用硬纸板制成的，任何压力都会让他屈服。他的肌肉不时地抽搐着，内心焦躁不安，就像不耐烦的孩子蹭手蹭脚一样。他快要崩溃了，需要再吸一点儿。当你兴奋的时候，事物会向你展示它的正面和亮面；当你达到高峰时，事物会向你展示它丑陋的内部；当你失落的时候，事物会向你展示它的背面和暗面。里肯哈普心想：把这几句记下来，可以当歌词用。

卡特按了开门的电铃。他们走了进去，铃声似乎在嘲笑他们。

里面昏暗、闷热、潮湿。

"我想你的蓝色麦司卡林可能掺了生野或'水晶'之类的东西。"当他们走过满是凹痕的储物柜时，里肯哈普告诉卡门，"因为我崩溃得比想象中更厉害。"

"是啊，也许吧……他说'尿检是绿的'是什么意思？"

"HIV-3 型检测呈阳性，就是那种在六周内致人死亡的艾滋病。把测试药片丢进尿液里，如果尿液变成绿色，就是得了艾滋病。这种新型艾滋病无法治愈，所以那家伙……"他耸了耸肩。

"这是什么鬼地方？"威洛问道。

里肯哈普低声对他说："这是一种不洗澡的同性恋浴场，伙计，这里是同性恋的猎艳场所。但是大约有一半人是异性恋，他们在赌场输光钱后，把这里当成一个便宜的睡觉的地方，你知道吗？"

"是吗？你是怎么知道的，嗯？"

里肯哈普傻笑道："你说我是同性恋？"

一旁昏暗的壁龛里有人听到这话，大笑起来。

威洛和由纪夫低声地争论着。"我不喜欢，仅此而已，该死的同性恋身上有无数种病。有个老头浑身棕褐色，那模样就像牛肋排在我的腿上打炮。"

"我们只是走过去，我们不碰。"由纪夫说，"里肯哈普知道该怎么做。"

里肯哈普心想，但愿如此。也许弗朗基可以让他们安全离开自由区，也许不行。

墙壁是黑色的纸板。和激情画廊一样，这里形如迷宫，但是昏暗无光。这里的红灯更普通，气味更奇特，这是无数人的体味，还有各种各样的香烟、须后水、廉价肥皂和永远不变的汗臭混合在一起的味道。墙脚下是下身润滑油、催情药，还有让人恶心的精液。墙壁在十英尺高的地方到顶，天花板上的人影紧紧地聚在一起，远远地映在头顶上。这是一间改造过的仓库，氛围很奇怪，仿佛有一种层次感：上面是广场恐惧症，而下面则是幽闭恐惧症。他们经过长满苔藓的黑暗的猎艳场。当他们经过时，毫无特征的模糊面孔转向他们，监视着他们，表情像摄像机一样冷静。

五十年来，这种地方没太大变化。但有些地方破旧得出奇，厕所堵得水泄不通，十六毫米胶片的色情片聚焦很差，扬声器里传出醉醺醺的哀号，正巧可以当作色情片的电影原声。而欧米盖蒂就是比较破旧的一个。

他们穿过游戏室，那里摆着脏兮兮的台球桌，卡顿的电子游戏，还有被撬开的自动售货机。机器之间的墙壁上，一张张男人的海报剥落下来，上面画的傲慢的大男人都是精致的女性化形象——漫画中的男人长着超大的生殖器，夸张的肌肉看起来像是一种性器官，面孔就像加州冲浪者。卡门咬着手指努力地憋住笑，惊叹于这地方独特的自恋。

他们穿过一个设计得像谷仓的猎艳场。两个人待在"马厩"里，坐在木凳上互相伺候，湿漉漉的肉体啪嗒嗒地响。威洛和由纪夫把目光转向别处，卡门则着迷地盯着同性性爱。里肯哈普毫无反应地走过去，领着三人走过翻云覆雨的男人们的午夜巢穴；走过那些睡在长椅和沙发上的人，他们不耐烦地打着呼噜，睡眼惺忪地把放在自己身上的手打走。最终，他在电视休息室里发现了弗朗基。

电视休息室里很明亮，光线充足，墙壁是令人愉快的黄色。茶几上摆着汽车旅馆标准的客厅灯，一张沙发，一台普通的彩色电视机在播放摇滚频道，墙上挂着一排电视监视器。这一切就像是从冥府冒出来的一样。弗朗基坐在沙发上，等着顾客。

弗朗基用插在电网插座上的便携式终端机进行交易。买家给他一个信用卡账号，弗朗基查验账户后，把资金转入自己的账户（登记为"咨询费"），然后把数据包交付给买家。

电视休息室的墙上镶嵌着视频监视器；其中一台显示的是狂欢室的情况，另一台在播放色情录像带，还有一台在播放媒体网络卫星频道。一名新闻播音员在喋喋不休地播报暗杀克兰德尔的计划，这次用的是技术行话；里肯哈普希望弗朗基不会注意到这一点，并将二者联系起来。绰号"镜子"的弗朗基喜欢从发生的一切事情中赚钱，第二联盟会为这些情报买单。

弗朗基坐在破旧的蓝色塑料沙发上，猫着腰看着咖啡桌上口袋大小的终端机。弗朗基的顾客是一名迪斯科舞男，梳着蓝色鲨鱼鳍形状的"闪耀风"发髻，一身类固醇肌肉，身穿白色空手道长袍。弗朗基完成交易时，那家伙站在一边，盯着咖啡桌上的黑帆布袋，里面是蓝色的小包。

弗朗基是黑人。他的秃头上涂了反光的铬；他的头是一面镜子，反射着微缩的电视屏幕。他穿着细条纹三件套灰色西装，西装是真的，但是皱巴巴、脏兮兮的，好像他穿着睡过觉，或许还做过爱。他嘴上叼着一支纳特·谢尔曼雪茄，一直抽到金色的过滤嘴。吸食生野的他眼睛红得像恶魔。他朝里肯哈普咧嘴一笑，露出一口黄牙。他看着威洛、由纪夫和卡门，脸上露出嘲弄的神情。"该死的缉毒警察，每天都有新花样。现在他们有四个特工在这里，其中一个看起来像里肯哈普，另外三个人中，有两个像难民，一个像电脑设计师。但是那个日本人没有照相机，暴露了身份。"

"这是怎么回事……"威洛开口说道。

里肯哈普轻蔑地做了个手势，心想：他在开玩笑，笨蛋。"我要买两件东西。"他说道，看着弗朗基的买主。买主拿起他的包裹，消失在拥挤的人群中。

"首先，"里肯哈普一边说，一边从钱包里拿出信用卡，"我需要蓝色的大麻，三克。"

"明白了，伙计。"弗朗基用光电笔在信用卡上扫了一下，然后输入那个账户的数据请求。终端机要求输入私人密码。弗朗基将终端机交给里肯哈普，里肯哈普输入了他的密码，把它隐藏不可见。接着，他继续输入，把钱转到弗朗基的账户上。弗朗基拿回终端机，仔细地检查转账。终端显示了里肯哈普交易后的余额和弗兰基的收益。

"这要花掉你一半的钱，哈普。"弗朗基说。

"我有钱赚。"

"我听说你和若泽分道扬镳了。"

"你怎么这么快就知道了？"

"庞塞来这里买东西时说的。"

"是啊，好吧，现在我已经甩掉了累赘，我的前途甚至更好了。"但是当他说这话时，心中不由得一沉。

"前途无量啊，伙计。"弗朗基把手伸进随身携带的帆布包里，拿出三袋预先称好重量的蓝色粉末。他似乎有点儿被逗乐了。里肯哈普不喜欢这副样子，这表情仿佛在说，我就知道你会回来的，你这可怜的小懦夫。

"滚蛋，弗朗基。"里肯哈普说着，拿起包。

"我的孩子，你怎么突然发怒了？"

"不关你的事，你这自鸣得意的浑蛋。"

弗朗基愈发自鸣得意。他若有所思地瞥了卡门、由纪夫和威洛一眼。"还有别的事，对吧？"

"是的，我们有麻烦了。我的朋友们——他们要离开自由区。他们得从后门溜走，这样才能不被发现。"

"嗯，抓他们的是什么人？"

"私人机构的人，他们会守着直升机码头，而这一切都是合法的……"

"我们还有另一条路可走，"卡门突然说，"但被炸毁了……"

由纪夫看了她一眼，让她闭嘴。她耸了耸肩。

"真神秘，"弗朗基说，"但是好奇心是有安全底线的。好吧，三千美元可以让你在我的下一艘船上有三个铺位。我老板派了一队人去取货。我也许能把他们弄上船。不过，船是往东开的。你知道吗？不是西，不是北，也不是南。只有往东一个方向。"

"我们正要往东，"由纪夫微笑着点头说，就像和一个旅行代理人说话一样，"往东开，去地中海的一个地方。"

"去马耳他，"弗朗基说，"马耳他岛。我只能做到这个地步了。"

由纪夫点了点头，威洛耸了耸肩，卡门则沉默不语，表示同意。

里肯哈普正在验货，他把药吸进鼻孔，进入大脑，药效正常。弗朗基平静地看着他。弗朗基是一位鉴赏家，对药物在人体内的变化了如指掌。他注视着里肯哈普脸上表情的变化。他看到，里肯哈普转变成了自我驱动。

"我们需要四个铺位，弗朗基。"里肯哈普说。

弗朗基扬起了眉毛。"你最好等那该死的药劲过去后再做决定。"

"我在服药之前就决定了。"里肯哈普说，不知道是真是假。

卡门诧异地盯着他。

里肯哈普拉住她的胳膊，说："跟你说几句话好吗？"他领着她走出休息室，进入黑暗的走廊。她手臂的肌肤在他的指间散发着甜蜜的电流，虽然他恋恋不舍，但还是把手从她手臂上移开，说："你能弄到美元吗？"

她点了点头。"我有一张假信用卡，插进去就行，它会帮我们弄到美元的。我是说，对我、由纪夫和威洛来说是这样。我必须获得授权才能带上你。我不能这么做。"

"那我就不帮你出去了。"

"你不知道……"

"不，我知道。我已经准备好出发了，我只是回去拿我的吉他。"

"吉他会成为我们的累赘。我们要进入占领区，去我们想去的地方。你必须把吉他丢下。"

里肯哈普几乎动摇了。"我会把它寄存到储物柜里，总有一天会把它捡回来。"痛苦万分的他现在根本没法弹吉他，"问题是，如果他们用那只鸟盯着我们，看到我和你们在一起，他们就会认为我是你们中的一员。听着，我知道你们在做什么。第二联盟在找你们，对吗？那就意味着你们是……"

"好了，别说了，妈的，小声点。听着，我能看到他们可能在哪里标记了你，所以你也要离开自由区。好吧，你和我们一起去马耳他，但是到了马耳他之后，你……"

"我必须和你们在一起。第二联盟的人无处不在，他们标记了我。"

她深吸了一口气，然后从牙缝中轻轻地呼出来。她盯着地板说："你不可以。"她看着里肯哈普，"你不是那种人，你他妈是个艺术家。"

里肯哈普笑了。"你这样说，就好像这是你能想到的最狠的骂人话。看，我能做，而且就要去做。乐队解散了，我需要……"他无奈地耸了耸肩，然后伸手摘下她的太阳镜，看着她那双在阴暗中的眼睛，"等我单独和你在一起的时候，我要把你的阴道给捣烂。"

她狠狠地捶了他的肩膀一拳。手很痛，但她笑了。"你觉得这样说话会让我感到兴奋吗？嗯，确实如此，但凭这话休想脱我的裤子。至于和我们同去……你觉得这是在干什么？你电影看太多了吧。"

"第二联盟的人已经标记了我，我还能怎么办？"

"这个理由还不足以……不足以让你和我们一起走。你必须真正相信，因为这很难，不是名人游戏秀。"

"上帝啊，饶了我吧。我知道自己在做什么。"

这话是胡说八道。他嗑药了，正在亢奋中。他想，我的电脑功率骤增，电路全都烧毁了。该死，那就把剩下的都烧了吧。

他活在幻想之中，但他不愿承认。他重复道："我知道自己在做什么。"

她哼了一声，瞪了他一眼。"好吧。"她说。

从那以后，一切都不一样了。

SOLSTICE

夏 至

詹姆斯·帕特里克·凯利

詹姆斯·帕特里克·凯利的处女作发表于一九七五年。他的事业在二十世纪八十年代初加速发展；他写了二十多篇短篇小说和两部长篇小说。他的第二本书《自由海滩》(*Freedom Beach*)是与约翰·凯塞尔(John Kessel)合著的，这本书因其生动的创意和幽默有趣的文笔而备受赞誉。

和凯塞尔一样，凯利也和一群八十年代的科幻作家联系在一起，他们通常被认为是科幻小说领域中的新"文学派别"，在理论上反对赛博朋克作家对于科技利益的过度关注。

一九八五年，凯利发表了此篇故事，这是一个充满大胆幻想的高科技盛会，由此，赛博朋克作品的思想变得更加复杂难解。之后，他又写了两个故事，同样别出心裁，他将其称为"赛博朋克三部曲"。凯利的作品在科幻小说中展示了一个不言而喻的真理——评论家们拆开分析的问题，作家们则将其综合起来解决。

那里每年只向公众开放一次，有些人一生都在为这一天做准备，还有一些人是偶然来的。幸运的观光客成群结队地从游览区走出来，他们记录下了一切，却很少理解他们目睹的这一切。几年后，一些光盘将会问世，让垂头丧气的人们为之一振。但是，大部分事情都会被遗忘。

事情发生在夏至，黄道面与天赤道距离最远的两点之一。这是一年中最长的一天，也是一个转折点。

傍晚时分，人群渐稀，一个四十岁出头的高个子男人带着一个十来岁的女孩抵达这里。二人长着一模一样的灰色眼睛。女孩稻草色的头发已经开始变黑，无独有偶，那男人的头发也是在十七岁时开始变黑的。二人窃窃私语，嘲笑着周围人，他们的神态中有一种无法言喻的相似之处。二人都没带相机。

他们来到这里，是为了徜徉在萨尔森石堆之间。托尼·凯奇认为，萨尔森石堆是世界上最非凡的古代遗迹。金字塔虽然更古老、雄伟，但人们早已揭开了它们神秘的面纱。帕特农神庙曾经更加美丽，但历史的沧桑已经把它蚀刻得面目全非。但是，巨石阵是独一无二且必不可少之物。它是一面镜子，透过这面镜子，每个时代的人都可以看到自己的想象力是丰富的，还是匮乏的；

每个人都可以衡量自己是伟大的，还是渺小的。

二人排队等候进入穹顶。偶尔传来的刺耳的合成音乐穿透了人群的喧嚣，附近场地举行的自由活动正达到疯狂的高潮。也许他们稍后会去探索它的乐趣，但是现在，他们已经到达了穹顶外壳的入口。女孩笑着穿过像肥皂泡一样的外壳。

"感觉就像被巨人亲吻一样。"她说。

二人来到穹顶外壳与内层外壳之间。要是在别的日子，这里应该是他们能来到的距离巨石阵最近的地方。穹顶是由低折射率的硬化光学塑料制成的。在两层外壳之间的空间里，人行道螺旋上升，登顶的游客可以鸟瞰巨石阵。

二人进入内层。脚跟石①附近站着的一名拿着微型摄像机的记者发现了他们，朝他们挥手说："请原谅，先生，打扰一下！"凯奇拉着女孩从人群中走出来，等着那个记者；他不想让那个傻瓜在众人面前喊他的名字。

"你是毒品艺术家！"记者把他们拉到一边，他黑曜石般的脸上绽放出雏菊一样的微笑，"凯斯，凯恩……"他轻轻地拍了拍耳朵后面的头盖骨插头，像是在从他的湿件②里提取记忆。

"我叫凯奇。"

"这位呢？"他的微笑变成了傻笑，"是你可爱的女儿？"

凯奇简直想揍这位记者，他打算转身走开。女孩见此情景却

---

① 脚跟石（Heel Stone），大块的萨尔森石，位于巨石阵入口处的大道上。
② 湿件（Wetware），计算机专用术语，指软件、硬件以外的其他"件"，即人脑。

大笑起来。

"我叫温妮。"她同记者握了握手。

"我叫'僵尸男孩',《音速》在威尔特郡的特约记者。你以前见过这些古老的石头吗？我可以带你四处看看。"凯奇一直期待微型摄像机的红灯亮起来，但记者似乎莫名地犹豫起来，"我说，你不会碰巧拿着什么免费样品吧？给你的铁杆粉丝？"

温妮咬着嘴唇，强忍住笑，把手伸进了口袋。"我不知道你能告诉托尼多少关于巨石阵的事。有时候，我想他是为这个地方而活。"她拿出一个塑料瓶，摇出几粒绿色的胶囊，拿给记者。

记着拿了一粒，仔细地看着。"表面没有标记，"他疑惑地看着凯奇，"你确定它安全吗？"

"哪儿的事。"温妮说着，把两粒胶囊塞进嘴里，"这东西极具实验性，它能把你的大脑变成黑布丁。"她给了凯奇一粒，凯奇服下了，他真心不希望温妮再嗑药了。"我们一整天都在服用这东西，"温妮说，"你看不出来吗？"

记者小心翼翼地把一粒药放进嘴里，然后摄像机的红灯亮了。"这么说你是巨石阵的崇拜者了，凯奇先生？"

"哦，是的。"温妮兴奋地说，"他经常来这里，给感兴趣的人演讲。他说这个地方有一种魔法。"

"魔法？"镜头一直在对准凯奇，从未离开过。

"恐怕不是你想象的那种魔法。"凯奇讨厌嗑药时面对镜头，"没有巫师，没有人祭祀，也没有闪电。这是一种微妙的魔法，是这个被过度解释的世界里唯一可能的魔法。"这些话脱口而出，或许是因为他以前说过，"这与神秘现象如何引起人们的想象力并让人们着迷有关。这是一种只在心灵中起作用的魔法。"

"还有谁比著名毒品艺术家托尼·凯奇先生更适合思考心灵的魔法呢？"记者没有对他们讲话，而是面对着一群看不见的观众说道。

凯奇对着镜头摆出一张笑脸。

一一三〇年，亨廷顿郡的亨利时任林肯大教堂副主教，受主教的委托撰写一部英国历史书。他的这套历史书里第一次记述了一个名叫"石头阵"（Stanenges）的地方，他写道："大得惊人的石头被竖立起来，摆成门户的形状，整体的样子就像一个个门户彼此相连；没有人能想象如此巨大的石头是如何被高高地举起来的，也不知道它们为什么会被建在那里。""Stanenges"这个词源于古英语，"stan"是石头，"hengen"是绞刑架。中世纪的绞刑架由两根柱子和一根横梁组成。巨石阵没有处决犯人的记录，然而在一一三六年，蒙茅斯的杰弗里①描述了四百六十名英国贵族被背信弃义的撒克逊人屠杀的情况。杰弗里声称，为了纪念死者，尤瑟王②和梅林③用魔法和武力从爱尔兰人手中抢走了被称为"巨人之舞"的神圣巨石，并将它们重新竖立在威尔特郡的平原上。

---

① 蒙茅斯的杰弗里（Geoffrey of Monmouth，约1095—1155），英国牧师，英国史学发展的主要人物之一，亚瑟王故事的编撰者。著有《不列颠诸王史》等。
② 尤瑟王（Uther Pendragon），亚瑟王传说中卡美洛王国的国王，亚瑟王的父亲。
③ 梅林（Merlin），亚瑟王传说中的魔法师。

关于巨石阵建造的"梅林论"固然符合"盎格鲁 – 爱尔兰关系"的精神，但它与杰弗里的亚瑟王神话的其余部分是一脉相承的，依然是一个沙文主义的童话故事。

"醒醒。"

凯奇一直在做梦。他梦见一大片没有树木的牧场，绿色的波浪向地平线涌动。他徘徊在动物之间，动物纷纷躲开了他。他迷路了。

"托尼。"

低温科学家声称冬眠状态的人不会做梦。严格地讲，他们是对的，但冷冻箱把他解冻之后，他的神经突触又开始放电了，然后梦境随之而来。

"醒醒，托尼。"

托尼的眼皮颤动着。"走开。"他感觉自己就像块垫脚石。他睁开眼睛，盯着她。有那么一会儿，他以为自己还在做梦。温妮剃光了头发，头上只有一把彩色折扇头饰，从左耳展开到右耳。从外表上看，她的皮肤变成了蓝色，显然是刚换了新肤色。

"我要走了，托尼。我留下来只是为了确定你解冻成功。我都收拾好了。"

他喃喃地说了些讽刺的话。即便对他而言，这也没有多大意义，但语气是正确的。他知道温妮并不像她自认为的那么坚强，否则她就不会在他还没完全醒过来的时候就告诉他这些。他从冷冻箱里坐了起来。

"那就走吧。"他说，"扶我起来。"

他蜷缩在客厅的沙发里，凝视着笼罩在戈尔韦湾[①]上空的薄雾，努力地抵挡寒冷的感觉。这里没有地平线，天空和水都是旧茅草的颜色，和他爬进冷冻箱的那天一模一样。他向来不喜欢爱尔兰，但是当共和国将税收优惠扩大到毒品艺术家时，他的会计师强迫他入籍成了爱尔兰公民。

温妮生起了火，房间里弥漫着烧泥炭的苦味。她给他端来一杯咖啡。茶碟上有一粒红绿相间的药丸。"这是什么？"他拿起药丸问。

"新药——塞伦托，能帮助你放松。"

"我已经冬眠六个月了，温妮。我已经很放松了。"

她耸了耸肩，从他手里接过药丸，塞进嘴里。"没必要浪费它。"

"你要去哪里？"他问道。

她似乎没想到他会问这个问题，好像她早就料到会有争执。"去英格兰待一段时间，"她说，"之后我就不知道了。"

"好吧。"他点了点头，"在这里再待下去也没有意义。不过，等到下一次冷冻的时候，你还会回来吗？"

她摇了摇头，扇子上的孔雀毛颤动着。他决定，他可以慢慢地习惯。

"让你改变主意要花多少钱？"

---

① 戈尔韦湾（Galway Bay），爱尔兰西海岸的一处海湾。

她笑道："你的钱不够。"

他也笑了。"那就给我一个吻吧。"他把她拉到膝盖上。她二十二岁，美艳绝伦。他知道这样想是不道德的，因为当他看着她时，他看到了自己。出于税务目的，他冬眠了很多年，拥有了居住权。对他而言，一次次从冬眠中苏醒的最大好处是看着她长大，赶上自己的年龄。再过三十多年，他们俩就都五十多岁了。"我爱你。"他说。

"当然。"她大着舌头说，"爸爸爱他的小女儿。"

凯奇大吃一惊，他以前从未听她这样说过。他在冷冻箱里的时候发生了什么事？但接着，她咯咯地笑了起来，把手放在他的大腿上。"如果你愿意，你可以跟我们一起去。"

"我们？"他用指尖拂过光滑的头皮，想知道她这一天服用了多少塞伦托。

詹姆斯一世[①]对巨石阵非常着迷，他委托著名建筑师伊尼戈·琼斯[②]绘制了一张巨石阵的平面图，并确定了石头的用途。琼斯的研究结果在他去世后由他的女婿于一六五五年发表。琼斯驳斥了巨石阵可能是由土著人建造的这种观点，因为"古代英国人愚昧无知，作为一个完全沉溺于战争的民族，他们从不致力于

---

① 詹姆斯一世（James I, 1566—1625），苏格兰、英格兰及爱尔兰国王。
② 伊尼戈·琼斯（Inigo Jones, 1573—1652），英国近代最著名的建筑师之一，古典主义建筑学家。

艺术研究，也从不会被知识分子迷了心窍"。相反，曾在文艺复兴时期的意大利学习过艺术的琼斯，对古典建筑学有一定的研究，他宣称，巨石阵必定是一座罗马神庙，融合了托斯卡纳风格①和科林斯风格②，可能建造于弗拉维王朝③统治时期。

一六六三年，查理二世④的御医沃尔特·查尔顿医生驳斥了琼斯的理论，他认为巨石阵是由丹麦人建造的，目的是"用于皇家宫廷，或用作国王选举和就职的场所"。诗人德莱顿⑤的诗歌盛赞查尔顿：

巨石阵曾经被认为是寺庙，但现在你已经发现，

它是王座，是我们世俗的神——国王——的加冕之地。

事实上，许多人指出巨石阵的皇冠状外形是这一理论的证据。当然，这些推测都是长期流亡的查理二世重新登上王位后不久提出来的，这在政治上合情合理。最精明的朝臣不遗余力地诋毁克

---

① 托斯卡纳风格（Tuscan），源于意大利中西部托斯卡纳地区，其特点是简朴、优雅，具有乡村田园的风格。
② 科林斯风格（Corinthian），源于古希腊，是古典建筑的一种立柱风格。
③ 弗拉维王朝（69—96），罗马帝国的第二个世袭王朝。
④ 查理二世（Charles II，1630—1685），苏格兰、英格兰及爱尔兰国王。早年父亲查理一世被克伦威尔处死，查理二世被迫流亡外国，后来返回英国复辟。
⑤ 约翰·德莱顿（John Dryden，1631—1700），英国诗人、剧作家、文学批评家。他一生为贵族写作，为君王和复辟王朝歌功颂德，被封为"桂冠诗人"。

伦威尔①的共和国，并通过重申古老的"君权神授"来讨好王室。

温妮是凯奇最大的奢侈品。他从来没有真正地追求过金钱，但是娱乐跨国公司一直逼他如此。他购买过拉斐尔、约翰·康斯特勃②和保罗·克利③的画，跑到棉兰老岛海沟、"栖息地三号"和月球上的迪士尼乐园度假，他发现再没有什么值得他花钱了。

人们羡慕他：他是有钱人、著名毒品艺术家。但当凯奇第一次遇到西方娱乐公司的时候，他的新财富几乎让他窒息。问题是，这些钱不会只是静静地待在那里，它仿佛尖叫般吸引着人们的注意。这些钱必须由一大群人来保管和发放，不管凯奇用多少钱打发他们别来烦自己，他们都面带微笑，热情地同他握手，坚持为他出谋划策。对他们而言，凯奇就是"托尼·凯奇公司"。

就在凯奇研发"专注"的时候，他决定需要有人帮自己花掉这笔钱。他没有特别想结婚的冲动。当时和他上床的女人对他而言都不重要。他知道，她们都是被那种无法抗拒的信息素吸引来的，那便是成功的气息。他想和一个同他休戚与共的人分享他的生活，这种紧密的关系是任何律师都无法打破的。这个女人是属

---

① 奥利弗·克伦威尔（Oliver Cromwell，1599—1658），英国政治家、军事家、宗教领袖。十七世纪英国资产阶级革命中资产阶级新贵族集团的代表人物，曾逼迫英国君主退位，解散国会。

② 约翰·康斯特勃（John Constable，1776—1837），十九世纪英国最伟大的风景画家之一。

③ 保罗·克利（Paul Klee，1879—1940），瑞士裔艺术家，超现实主义、立体主义、表现主义画家，二十世纪变化最多、最才华横溢的艺术家之一。

于他的，直到永远。或是如他想象中那样，也许根本就没有什么浪漫可言。社会生物学家说得或许没错，真正起作用的是一种本能——繁殖，这种本能早在泥盆纪①就已经植入脊椎动物的大脑中了。

温妮是在人造子宫里出生的。从医学和法律的角度来看，这样更纯洁。人们要做的只是从凯奇的肠上皮细胞中提取组织培养，并通过一些基因编辑将"Y"染色体变成"X"染色体，外加其他的一些杂项改进。通过这些步骤，再加上区区一百二十万美元的小钱，温妮就是他的了。

他告诉自己，他必须拒绝人们给温妮贴的一切标签。他拒绝把她当作自己的女儿，她也不是他的克隆体。她就像和他是双胞胎，只不过他们是在不同的子宫里孕育的，出生比他晚了大约二十六年，他经历过的恶劣环境从未影响过她。也就是说，她一点儿也不像他的孪生妹妹。她是一种新事物，无比珍贵。她的行为没有规则，能力没有界限。他喜欢吹牛说自己完全得到了想要订购的东西。他开玩笑说："她比我漂亮、聪明，网球打得更好，物超所值。"

当温妮还是个蹒跚学步的孩子时，凯奇并没有太多的时间陪伴她。在那些日子里，他还在亲身测试产品，经常在嗑药之后跟跟跄跄地回家。他给她找了最好的英国保姆。他没有付钱给德特

---

① 泥盆纪（Devonian），地质时代古生代的第四个纪，约开始于4.05亿年前，结束于3.5亿年前。

林太太去爱那个小女孩，温妮是靠自己赢得了保姆的爱。那个凶狠的老妇人为温妮花了凯奇无数的钱；他们的理念是把这个女孩当作一张空白的磁盘，只在上面记录最重要的信息。为了温妮，凯奇只要能离开实验室，他们就会去旅行。德特林帮助她掌握了旧世界的语言——温妮会说英语、俄语、西班牙语，还会一点儿日语，她还能读拉丁文的维吉尔①的诗。升入三年级时，她在日内瓦无文化制约的智力测验中的成绩，超过了百分之九十九的同龄人。

直到她七岁时，凯奇才真正开始享受她的陪伴。她兼具成熟和孩子气，这二者不协调的混合赋予了她独特的魅力。

有一天，凯奇从实验室回到家，发现温妮正在用网络电视玩游戏。

"我还以为你要去看朋友呢。她叫什么名字？"他说。

"你是说海蒂吗？保姆告诉我，你要早点儿回家，所以我决定不去了。"

"我只是回来换衣服。"当时他正在研究"笑药"，早上服用的一剂还在起作用。他不想在孩子面前像个傻瓜一样哈哈大笑，所以他打开吧台，打了足足一针精神安定剂，让自己恢复正常。"我有个约会，六点钟得出去。"

她退出了游戏。"和那个新女友？乔斯琳？"

"是的，乔斯琳。"他伸手去拿网络电视的遥控器，"介意我

---

① 维吉尔（Virgil，前70—前19），古罗马诗人，著有《牧歌集》《埃涅阿斯纪》等。

检查一下邮件吗？"

她把遥控器给了他。"你工作的时候，我很想你，托尼。"

他以前听过这句话。"我也想你，温妮。"他调出屏幕上的邮件菜单，开始整理。

她紧紧地依偎着他，默默地看着。"托尼，"她终于开口说道，"成年人会哭吗？"

"嗯……"他张口结舌，并把这归咎于"笑药"，恼怒之中想要取消团队的研发奖金，"有时候会哭，我想是这样。"

"真的吗？"她听起来很震惊，"如果他们摔倒，擦伤了膝盖呢？"

"通常是因为发生了伤心的事情才会哭。"

"举个例子？"

"伤心的事情……"一段长时间的沉默后，他说道，"你懂的。"他想让她换个话题。

"我看到乔斯琳哭了。"

这句话引起了他的注意。

"几天前的一个晚上，"温妮说，"她来了，坐在沙发上等你。我在椅子后面玩过家家。她不知道我在这里。你知道，她哭的时候很难看。她眼睛下面的东西让眼泪变成了黑色的。然后，她起身去卫生间，这时她发现了我，她看我的眼神就好像她哭是我的错。但是，她径直走进卫生间，什么也没说。当她出来的时候，她又高兴了起来，至少不哭了。是你让她伤心了吗？"

"我不知道，温妮。"凯奇觉得自己应该生气，但他不知道生谁的气，"也许是我干的。"

"我不认为这是很成人化的事情。我想我不太喜欢她。"温妮看了看他，想知道自己是否说得太过了，"她有什么好伤心的呢？她见到你的次数比我多，我都不哭。"

凯奇一把抱住她。"你是个好女孩，温妮。"他决定当晚不去看乔斯琳了，"我爱你。"

许多人试图将个人生活与工作区分开。在温妮出生之前，凯奇无论和谁在一起，他总是感到孤独。他讨厌面对个人生活中的空虚，像乔斯琳这样被抛弃的女人只会助长空虚。他去工作是为了逃避自己，这是他成功的秘诀。但随着温妮长大，他不得不做出改变，逐渐在他的生活中为她腾出空间，直到她填满他的生活。

威廉·斯图克利①秉承了英国怪人的伟大传统。从一七一九年到一七二四年，这位被迷得神魂颠倒的年轻考古学家整个夏天都在探索巨石阵。一个半世纪以来，他一丝不苟的实地考察工作堪称无与伦比。斯图克利对石头之间的位置关系进行了精确的测量。他考察了周围的乡村，发现这个圆圈只是一个更大的新石器时代建筑群的一部分。他是第一个指出巨石阵的中轴线指向夏至日日出方位的人。然而，直到十年后，他才公布了这些发现。在此期间，他接受了神圣的命令，结婚了，从伦敦搬到林肯郡，并

---

① 威廉·斯图克利（William Stukeley，1687—1765），英国考古学家，一七四〇年写了一本书《巨石阵：还给英国德鲁伊教徒的神庙》。

认定自己是一名德鲁伊教徒①。

斯图克利根据他对《圣经》、老普林尼②和塔西陀③的牵强附会的解读，推断出德鲁伊人一定是《圣经》中亚伯拉罕的直系后裔，亚伯拉罕曾搭乘腓尼基的船只前往英格兰。尽管斯图克利的书记载了对巨石阵卓越的实地考察工作，但他的争论意图在卷首的插画里得到了最好的总结，那是一幅作者的肖像画，他把自己画成了德鲁伊贵族钦多纳克斯的形象。这是一部"关于真正宗教和偶像崇拜的起源和发展的编年史"。斯图克利描绘了一幅圣贤们信奉纯自然宗教的景象，他煞费苦心地指出，这种宗教的现代版正是他所钟爱的英国国教！德鲁伊教建造巨石阵作为他们的蛇神的神庙。虽然斯图克利认为那里的仪式可能包括活人祭祀，但他倾向于原谅他的精神祖先的过分行为。也许他们误解了榜样亚伯拉罕。

一百年后，斯图克利的德鲁伊教幻想慢慢地进入了《大英百科全书》和大众的想象之中。一八五七年，伦敦和索尔兹伯里之间修建了一条直达铁路，维多利亚人蜂拥而至。对一些人而言，巨石阵是对大不列颠辉煌的过去和现在的绝好证明；而对另一些人而言，巨石阵则是一个关于少女献祭和宣扬异教的黑暗梦想。大约在这个时候，夏至变成了一个奇观。附近埃姆斯伯里小镇的

---

① 德鲁伊教（Druid）是凯尔特民族的本土宗教，起源于中欧和不列颠群岛。
② 老普林尼（Pliny，23—79），古罗马作家、博物学者。
③ 塔西陀（Tacitus，约55—约120），罗马帝国执政官，著名历史学家。

酒吧通宵营业，但根据许可只接待游客。如果天气晴朗，那些跟跟跄跄来到巨石阵的人可能会有成千上万。这群人并不恭敬。他们把酒瓶砸在青石上，爬上岩石，在仲夏的晨曦中跳舞。喧闹的笑声和车辆的轰鸣声打破了威尔特郡平原梦幻般的寂静。

凯奇向来不喜欢托德·施卢尔曼。他告诉自己一个事实，在自己冬眠的时候，托德已经成了温妮的情人，而自己却无能为力。更不用说眼睁睁地看着托德说服她一起去英国。托德在他生命的二十四年里周游世界，他的父亲曾是一名空军医生。他出生在菲律宾，在德国、美国佛罗里达和科罗拉多的空军基地长大。他曾被空军学院退学，也读过其他几所大学，但除了厌恶早起之外，他没有任何实质性的收获。

托德骨瘦如柴，穿花哨时髦的紧身衣显得很好看。他英俊帅气，光洁的面容之下是如同文艺复兴时期圣母马利亚一样精致的骨骼结构。为了进入空军学院，他植入了人工耳蜗来矫正轻微的听力问题；他让外科医生修剪了耳朵，头上除了有一把黑色毛刷外，一根头发也没有。和温妮一样，他的皮肤也是淡蓝色的；在特定的灯光下，他看起来就像一具尸体。

托德和温妮在一家毒品俱乐部里相识。当他坐在她旁边的时候，她正在一张光亮的桌子旁享用"腾飞"。凯奇从来不知道托德在俱乐部里做什么。托德不经常使用精神药物，尽管他试图隐瞒这一点，他似乎不喜欢瘾君子，显然是禁药联盟的完美候选人。他身上有一种清教徒的气质，这让他与放荡不羁的那一代格格不入。在大学进进出出的这些年里，托德博览群书，但读得并不好。像许多自学成才的人一样，他怀疑专业知识。他天生聪明，这一点很明显，但傲慢常常让他看起来很愚蠢。

"你们俩打算去哪里赚钱生活呢？"他们离开爱尔兰的前一天晚上，凯奇邀请他共进晚餐。

托德摇晃着沃特福德水晶酒杯，里面是上好的夏布利葡萄酒，他微笑道："只有当你想钱想太多的时候，钱才是问题，伙计。"

"托尼，你能不能别担心了，把小牛肉递给我？"温妮说，"我们会好起来的。"三人沉默了几秒，托德站起来递给她盘子。"毕竟，"她继续说，"我有零花钱，足够我们生活。"

托德的下巴上有一块马德拉酱汁。"我不要你的钱，温妮。"

凯奇知道这是为了他好。温妮的零花钱足够供养梅费尔①的一名律师，但他不想让她把这笔钱浪费在托德身上。"你凭什么认为你能学会给视频合成器编程？你知道，人们上学就是为了学这个。"

"上学，是的。"他和温妮对望了一眼，"你知道，问题是当老师们教完你的时候，你的创造力就被他们毁得一干二净了。和那些在大公司工作的优等生交谈，你会发现他们已经忘记了自己当初为什么要成为艺术家。他们知道的就是回收利用在学校学到的陈腐的知识，谁都看得出来，只要在网络电视上看一些视频就知道了。这一点儿都不新鲜，伙计。"

---

① 梅费尔（Mayfair），英国伦敦的上流住宅区。

"托德一直在努力学习，他已经有了一些经验。"温妮说，"再说，现在学编程也不像以前那么难了。他们一直在努力地让界面更容易访问。"

"他们？你是说那些老掉牙的陈腐的公司吗？"

"托尼。"温妮起身准备离席。

"不要走，"托德说，"他说得对。"温妮又坐了下来。凯奇讨厌她总是对托德言听计从。"听着，伙计，我不是说在学校学到的所有知识都是陈词滥调。就说你吧，我的意思是，如果你不花时间，那么你永远不会开发出'腾飞'或其他东西。我很欣赏你能脱颖而出，你的工作很出色。我认识一些艺术家，他们如果不注射几毫升你研制的'专注'，甚至都无法思考一个项目。但事情就是这样，伙计。重要的是艺术，而不是技术。"

"我们说的是计算机驱动的视频合成器，托德。"凯奇把叉子放在盘子上，这场谈话扼杀了他的食欲，"我碰巧对这些略知一二。记得吗？曾经有程序员为我工作。计算机是复杂的机器，而且使用起来成本很高。你怎么负担得起所需要的接入时间？"

托德是唯一还在吃东西的人。"有办法的，"他边吃边说，"有的小商店在营业时间之后对黑客开放。早上三点进去，一直工作到五点。便宜。"

"即使你想出了有价值的东西，你也得把它推销出去。像西方娱乐这样的跨国公司甚至不会接触自由职业者。"

托德耸了耸肩。"那又怎样？我会从零干起。这就是我们去英国的原因。英国的网络电视在社区接入站有很多空位。一旦人们看到我有什么，就很容易了，我知道。"

温妮把一种叫作"幸福"的挥发性兴奋剂倒入白兰地酒杯，深深地吸了一口，然后递了过去。托德迅速地嗅了一下，表示不喜欢，把杯子递给了凯奇。女孩端着甜点进来，凯奇意识到他无话可说。很明显，托德没有足够的韧性来克服不可避免的挫折。半年之后，他的计划可能就变了。他会把自己的失败归咎于温妮或凯奇，或是别人，然后在没有他们的情况下继续他漫无目的的生活，自认为是这个遍地傻瓜的世界里怀才不遇的天才。这种结果显而易见。

但是，凯奇还有温妮——美丽的温妮，这女孩正对着托德微笑，仿佛他是达·芬奇再世。那个狗娘养的家伙要把她带走。

巨石阵的拥有者埃德蒙·安特罗伯斯男爵逝世于一九一五年。他没有继承人，多年来，他一直与普世教会（德鲁伊教的现代转世）基于双方的意愿和糟糕的学术研究成果对巨石阵遗址的归属争论不休。德鲁伊教的领袖宣布这是德鲁伊诅咒，这让埃德蒙爵士功败垂成。几个月后，他的地产开始出售。塞西尔·查布先生在拍卖会上以六千六百英镑的价格买下了巨石阵。他声称这是一次冲动消费。三年后，查布将巨石阵献给了国家，并因其慷慨之举而被大卫·劳合·乔治[1] 封为爵士。

---

[1] 大卫·劳合·乔治（David Lloyd George，1863—1945），英国自由党政治家，于 1916 年至 1922 年间担任英国首相。

对于工程办公室里谨慎的官僚来说，巨石阵终将发生一场灾难。几块倾斜的石头有倒塌的危险，摇摇欲坠的门楣需要重新整修。政府就这项工作向文物学会寻求帮助。考古学家们抓住机会，将修复工作扩大为对整个遗址的一次浩大得堪称灾难性的挖掘。然而，政府在整修完这些石头后不久就撤回了资金，此后的很多年，文物学会一直努力地为挖掘工作筹集资金。威廉·霍利上校不得不经常独自工作，住在工地上的一间漏风的小屋里。幸好，这个项目在一九二六年被中止，除了混淆证据和让协会难堪之外，人们一无所获。正如困惑的霍利对《泰晤士报》所讲的那样："我们挖掘得越多，谜团似乎就越深。"

同许多人一样，凯奇的职业并不是他自己的选择，他成为一名毒品艺术家是偶然的。他进入康奈尔大学时本打算研究基因工程。当时，博格斯正在研制可以改变现有细胞染色体的病毒。夸贝纳发表了她的开创性作品《重建藻类供人类食用》。似乎每个月都有很多遗传学家站出来承诺将会创造出改变世界的奇迹。凯奇也想创造奇迹。在当时，理想主义似乎并不很愚蠢。

不幸的是，基因工程让这个国家所有其他聪明的孩子兴奋不已。康奈尔大学的竞争非常激烈。凯奇从大二的时候开始嗑药，只是为了跟上课程进度。最开始，他服用小剂量的美他嗪，人们认为它只会让人心理上瘾。凯奇知道，任何药物都奈何不了他。那时的他不太喜欢娱乐用品，因为他没有时间。他偶尔尝试四氢大麻酚，包括大麻和来自瑞典的新型气雾剂。有一次春假期间，他一直约会的一个女人给了他一些威廉斯氏仙人球花，她说这东西会带给他新的见识。的确如此——他意识到和她在一起就是在浪费时间。

三个学期后，事情出了岔子。那时，他正在大剂量地注射"水晶"，有时甚至超过八十毫克。最初的冲动感觉就像是全身极度兴奋；后来，他不想再学习了。在他的基因化学成绩拿到 C 之后，导师要求他退出这个课程。他的脑细胞在燃烧，体重在下降，他已经迷失了方向。他知道自己必须戒掉毒瘾，重新开始。

凯奇心血来潮，报名参加了一门精神药理学课程。如果必须学点东西，为什么不学习他的嗜好对自己产生的化学影响呢？鲍比·贝洛蒂是个好老师，他很快就成了凯奇的朋友。他帮助凯奇克服了重重困难，帮助他获得生物学学位，并鼓励他申请研究生院。在凯奇沉迷于安非他命的那些醉生梦死的日子里，他的理想主义已经被侵蚀殆尽。或许，这就是为什么他轻而易举地就让自己相信研发新药物和治疗血友病同样高尚。

凯奇的硕士论文是关于吲哚类致幻剂对血清素和多巴胺的受体的影响。早期的吲哚类致幻剂，如 LSD 和 DMT，长期以来一直被认为可以抑制神经调节剂血清素的产生，这并不奇怪，因为它们的化学结构非常相似。凯奇的研究表明，这系列致幻剂也会影响多巴胺的产生系统，而且这类药物的许多已知影响都是这些神经调节剂之间的相互作用导致的。他不得不承认，这并不是特别创新或卓越的工作，基础早就奠定了。但那时他已经厌倦了学生的生活，这项工作反映了这一点。

在美国第一党短暂而不光彩的统治期间，他获得了学位。美国第一党的成员是一群自由主义狂热分子，一心要推翻美国政府。他们撤销了食品药品监督管理局，这引发了娱乐性药物使用的革命。当凯奇还在考虑是否继续攻读博士学位的时候，鲍比·贝洛蒂打来电话，说他要离开康奈尔大学。西部娱乐公司新成立了精神活性药物部门，正在招募研发人员。贝洛蒂要去那里工作。凯奇想加入吗？这毫无疑问。

贝洛蒂的团队本该寻找商人的好点子。他们想找的是一种快速而醒龊的东西：具有脂溶性的药物，这样它就能在摄入后几分钟内迅速地进入大脑并到达作用部位。它必须很容易被代谢，这样精神作用会在一两个小时内消失。不用针头注射，耐受性低。他们不希望用户看到上帝或体验终极高潮，只想让他们在精神上有一点儿幻觉，产生一些漂亮的视觉效果，然后让他们感到满意。

由于凯奇研究过吲哚类致幻剂，贝洛蒂给了他相当大的自由。在经历了令人沮丧的几个月后，他开始认真看待 DMD（二甲基二环氧乙烷）。它似乎符合规范，只是动物试验没有显示出明显的精神作用。他担心药效可能太小了。不管它有多安全，如果它变成了宗教致幻剂，那就毫无用处。尽管如此，凯奇还是说服了贝洛蒂批准在老鼠身上进行微电泳实验。

鲍比·贝洛蒂是个不修边幅的人。他卷曲的黑发永远梳不顺溜。他总是把衬衫掖到裤子里，但他的大肚子又会把它撑开。他的办公桌上堆满了一层又一层的备忘录和报告，上面留着一圈又一圈干咖啡印；灰尘平静地聚集在他的终端机的角落里。尽管他才华横溢，但他是管理层喜欢对外界隐瞒的那种员工。

"看看这个。"凯奇冲进贝洛蒂的办公室，把一叠十厘米厚的折页纸扔在他的桌子上。"这是 DMD 的结果，这种物质会抑制血清素系统。"

贝洛蒂摘下眼镜，用手背揉了揉眼睛。"太好了，你有药效给我看吗？"

"没有，但这些数字表明，一定有药效。可能需要某种环境才能触发。"

贝洛蒂叹了口气，开始翻找桌上的文件。"前台嚷嚷着要卖东西，托尼。我认为 DMD 不是他们想要的，你怎么看？"

"再给我几个星期，鲍比，我就快成功了——我几乎嗅到了成功的味道。"

贝洛蒂找到一份备忘录，递给凯奇。"把它放一放，托尼。我们搞出来几件产品，你或许可以再试试。"备忘录将凯奇重新分配到贝洛蒂的直接监督下工作。

二人吵了起来。凯奇从不会辩论，他是炮筒子脾气——一触即发。贝洛蒂则太过冷静，太过善解人意。尽管从未提及，但凯奇欠贝洛蒂的人情只会让他更加愤怒。他觉得自己好像是那个任性的学生，又一次被仁慈的教授纠正。

凯奇怒气冲冲地把这份讨厌的备忘录带回自己的隔间，关掉终端机，怒视着空空如也的屏幕。他想大骂一顿，做点疯狂的事。愤怒的他想出了一个主意，就像《疯狂科学家》里的特技表演一样。他申请了十毫克 DMD，然后回家亲自试用。

服药半个小时后，他躺在黑暗房间的床上，等待着会发生什么事情，或者说是否会有事情发生。他感到紧张不安，好像刚刚注射了温和的安非他命。他的脉搏加快，满头大汗。他从测试中知道，药物一定已经进入了他的大脑。他什么也感觉不到，甚至不再生气了。最后，他从床上起来，打开灯，到厨房里给自己做了些点心。他端着一份火腿奶酪三明治，坐在网络电视前，打开显示器，播的是新闻。于是他换了个频道，再换，再换……

网络电视没有信号，只有静电噪声。正是这东西触发了DMD的精神作用。手中的三明治，他一口都没吃。

相反，他花了一个小时聚精会神地盯着屏幕上随机闪烁的红色、绿色和蓝色荧光粉。在凯奇看来它们根本不是随机的。他看到了图案，奇妙的图案：风火轮、金黄色的麦浪、在大头针上跳舞的天使、魔鬼的面孔。他觉得自己仿佛也是其中的一个图案。他摆脱了肉体，飞进屏幕，在美丽的光彩中玩耍。

然后，一切都结束了，回味清新。他服药已经一个半小时了，高峰持续了大约四十五分钟，太完美了。通过复杂的灯光秀来触发DMD的药效，它可能是继酒精之后最受欢迎的药物。他意识到，这是他的，一切都是他的。

毕竟，贝洛蒂用他的备忘录阻止了自己的行动。是凯奇亲自冒险，把自己的身体和精神置于危险之中。友谊是友谊，但凯奇知道，如果他成功了，他就可以改变自己的生活。因此，他放出风去，让管理层听说他研制出了DMD，坐实贝洛蒂曾试图扼杀重要的研究。如果同事们因为他在爬梯子时踩了朋友的脸而怨恨他，他就学着不去在意。前台暗地里松了一口气，凯奇比贝洛蒂体面多了。不久，凯奇开始负责团队，然后负责整个实验室。

凯奇希望鲍比·贝洛蒂离开西方娱乐公司，回到康奈尔大学，但贝洛蒂并没有这样做。也许贝洛蒂的意图是一种狡猾的报复：每天上班，和背叛他的人一起喝咖啡。凯奇怎肯为此羞愧？他找到了避开贝洛蒂的办法，最终，他把贝洛蒂埋没在了一个几乎没有成功机会的小项目上。从那以后，二人就很少说话了。

公司给这种药起名"腾飞"，然后把它推向市场。西方娱乐公司的公关宣传让凯奇名声大噪，而他甚至还没弄明白他们对他做了什么。网络电视上的记者永远都有兴趣采访他。一份经过修饰的简历出现在大多数主流的信息工具上：才华横溢的年轻研究员，大胆的突破，不可思议的心灵旅程的第一步——起初，凯奇被这一切逗笑了。

当他终于可以回到实验室时，他花费了很多时间进行头脑风暴，以求触发"腾飞"的精神作用。测光台是最成功的，它能读取脑电图并将其转换成高分辨率的计算机烟火，但也有其他东西是不错的。事实上，硬件售后市场对于西方娱乐公司而言几乎和药品本身一样重要。凯奇的实验室变成了赚钱机器。为了防止公司猎头把凯奇挖走，西方娱乐公司允许他分享利润。他很快就成了世界上最富有的年轻人之一。

消遣性药物体验有三个部分：化学物质本身、使用者的精神状态和嗑药的环境。凯奇喜欢称之为"周边"。随着时间的推移，他越来越少参与化学制品的开发。研究生院毕业的年轻人比他更擅长做研究。他对概念设计更感兴趣，尤其喜欢想象新的"周边"：感官剥夺头盔、阿尔法频闪灯。广告宣传把他不断发展的兴趣表现得淋漓尽致。他不再是精神药理学的研究者，而是被誉为首位毒品艺术家。

然而，凯奇被迫减少参与药物开发的真正原因与艺术追求无关。他拥有典型的成瘾人格，非常喜欢嗑药的感觉。多年来，有害的化学物质已经侵入了他的神经突触。尽管他总是设法脱身，但管理层还是很紧张。他们让托尼·凯奇成为公司的象征，破产是他们无法承受的。

凯奇看到他对毒品的品味也体现在了温妮身上，对此，他不应该感到惊讶。她九岁的时候就开始嗑药了。到十一岁时，他开始让她注射常见的精神药物。如果温妮要分享他的人生，那么这几乎是不可避免的。私人酒吧是凯奇的特殊待遇之一，这酒吧让大多数毒品俱乐部相形见绌。他自己的实验室正在开发一种面向青少年市场的大麻酚口香糖。无论禁药联盟怎么宣传，凯奇都没有造就毒品文化，而是毒品文化造就了他。全世界的孩子都爱上了嗑药，追求最快活的宣泄。尽管如此，温妮对药物的热情还是让他感到不安。

凯奇试图确保温妮永远不会对任何一种化学物质上瘾，他时刻确保她的毒瘾是多样化的。例如，如果她开始对致幻剂产生交叉耐受性，那么他就让她停止服用这个系列的药物，转而服用鸦片类药物。她也不是经常嗑药，她的狂欢会持续几个小时到几天不等，然后一两个星期什么药都不碰。尽管如此，凯奇还是很担心她。她服药的剂量非常惊人。

在她遇见托德的前一个夏天，他们从美国飞到罗马的达·芬奇机场，入住谢尔顿酒店。虽然他们选择了亚轨道飞行，但是重新调整生物钟仍然很困难。由于凯奇第二天要在罗马出差，他无法忍受倒时差。温妮打电话给客房服务部，让他们送来两杯放了安定药的草莓奶昔。凯奇躺在床上，这饮料让他感觉自己好像要融化在床垫里了。温妮坐在一张保暖椅上，无精打采地切换着网络电视频道。最后，她关掉电视，问凯奇是不是嗑药过量了。

正要打瞌睡的凯奇突然警觉起来，就像任何一个安定药侵入大脑中的人一样。"当然，我一直在想这件事。现在我想我没事了。不过，有好几次我觉得自己可能会有麻烦。"

她点了点头。"你怎么知道你什么时候有麻烦？"

"一个迹象是当你不再担心有麻烦的时候。"

她双臂交叉抱在胸前，好像觉得冷似的。"真是胡扯，难道你只有在担心的时候才安全？"

"或者你戒毒。"

"哦，得了吧。你戒毒最长的时间有多久？我说的是最近。"

"六个月，在冷冻箱里的时候。"二人都笑了。"既然你提起来了，"凯奇说，"那我问你，你没感觉自己嗑药太多了吗？"

她想了想，好像这个问题让她很惊讶。"没感觉，"她终于开口道，"我还年轻，能承受得住。"

他对她讲起他是如何在康奈尔大学迷上安非他命的，这个故事似乎没能打动她。

"但你显然战胜了它，"她说，"所以不可能有那么糟糕。"

"也许你是对的，"他表示同意，"但在我看来，我是幸运的。再过几个月，我可能就再也戒不掉了。"

"我喜欢嗑药的感觉，"她说，"但我也同样喜欢其他东西。"

"比如？"

"性爱，好像你不知道似的。"她伸了个懒腰，"太空，失重，沉浸在图书、戏剧或视频中，花你的钱。"她打了个哈欠，话越说越慢，"我睡了。"

"那就上床睡觉吧。"他说，"你让我们两个都睡不着。"

她一摸肩上的扣子，披肩就卷了起来，扔到地板上皱成了一堆。她爬到他身边。她的皮肤摸起来很凉。"到底是谁发明了安定药？"她依偎着他说。他能感觉到她光滑的小腹贴着他的背。"那人知道自己在做什么。"

"那人不知道自己在做什么。"安定药让他笑了起来；凯奇更愿意说出这一点。尽管如此，这句话还是很好笑，让人感觉有点儿毛骨悚然，"没准有一天，有个人服用了很大的剂量，然后坐在保暖椅上睡着了。他忘记了计时器的提醒，被烤死了。"

"反正死得很快乐。"她拍了拍他的屁股，翻了个身，"祝你做个好梦。"

一九六五年，天文学家杰拉尔德·霍金斯出版了一本书，书名非常大胆，叫作《巨石阵解码》。早期的解释者总是在巨石阵之外寻找证据来支持他们的理论。有些时代从《圣经》和教会传统中找到了权威，还有些时代则在古罗马废墟或古代伟大的历史学家那里找到了权威。霍金斯和他的前辈一样，援引当时的权威来支持他的巧妙理论。霍金斯使用哈佛大学史密松天体物理学中心的 IBM 7090 计算机分析了巨石阵的布局排列与太阳和月球的位置关系，得出了一个震惊世界的结论：巨石阵是古代天文学家建造的天文台。事实上，他声称，巨石阵的一部分形成了一台"新石器时代的计算机"，建造者曾用它来预测月食。

霍金斯的理论引发了大众的想象，这在很大程度上是因为过去的报纸对此一知半解的报道。记者们对这一奇迹犹豫不决：石器时代的科学家们已经制造了一台由砂岩和青石组成的计算机，只有现代的电子计算机才能"解码"。甚至在一些早期的网络电视上还有一档特别节目。霍金斯大量的工作都是使用计算机完成的，不过他进行的计算很容易手工完成。事实上，霍金斯证明的与他所声称的完全不同。计算机研究表明，由五十六个规则间隔的坑组成的奥布里洞可以用来预测日食，但这些研究并没有表明巨石阵的建造者有这样的意图。其他人很快就提出了相互矛盾的解释，一时间，大量经过严密推理的"巨石阵天文学"纷纷地涌现出来。人们很快认识到了问题所在：巨石阵有太多的天文学意义。它是一面镜子，任何理论家都可以从中看到自己的思想。

凯奇并没有立即随托德和温妮前往英格兰。相反，冬眠假期结束后，他飞回了美国，与西方娱乐公司谈生意。凯奇已经不再是西方娱乐公司的正式员工，他变成了独立承包商，自己就是一家公司。尽管如此，在他成名的实验室里，他可以随意进出，没有他了解不到的秘密。凯奇在冷冻箱冬眠的六个月里，最热门的消息是，鲍比·贝洛蒂在"分享"项目上取得了突破。

几年前，凯奇还在实验室全职工作时，他就开始了这个分享项目。他一直在思考社交强化似乎可以激发娱乐性嗑药。大多数瘾君子更喜欢在毒品俱乐部和私人派对上，以及在做爱、享用美食时或在体验太空失重之前与其他人一起嗑药。如果社交可以增强乐趣，那么为什么不尝试寻找一种让用户分享相同体验的方法呢？不仅通过创造相同的环境，而且通过在突触水平上同步效应，直接刺激感官皮层，形成一种人为的心灵感应。

公司总部对此表示怀疑。只要一提到心灵感应，整个项目就有了伪科学的味道，而且看起来成本巨大。当时，凯奇认为这种效应必须通过电化学来产生，即精神活性药物与电子脑刺激的相互作用。这可能需要某种湿件。但市场调研表明，许多人害怕头骨插头，他们称之为"僵尸因子"。

凯奇紧跟着他们。如果不出意外的话，他认为"分享"可能是一种强大的催情剂，它可以重新定义亲密关系。如果它被证明是终极性爱体验的话，那么价格昂贵又有什么关系呢？他指出，从来没有人因为卖爱情药水而破产，于是，他们让他去做可行性研究。

他不得不伪造研究，很多漏洞只有基础研究才能填补。但是这项研究正在进行，如果西方娱乐公司不做，别的公司也会做。他最终能够向他们推销的是一个虽小但旷日持久的艰难尝试，这是埋葬鲍比·贝洛蒂的绝佳机会，让他在一个不太可能成功的尝试上押宝。

几年后的今天，贝洛蒂有了一件看起来很有前途的东西。他借来了一种叫作"7,2-DAPA"的药物，这种药物是由研究语言障碍的神经病理学家开发的。它能诱发兴奋性异常，扰乱某些视觉输入与文字的联想过程。用户很难说出他们看到了什么，名词尤其困难，特别是抽象名词和专有名词。忘名症的严重程度不仅与服用的剂量有关，还与视觉环境的复杂程度有关。例如，一个用户看到一朵长茎玫瑰可能说不出"花"或"玫瑰"这些词，但他还能正常地谈论园艺；如果把他带到温室里去，他很可能哑口无言。然而，如果他捡起玫瑰，或者闻到它的味道，或者听到"玫瑰"这个词，他就能把它们联系起来。在认出来的那一刻，脑啡肽神经元会开始疯狂地跳动，大脑会沉浸在发现的喜悦中。

"问题是，"贝洛蒂对凯奇解释说，"目前还无法准确预测哪些单词会忘掉，个体差异太大。例如，也许我不能说'玫瑰'，但你能说。在这种情况下，我可以从你那里得到灵光一闪的快感，而你却什么也得不到。只有当我们两个人都忘掉了同一个词，然后得到适当的提示，我们才能分享效果。"

"听起来好像不会取代性爱。"凯奇笑了，贝洛蒂皱起了眉。凯奇心想，这人一点儿都没变。他所剩无几的头发依然需要梳理，皱巴巴的皮肤下是无数支离破碎的血管，他看起来苍老又无力。凯奇发现自己很难回忆起他们曾经是朋友的日子。

"分享性爱可能会很有趣。"贝洛蒂听起来像是在重复他以前说过的借口，"但是告诉别人自己正处在高潮不会有多大效果。触觉太强，与视觉输入无关。尽管如此，由于脑啡肽抑制疼痛冲动，愉悦感也会相应增强。但是请记住，在我们观察的剂量下，它是相当温和的。服用太多就会适得其反，产生幻觉。这无法预测，很危险。"

"能抑制这种效果吗？"

"迄今为止，精神安定剂是我们发现的唯一真正的拮抗剂。而且它们的药效反应相当缓慢。"贝洛蒂耸了耸肩，"测试还没结束。事实上，我还没怎么注意。他们停止了我的工作，你知道的。我花了十年时间来追求你写的那些规格，现在我正在进行计算机模拟，这工作毫无价值。"

凯奇很久没有想到鲍比·贝洛蒂了，突然，他觉得有些对不起这个老人。"鲍比，你会用它做什么？"

"正如我所说，这不是我能决定的。我敢肯定，市场部会把它推销给合适的人。我猜他们可能会有点儿失望，因为结果并不是你答应他们的催情剂。"

"干得好，鲍比。你不必向任何人道歉。但我无法相信，你努力工作了这么长时间，却没有考虑商业应用。"

"如果你能控制忘掉哪些词，你就可以利用引导来提供必要的线索。"贝洛蒂挠了挠后脑勺，"也许你可以掺入催眠药，让引导更具有心理学的权威性。比方说，在艺术鉴赏课上，这可能会有所帮助，或者博物馆可以把它和那些旅游录像带一起卖。"

太棒了！博物馆的点子。凯奇的脑海中想象着广告的样子。

裸露上身的电视女王对她银光闪闪的男友说："嘿，小伙儿，我们去国家美术馆嗑药吧！"难怪他们会拿走他的成果。"何苦呢？似乎你需要的就是两个人坐在餐桌前轮番说单词。"

"但是单词没那么简单。我们这里说的不是花哨的灯光，而是可以触发复杂心理状态的内化符号，例如情感、记忆……"

"当然，鲍比。听着，我会跟企业前台说的。看看能不能给你一个新项目，让你拥有自己的团队。"

"别费心了。"他的表情冷冰冰的，"他们让我提前退休，我准备接受。我六十一岁了，托尼。如今你多大了？"

"对不起，鲍比。我认为你让'分享'走到这一步，已经创造了奇迹。"他对贝洛蒂报以成交的微笑，"我从哪里可以拿到样品？"

贝洛蒂点了点头，好像他一直期待凯奇会问。"还是不能让你的手离产品远点儿吗？你知道，他们对这些东西保密很严，直到他们决定得到什么。"

"我是个特例，鲍比。你现在应该知道了，有些规则对我不适用。"

贝洛蒂犹豫了，他看起来好像在试图平衡某个极其复杂的方程式。

"来吧，鲍比，为了老朋友？"

贝洛蒂恶毒地一笑，拇指一按指纹锁，打开他的桌子，从最上面的抽屉里拿出一个绿色的瓶子，扔给凯奇。"一次一粒，明白吗？记住，你不是从我这里拿的。"

凯奇打开了盖子，里面有六粒药丸，透明的外壳包裹着黄色粉末。有那么一会儿，他心存疑虑——贝洛蒂似乎非常渴望打破公司规则。但是凯奇早就对这个人下定了决心。他不能让自己为一个他不怎么尊重的人担心。他试着想象像可怜的贝洛蒂这样的普通人会是什么样子：老态龙钟，失败的职业生涯即将结束，又苦又累。这样的人凭什么活着？他心中不禁一凛，放弃了幻想，把绿色瓶子装进口袋。"现在几点了？"他说，"我答应肖，要和他一起吃午饭。"

贝洛蒂一摸挂在太阳穴上的眼镜腿，镜片立刻变成不透明的。"你知道吗，我以前真的很恨你。但后来我意识到，你根本不知道自己在做什么，这还不如去责怪一只猫蹂躏一只浑身是血的老鼠。你不在乎任何人，托尼。我打赌你甚至连你自己都不在乎。"他摇摇手，"罢了，我现在就闭嘴。"他关掉终端机的电源，"我要回家了，我进来的唯一原因是他们说你想开会。"

为了确保万无一失，凯奇从贝洛蒂的样品中取出一粒进行分析：药是纯的。然后，凯奇立刻行动起来，以免夜长梦多。华盛顿有律师，纽约有会计师。他在南卡罗来纳州希尔顿黑德岛举行的美国精神药理学协会年会上发表了演讲，接受了六次网络电视的采访。他遇到了一个日本女人，他们预定在"栖息地三号"的轨道上度过一个周末。后来他们去了大阪，在那里他发现这个日本女人是独角兽公司的间谍。转眼间，两个月快过去了。凯奇想，托德差不多该搞砸了，时间能让温妮知道托德生来注定失败，能让他们那不可能成功的事业在生活的重压下轰然倒塌。凯奇搭乘亚轨道飞机飞往希思罗机场。对温妮和托德的事情，他确信无疑。

然而，结局让人又惊又怒：托德·施卢尔曼很走运。

视频《燃烧的伦敦》只有五分钟长。开头是一些导弹发射井的镜头，接着倒计时开始，发射，伦敦遭到攻击。然而，发射的不是导弹……只见一个个巨大的裸体温妮飞向伦敦，在空中留下一道道彩虹。爆炸之后没有火焰，而是一片片树叶如同天女散花一般落在伦敦，接着，整座城市都被乔木和灌木覆盖了。不久，这座城市消失在一片森林之下。镜头迅速地转移到一块空地上，一个叫作弗洛格的乐队正在演奏。他们的音乐如梦如幻。只听音乐的节奏逐渐加快，乐队的演奏越来越铿锵热烈，直到他们的乐器着火，吞噬了他们和森林。最后一幕是一口平底锅放在灰烬和烧焦的树桩上。凯奇觉得这视频拍得很蠢。

没有人能预料到，全英国十六岁的青少年会选择在那一刻将弗洛格的音乐带进他们稚嫩的心灵。弗洛格乐队和托德一起拍摄《燃烧的伦敦》时，他们还籍籍无名。但一个月的工夫，他们就从利兹的地下室搬到伦敦的克拉里奇酒店，包下了一层楼。虽然《燃烧的伦敦》并没有让托德赚很多钱，但他因此名声大噪。这个曾经把自己比作白南准[①]的孩子，现在却在为青春期的乐迷制作视频。

托德和温妮住在伦敦巴特西区的一个睡眠管支架上。她的钱本可以让他们住在更好的地方，但他坚持量入为出。曾经是仓库

---

① 白南准（Nam June Paik，1932—2006），韩裔美国艺术家，被认为是国际上第一位用视频进行创作的艺术家。

的地方，如今堆放着大约二百根塑料睡眠管。每根都有三米长；单人管直径一米半，双人管则是两米。每根塑料管都在凝胶床垫下配备了一个储物柜，一个网络电视终端机，以及一个用作水槽的喷水口。洗澡的时候总是要排长队。厕所里有股臭味。

这些对托德而言都无所谓，他大部分时间都待在视频实验室里，或是和乐队经纪人打交道。他甚至在"视频之星"有一张办公桌，每周二、周四和周六的凌晨四点到五点还有定期进行的关于合成器的会议。但温妮在"视频之星"只会碍手碍脚。虽然两人几乎每晚都会去伦敦附近的俱乐部听乐队演奏，看托德创作的视频，但温妮似乎无事可做。凯奇并不明白她为什么看上去那么快乐。

"因为我恋爱了，"她说，"这是我有生以来第一次恋爱。"

"我为你感到高兴，温妮。相信我。"他们坐在一家酒吧里喝啤酒，等着托德干完活儿来和他们一起吃晚饭。这里很黑，在黑暗中更容易撒谎，"但是，如果你找不到事情做，这能持续多久呢？我说的是你自己的事情。"

"这样我就可以像你一样出名吗？"她咯咯地笑着，用手指抚摸杯子的边缘，"你现在为什么要关心这个，托尼？是你说我读完中学六年级后应该休息一段时间的。"

"自从你和托德在一起以后，我想了很多。你可以选择任何自己想去的学校。"

"你知道托德对学校的态度。但是，我在考虑选修一些商科课程，我想我可能要做托德的经纪人，这样他就有更多的时间来做重要的工作。他真的很优秀，而且还在学习，这真是太不可思议了。你看过《燃烧的伦敦》了吗？"

凯奇点了点头。

"你认出那些女人了吗？"

"当然。"

她笑了。她为自己出现在托德的视频中而自豪。凯奇意识到自己无所作为的计划铸成了大错。现在，他只好干预他们的风流韵事，否则他可能永远无法挽回温妮。

"有个好消息！"托德溜到温妮旁边的板凳上说道，然后给了温妮一个吻，"我把这个点子卖给了他们。他们给了我一个活儿，在自由节上拍摄一段三十分钟的视频。"

温妮紧紧地拥抱他。"太棒了，托德。我知道你能做到！"

"自由节？"凯奇说，"你在说什么？"

"你知道的，伙计。"托德把温妮剩下的啤酒一饮而尽，"你总是对我们说三道四，那时我有了这个主意，我要拍一段庆祝夏至的视频，在巨石阵。"

历史上并没有关于人们第一次在巨石阵嗑药的记载。然而毫无疑问，致幻剂大多都是在一九七四年第一届"巨石阵自由节"期间被摄入的。一家名为卡罗琳电台的海盗音乐电台呼吁听众来巨石阵参加一个"爱与觉醒"的活动。那一年的夏至日，一群十几岁、二十几岁的邋遢乐迷在停车场旁的空地上搭起了帐篷。那时候的音乐叫作"摇滚",显然没有双关语的意思①。石头周围的空地上到处都是各式各样的帐篷、汽车和大篷车。电吉他尖啸着,夏日的微风中夹杂着一缕缕大麻的味道。如今尚有早期活动的录像带。一大群嗑药的人聚集在一起:一对来自美国得梅因市的夫妇,目光呆滞,穿着化纤衬衫情侣装;来自东京的工程师微笑着拍电影;来自卢顿镇的年轻母亲在圣坛石上给她幼小的儿子喂奶;埃姆斯伯里的警察站在外圈的石头下面,双手紧握在背后;来自莱斯特的德鲁伊教徒穿着白色礼袍;来自多尔金的长发少年爬上了雄伟的巨石牌坊,大声谈论着耶稣、不明飞行物、太阳和披头士乐队的故事。这个节日一直是绝佳的嗑药环境之一。迷幻剂的先驱有一个生动的术语来描述这种体验所带来的剧烈的知觉冲击,以及这种体验的奇妙之处,他们把巨石阵自由节称为"心灵的鼓风机"。

温妮和托德让人把他们的睡眠管从巴特西的管架运到巨石阵,参加为期五天的活动。还有一千多人的睡眠管也放在 A360 公路边的旧停车场附近,停车场旁边就是如今保护着巨石阵的穹顶。那些睡眠管看起来就像散落在草地上的巨大的白色"腾飞"胶囊。睡眠管之间是吹鼓的气球,各种形状的戈尔特斯面料帐篷,还有气垫车和汽车,以及花哨的遮阳伞下悠闲地坐在折叠椅上的人。凯奇住在埃姆斯伯里的一家小旅馆里,通过网络电视观看节

① 英语中"摇滚"与"巨石"都是同一个词"rock"。

284

日的盛况。

夏至前夜，他用一顿免费的晚餐把托德和温妮骗进城。吃甜点的时候，他提出了他的小实验。

"我不知道，伙计。"托德似乎深表怀疑，"明天是最后一天，最重要的一天。我不知道我是否应该服用实验药物。"

凯奇预料到托德可能会犹豫不决，他指望着温妮能开口劝说。"哦，托德，"她说，"到时候，那里不嗑药的人只有你自己，为什么不尝试一下呢？"她一副神采飞扬的样子，"看，你已经拍了多少个小时了？四十个小时，五十个小时？他们只需要半个小时。即使你错过了什么，你也可以合成。"

"我知道，"托德不耐烦地说，"只是我太累了，几乎不能思考了。"他呷了一口红葡萄酒，"也许吧，好吗？只是也许而已。但是你要从头告诉我是怎么回事。"

一开始，凯奇说《燃烧的伦敦》给他留下了深刻的印象，他说想更好地了解托德，了解他的艺术。接着，凯奇谈到了他在电视上观看活动时的灵感。他们都会带上"分享"去参加夏至庆祝活动，借助巨石阵、人群和彼此的暗示来塑造他们的体验。然后，凯奇谈到把随机性的美学作为选择问题的答案。他说他们可能处在一个历史性发现的边缘；"分享"很可能成为非艺术家参与艺术创作的一种新方式。

凯奇没有提到他在托德的那份"分享"里掺了一种抗胆碱能药，这种药会使他的心理防线崩溃。当托德完全言听计从，丧失说谎能力的时候，凯奇就会开始审问——他会强迫托德说出真相，强迫温妮看到这个浅薄的男孩是如何利用她来发展自己的事业的。在那一刻，凯奇一直以来看到的那张英俊面孔下的丑陋也会被温妮看到。当托德说出他根本不关心她时，他们的恋情就结束了。

"来吧，托德，"温妮说，"我们很久没有一起尝试化学药品了。我厌倦了一个人嗑药。你知道的，托尼推荐的这类东西一定是上乘之作。"

"你确定我们服用那东西之后我还能工作吗？"托德的抗拒正在瓦解，"我可不想浪费一天的时间去拍草叶。"

"我会带些东西来中和它。如果你出了问题，可以随时打一针。别担心，托德。看，'分享'的药效实际上会让你的视觉更加敏锐。你自己也说过，语言会妨碍艺术。但'分享'消除了建立在先入之见之上的上层建筑。你只会看，而绝不会知道你看到的是什么，就像孩子的眼睛。托德，好好想想。"

凯奇一度怀疑自己是不是做过头了。温妮的注意力被转移了：她似乎对他说的话更感兴趣，而不是托德的反应。他能感觉到她钦佩的目光，但又不承认。服务员拿来账单，凯奇签了单，他把真正的诱饵摆在托德面前。

"托德，如果你害怕尝试，尽管说。毕竟这是新东西，没有人会因为退缩而责备你。"

"很好，先生。"服务员是个地道的英国人，凯奇递给他账单时，他假装什么都没听见，"谢谢你，先生。"

"不过，"凯奇继续说，"我相信'分享'，也相信你。你的视频制作完成后，我想把它拿给西方娱乐公司看。他们还没有决定如何推销'分享'。如果这个视频像我想象中那样好，问题就解决了——我会让他们买下它。你将成为一种新合作艺术形式的代言人……不对，是创始人。"

此时，凯奇知道自己拿下了托德。这个年轻人梦寐以求的就是这些。凯奇一眼便看出，托德引诱温妮只是为了事业上的发展。好吧，那就把托德介绍给一家跨国娱乐公司——而且是按照托德的想法，让他坚信自己操纵了凯奇。凯奇认为，只要能挽回温妮，这些都无所谓。

"你在干什么，托尼？"温妮说，在蓝皮肤之下，她的脸色变得苍白，她一定猜到了凯奇玩的赌注。

"我在干什么？"凯奇站起来，笑道，"我不太确定。这就是有趣之处，对吧？"

"好吧，伙计。"托德也站了起来，"我会试试的。"

"托尼。"温妮抬头凝视着他们。

"那是什么？"温妮指着巨石阵说。一道道闪电似的灯光穿过黑暗，照亮了站在穹顶外的人群。

"只是声光表演而已。"凯奇说，"环境部的全息技术人员使用这东西，无非是为了从游客身上多赚几块钱。"他们从埃姆斯伯里的班车上下来，然后沿着 A360 公路行进，"看看接下来会发生什么。"

几秒钟后，两道激光投影彩虹在石头之间闪烁。"巨石阵精选集，"托德不屑地说，"康斯特勃和威廉·透纳①都在这里画过重要的画。透纳的画里充满了一贯的冲击力，比如闪电、死去的牧羊人和号叫的狗。康斯特勃则试图用双彩虹来提亮他那乏味的水彩画。"

凯奇咬着嘴唇，一言不发。他并不需要关于巨石阵的讲座，尤其是托德的讲座。毕竟，他拥有康斯特勃的一幅巨石阵素描。

托德把他"视频之星"头盔的面罩翻了下来，样子活像一只长着镜头眼睛的螳螂。当双摄像头聚焦时，凯奇能听到微型马达在嗡嗡地转动。"其他人开始有感觉了吗？"温妮问。

"你知道，我对这个地方做了很多研究，"托德继续说，"来过这里的人真是太棒了。"

"是的，"凯奇说，"这是一种瘆人的凉意，像泥浆一样弥漫在我的后脑勺。"他们在黑暗中前行时服下了"分享"胶囊，"几点了？"

"现在是四点十八分。"托德把一张新磁盘塞进别在腰带上的驱动器里，"五点零七分日出。"

凯奇朝东北方向望去，天空已经开始变亮了。星星就像玻璃上的螨虫，在灰蒙蒙的夜空中匆匆地飞去。

"它们一波又一波地涌来，"温妮说，"是幻觉。"

"是的。"凯奇说。他的眼睛后面似乎有些刺痛，他知道有些

---

① 威廉·透纳（William Turner，1775—1851），英国浪漫主义风景画家、水彩画家和版画家。

不对劲，但他想不出是什么原因。

毫不意外，他们遇上了禁药联盟的警戒线。幸运的是，那些人都没认出凯奇，他们得以蒙混过关。最后，他们来到一条铁丝网走廊，这里通向穹顶的入口。一群幽灵一样的人正沿着走廊行进。他们身穿白袍，有些人戴着眼镜，手里拿着铜制的地球仪和橡木树枝，以及印着蛇和五芒星图案的横幅。他们有男有女，看上去都上了年纪。他们低声吟唱着圣歌，听起来就像风扫落叶。这些干巴巴的老鬼眉头紧皱，专注地思考着，好像脑子里正在琢磨棋局。

"德鲁伊教徒。"托德说。这句话打破了人们的恍惚状态，凯奇肩上一阵战栗。他瞥了温妮一眼，可以立刻看出她也有同样的感觉。黎明前的黑暗中，她脸上露出了一丝领悟的微笑。

"你没事吧？"托德问。

温妮笑道："没事。"

托德皱起眉头，挽住她的胳膊。"我们走吧。如果我们想看到太阳从脚跟石升起，就必须绕过穹顶。"

他们穿过人群，朝穹顶的西南侧走去。两层外壳之间的空间现在是空的，凯奇可以看到德鲁伊教徒的队伍已经包围了外层的砂岩石圈。所有人都面朝东北，望着脚跟石和即将到来的日出。

"就是这里，"托德说，"我们正在轴线上。"

站在凯奇身边的胖女人身体在发光。除了一条齐膝的镶钉紧身皮裤之外，她一丝不挂。她的皮肤发出柔和的绿光，乳头和全身的毛发都是亮橙色的。她一动，那一圈圈的肥肉就像月光下的浪花一样闪闪发光。起初，凯奇以为这女人又是自己的幻觉，有些不对劲。

"你也看到她了吗？"温妮低声说。

"她是一只萤火虫。"托德没有压低声音，那冒绿光的女人在盯着他们。

温妮点了点头，仿佛她已经明白了。凯奇用手捂住她的耳朵。"萤火虫是什么？"

"她有一种发光的体色。"温妮小声地回答道。

托德笑着把镜头对准她。"你知道那东西很容易致癌吗？五年后百分之八十的死亡率。"

她摇摇晃晃地向托德走去。"这是我的身体，闪光灯，对吧？"她伸出一只手搂在托德的腰上，凯奇见此情景大吃一惊，"这是你正在制作的视频吗，闪光灯？我在视频里吗？"

"当然，"他说，"每个人都可以在十分钟内成名。你知道摄像机喜欢你，萤火虫。这就是为什么你染了色。"

她咯咯地笑了。"你和某个人在一起吗，闪光灯？"

"现在不行，萤火虫。太阳就要出来了。"

业余和专业摄影师开始争夺身边的位置。托德狡猾地用胳膊肘顶着，一动也不动。东北方的树木上出现了明亮的唇形。在穹顶内，德鲁伊教徒吹响号角，向新的一天致敬。外面响起了含糊不清的呼喊声和礼貌的掌声。一个大胡子男人在地上一边打滚，一边嚷嚷。

"但是根本没有连成一条线，"一个傻瓜抱怨道，"太阳的位置不对。”

太阳已经照亮树木，爬过了砖色的地平线。凯奇闭上眼睛，但仍然能看见它：一团血红色，不时闪烁着蓝光，血管一样的纹路在它的表面跳跃。

"太阳的位置没错。"一个拿着相机的男子说，"巨石阵并没有真正地和太阳连成一条线，从来都没有。那是神话，伙计。"

尽管凯奇没有一眼认出那个人，但那家伙嘲讽的声音让他颇为厌恶。当他再次睁开眼睛时，太阳已经爬上了是自身直径几倍高的高空。过了一会儿，它越过巨石阵另一端的脚跟石，仿佛挂在了那里，被一块五米高的奇形怪状的砂岩石撑在空中。他的视野被外圈的石柱和横梁框住了，他仿佛站在世界的脊梁上，心荡神摇：穿着兽皮的原始人建造了一个可以捕获恒星的建筑。人群沉默了，或许凯奇除了看见火红的太阳和奇怪的石头之外，什么都感觉不到了。然后，那一刻过去了。太阳继续爬升。

"看起来就像门口，""萤火虫"说，"进入另一个世界的门口。"在黎明的光线下，她显得很苍白。

门口，他满脑子都是这个词。一个门口接着一个门口。只听有人说："我估计约有四度的偏差。"凯奇看到人们蹲下来帮助那个嚷嚷的家伙。

"托尼？"一个美丽的陌生女子握住了他的手。她的扭曲声音回响在耳畔，仿佛一个婴儿含混的学舌，又仿佛一个孩子快乐的呼喊。在柔和的光芒下，他对她眨了眨眼。只见她一身蓝皮肤，留着尖刺一样的头发，穿着银色的衣服：上面镶嵌着一颗蓝宝石，这颗宝石便是她美丽的脸，无比珍贵。凯奇坠入了爱河。

"你是谁？"他记不起来了。

"它们一波又一波地涌来。"她说。他不明白这是什么意思。

"他离得太远了，还能喘气。"摄像机后面的脑袋嘲弄地说。

"你是谁？"凯奇拉起她的手，紧紧地握住。

"托尼，是我。"美丽的女子在笑，凯奇也想笑，"温妮。"

温妮。他一遍又一遍地对自己说着这个名字，每次重复都让他激动得颤抖。温妮，他的温妮。

"我是托德，记得吗？"摄像机后面的脑袋看起来很恶心，"天哪，我真高兴我把那东西藏起来了。看看你们俩。她笑个不停，而你却一脸紧张。我是怎么搞的？你知道你这模样有多变态吗？"

托德。凯奇又经历了一波又一波的幻觉，努力地回忆着。一个计划……迫使托德……让温妮明白……凯奇早就知道了。但如果托德没上套就坏事了。"你没服用……"

"见鬼，当然没有！"托德转过头来。凯奇感觉到摄像机镜头后面的眼睛在刺探他，一边记录，一边判断，"我没有你想的那么容易上当，伙计。我决定伪装，先看看这些东西对你有什么影响。如果看起来很有趣，我再服用也来得及。"

托德的头盔中间有一道微弱的红光在闪烁。"关掉它，你这浑蛋，"凯奇说，"别把我拍进你那该死的……那该死的……"

"不拍吗？"凯奇可以看到面罩下的微笑，"你是公众人物，伙计。我们都知道你的一些隐私。"

"托德，"温妮说，"别刺激他。"

红灯熄灭了。托德掀起面罩，向温妮伸出手。她放开凯奇，向托德走去。

"我们去散散步吧，温妮。我想和你谈谈。"

凯奇看着他们一起离去，觉得自己好像变成了石头。他失去了温妮。他怔怔地望着二人淹没在人群中，消失不见。

"你不是托尼·凯奇吗？"

他茫然地盯着一个穿着情调连衣裙的中年妇女。当她呼唤她的丈夫时，裙子从蓝色变成了银绿色。"马尔夫，快来。"一个穿着恒温服的大腹便便的男人听到她的召唤后走了过来，"你是托尼·凯奇，对吗？"

凯奇张口结舌。那人握了握他无力的手。

"当然，我们在网络电视上看到过你很多次。我们来自美国新罕布什尔州，尝试过你所有的药物。"

"但是'腾飞'仍然是我们的最爱。我叫西尔维。我们退休了。"她的裙子从淡黄绿色变成了苹果绿。凯奇不敢直视她的脸。

"我叫马尔夫。我说，你看起来像是嗑了药。你服下了什么药？新品种？"

人们纷纷望向凯奇。"对不起。"他的舌头像石头一样僵硬，"我感觉不舒服，必须……"他跌跌撞撞地冲出狂热粉丝的包围，幸好他们没跟过来。

他不记得自己在人群中游荡了多久，不记得自己的感受，也不记得自己到底在寻找什么。一种可怕的疑惑困扰着他……或许剂量有问题？最终，德鲁伊教徒完成了他们的仪式，穹顶向公众开放。他被人潮裹挟着走了进去，最后被挤到了"屠宰石"上。

屠宰石是一块长满青苔的砂岩石块，距离石阵外圈大约三十米：这里是一个坐下来观看巨石阵的好地方，远离被喧闹的人群包围的竖立的石头。屠宰石的表面凹凸不平。人们一度认为，这些天然的碗是用来收集祭祀用血的，无论是人血，还是动物血都在其中。还有一个神话说，这块石头最初是竖立的。现在，它和凯奇一样倒下了，他们的根基被破坏，失去了目的。他们以大致相同的意识状态存在。凯奇的所思所想就是砂岩的所思所想，凯奇的理解就是砂岩的理解。

太阳升高了，凯奇感到燥热难耐。人体的热量加上太阳能使穹顶的空气调节系统超负荷运转。他无所事事，幻觉的浪潮似乎已经退去。人们爬上外圈的岩石，沿着横梁行走。一位女子表演起了脱衣舞。人群鼓起掌来，催促她继续。"维斯塔贞女，维斯塔贞女①！"他们喊道。旁边的一个小男孩贪婪地从一次性果汁球茎里挤苹果酒喝。凯奇感觉口干舌燥，但他什么也没做。男孩喝完后把球茎扔在地上，扬长而去。一个警察从石阵外圈下面走出来，看着脱衣舞女脱下内裤。人群欢呼雀跃，她又给了他们一个额外的惊喜。她是截肢者；她卸下她的前臂假肢，在头顶上挥舞。世界要疯了，似乎想让凯奇也加入疯狂的人群中。凯奇把镇静剂装进他的压力注射器，然后扎进前臂。

"托尼。"

---

① 维斯塔贞女（Vestal Virgin），古罗马炉灶和家庭女神维斯塔的女祭司。

此处没有托尼，只有石头。

"嘿，伙计。"一个陌生人摇了摇他，"是我，托德。温妮有点不对劲！我们需要知道你给她服了什么药。"

"一波又一波。"凯奇突然大笑起来，"它们一波又一波地涌来。"现在他知道了，是幻觉，但这不是"分享"的效果。他狂笑着向后栽倒在石头上，"贝洛蒂！"过了这么多年，可怜的贝洛蒂终于出手报复了。这种药物很纯，但剂量……太大了。贝洛蒂曾经说，这是迷幻剂，很危险，难以捉摸。那个难以捉摸的老……"浑蛋！"凯奇上气不接下气。

"他需要氧气，快！"

"看他的眼睛！"

当最后一波浪潮袭来时，凯奇抓住了石头。人群消失了，穹顶消失了，停车场、A360 公路、一切文明的标志——全都消失了。然后，石头苏醒了，开始跳舞。那些倒下的石头也自己站了起来。草丛中冒出一条路。屠宰石猛地一震，把他甩了出去。它旁边出现了一块一模一样的石头，形成了一扇门。他想穿过去，沿着这条路往前走，一睹巨石阵的全貌。但是魔法把他拉了回来。在一个被过度解释的世界中，只有最微妙、强大的魔法才能幸存下来。这种魔法只在头脑中起作用，是一种诅咒，一个死去的、目不识丁的种族给这个世界的想象力下的诅咒。巨石阵以其粗犷的宏伟形象向所有人发出挑战，要求人们去理解它的意义，然而它的秘密却永远地被锁在了不可逾越的时间之墙后面。

"让他躺在这里。"

"托尼！"

"他听不见你说话。"

突然，人们都围在了凯奇身边，他们原本都站在凯奇站的位置。政治家、作家、画家、历史学家、科学家和游客——没错，甚至是那些纯粹来寻消遣的游客，现在发现了一个永恒的秘密。所有接受巨石阵的挑战并陷入诅咒的人无一例外。他们努力地用文字和图像来寻找秘密，然而他们看到的只有他们自己。这时，太阳变得非常明亮，石头的侧面变成了银色。凯奇可以看到所有的幽灵都映在明亮的石头上，他看见了自己。

"托尼，你能听到我说话吗？温妮有点儿不舒服，你得告诉我们这是怎么回事儿。"

凯奇在屠宰石里看到了自己。这有什么关系？他已经失去了温妮。他在石头里的形象似乎在闪着微光。他看上去像个幽灵；想到死亡并没有让他感到不快。现在，他就像石头一样。

"醒醒，伙计！你得救她。她是你女儿，你这浑蛋！"

"不。"就在此刻，凯奇在石头上的映象发生了变化，他看到自己的映象是温妮，痛苦的温妮。他意识到她已经痛苦了很久，她把痛苦隐藏在化学药剂之下，假装坚强，这些他本该知道。现在，他困在幻觉的神奇逻辑中，真切地感受着她的痛苦，并被自己是痛苦的源头这一事实所困扰。强迫他和她一起受苦的不再是药物，而是巨石阵本身。巨石阵创造了一幅神奇的景观，在这里，文字的面纱被揭开，心灵可以直接触动心灵。或者说，在凯奇看来是这样。突然，一个声音驱散了眼前的幻象。"不！"石头坠落下来，消失不见，但凯奇无法摆脱痛苦。凯奇对自己讲过的所有谎言都消失了。在那可怕的一瞬间，他意识到自己对女儿做了什么。

托德把他的头盔弄丢了，可能是丢在了草地上，拍着草叶的特写镜头。蓝皮肤之下的他显得很苍白。凯奇眨了眨眼睛，想记起他问了什么。凯奇的头和手腕上贴着电极。一名医生正在检查读数。

"你给她服了什么？"医生问。

凯奇的手颤抖着从口袋里摸索出压力注射器。"这个……一针……安定药。她现在需要它，现在！"

医生的模样很年轻，他似乎有些怀疑。凯奇坐了起来，扯掉太阳穴上的电极。"你知道我是谁吗？"他感到天旋地转，"照我说的做！"

医生匆匆地看了托德一眼，然后拿起注射器，跑向矗立的石头。托德犹豫不决，盯着凯奇。

"你跟她说了什么？"凯奇试图站起来。

他用胳膊搂住凯奇的肩膀，让他稳定下来。"你没事吧？"

"你对她说，她是我女儿？"

"她就是这么想的。对此，我们还争论过。"

"她是我的情人，我猜你知道的。三年前的一天晚上，她来找我，我们都嗑药了。我不能……不能把她送走。"

托德直视前方。"她说过这些，她说这是她的错，然后药劲儿发作了。"

"不。"凯奇仍然可以看到自己，他的形象时刻萦绕在自己眼前，再也挥之不去，"我很孤独，所以我确定她也很孤独，并称之为爱。"这个词几乎把他吓了一跳，"她在哪里？带我去见她。"于是二人前去看望温妮，"你爱她吗，托德？"

"我不知道，伙计。"他想了一会儿，"感觉是。"

她不省人事，但药劲儿已经过去，医生说她体征平稳。凯奇和托德一起去了医院。他们等了一整天，二人谈天说地，但就是不谈他们最关心的事。凯奇意识到自己对托德犯了错误，而且一错再错。当温妮终于苏醒时，托德正要进去看她，却发现只有自己一人。

"我不去了，"凯奇说，"告诉她，我已经走了。"

"我不能那样做。"

"告诉她！"

医生只给了托德十分钟。凯奇一直担心托德会叫他进去。

"她没事吧？"

"似乎没事。她问起你，我跟她说你回房间睡觉去了，明天会回来。医生要留她过夜。"

"我要走了，托德。"凯奇伸出了手，"你不会再见到我了。"

"什么？你不能这样对她，伙计。她今天早上看到了一些东西，深感内疚。如果你就这么消失了，她会感觉更难受的。你明白吗？为了她，你应该留下来。"

凯奇放下了手。"托德，你想让我当英雄。但问题是，我是懦夫，一直都是。我今天也看到了一些东西，我要用我的余生去忘记它。她会……没有我，你们俩会过得更好。"

托德抓住他的肩膀。"你明天一定要去看她。听我说，伙计！如果你真的爱她……"

"我爱她，"凯奇挣脱托德，"就像我爱自己一样。"

那天晚上，凯奇搭上了从希思罗机场到香农市的班车。他知道托德是对的，逃跑既残忍，又自私。托德有权去追求他想要的东西，他永远也不知道这样放弃温妮会给凯奇带来多大的伤害……逃跑的凯奇将会陷入痛苦之中，他希望美丽的温妮最终会明白。凯奇花了几天时间才把他的事情安排妥当，然后把西方娱乐公司的一大笔股份转让给了她，还为她做了一盘磁带，向她道别。

薄雾笼罩着大地。灰蒙蒙的戈尔韦海湾让凯奇想起了砂岩石。冷冻箱等待着他，冷冻时间设置了一百年。他不知道这能否救她，也不知道能否救他自己。他只知道自己可能再也见不到她了。但至少在一段时间内，他会平静下来，像那些神秘莫测的石头一样长眠。

ROCK ON

继续摇滚

帕特·卡迪根

　　帕特·卡迪根的职业生涯始于二十世纪八十年代的十年间。她的作品种类繁多，从黑暗的奇幻小说、恐怖小说，到曲折离奇的独创科幻小说，不一而足。

　　卡迪根的风格通常以坚强的韧劲和冰冷的黑色幽默为标志，这是一种只能被称为"朋克"的二十世纪八十年代的感性。她的"悲伤探寻者系列"〔Pathosfinder series，其中包括《将死之人》（"Nearly Departed"）这样的故事〕因其怪诞的幻想而引人注目。

　　卡迪根的多面才华包括对硬核赛博朋克无与伦比的驾驭能力。下面这篇写于一九八五年的故事，是高科技与地下摇滚的直接碰撞。

　　卡迪根的第一部长篇小说是《悲伤探寻者》。她目前居住在堪萨斯州。

雨浇醒了我。见鬼，我居然在这里，又成了"雨中脸女士"，因为我这张老脸总是被雨水淋。我坐了起来，发现自己还在纽伯里街[①]，看着美丽的波士顿市中心。纽伯里街属于市中心吗？在深夜，这重要吗？不重要。视野中不见一个人影。就像大家说的那样，我们把吉娜灌醉，等她醉倒了，我们就搬到佛蒙特州去。我喜欢新英格兰[②]吗？那是个很适合居住的地方，但是人们绝不会想去拜访那里。

我把挡住眼睛的头发抹到一边，不知道现在是否有人在找我。嘿，有人会被一个四十岁的摇滚"恶城人"吓跑吗？

我冲进一栋古色古香的老建筑的门口，那是一家商店，入口在地下。一个小雨棚挡住了雨水，但让雨水从四周如注而下，节奏令人抓狂。我把裹身裤和头发里的水拧干，浑身湿漉漉地坐在那里。我猜想，即便这样也会冷，但好在冷得并不厉害。

我把下巴顶在膝盖上，蜷缩成一团，久久地坐着，这让我觉得自己像个孩子。睡意逐渐袭来，此时的我联想起一些事情。虽

---

① 纽伯里街（Newbury Street）是波士顿最具魅力的购物街之一。
② 新英格兰地区位于美国本土的东北部，濒临大西洋，毗邻加拿大。包括缅因州、新罕布什尔州、佛蒙特州、马萨诸塞州、罗得岛州、康涅狄格州。

然只是被压抑的童年情绪的释放，但那口神奇的井被我掘开了。"善战者"，你现在能看到我吗？当蓝调男孩们找到我的时候，我的摇滚已经玩得很棒了。

这就是关键所在。我从未企图离开，但如果我离开的话，就会发现自己被困在了一个棘手的地方。我被蓝调男孩抓去当乐手，直到他们能够四处演出并招募乐手。我一直待在陷阱里，并不断地挖着它。这就是我的人生故事。

人们对我很好。带我离开，读取我的身份，帮我擦干雨水。然后罚我一百元，送我去吃早饭。

看见别人和被别人看见的时刻着实令人感到可怕。在你起床后的头三个小时里，人们都能看到你的心是否碎了。解决办法是，要么你早早地起床，这样当其他人都出来的时候，你已经伪装好了，要么就别睡觉。不睡觉本该一直奏效，但事实并非如此。有时候当你不睡觉的时候，别人看你一天到晚不睡觉，就会发现端倪。我装模作样地走着，想找一家人少的早餐馆，我没有注意是否有人在盯着我。我有一种冲动，想随便拦住一个行人，说："是的，是的，这是真的，但打碎了我那可怜的老心脏的是摇滚乐，不是人。别为我哭泣，否则别怪我大发雷霆。"

我绕来绕去，终于找到了特雷蒙特街。和"底特律火山口"那群人在一起的醉鬼曾经就在这里——他的名字已经不在了，但病症还在——总之，就是他告诉我特雷蒙特街有世界上最好的早餐馆，尤其是当你喝得酩酊大醉，什么都不记得的时候。

当顾客渐少时，我在一家希腊餐厅里找了一个墙边不显眼的地方。那里上午十点半准时关门，吃完了就得走人，只提供柜台服务。我喜欢有我行我素的做派的地方。我把座位折下来，要了咖啡和羊乳酪煎蛋卷，从烧烤店的角落里拿了家常炸薯条（不是用微波炉做的，太棒了）。咖啡还没给我端来，他们就拍摄了我的视网膜，我倒奶油的时候他们检查了我的信用记录。是坏蛋吗？是坏蛋。我在乎吗？不在乎。如果人们能做到不用机器，就不会有浪费——机器做出来的不是真正的食物，没有一种可食用的聚酯纤维能被人体吸收，它们让你看起来就像饥荒的受害者。

我的煎蛋卷刚吃了一半，那些人就进来了。我整晚都在注意他们的表情和声音，但我没有查看他们是否心碎。这让我很紧张，但我想，算了，他们累了，谁会注意我这个老太婆呢？谁都不会。

但我又错了。他们拍摄了视网膜之后，就能看见我了。一个脸颊上有刺青、舌头分叉的十七岁男孩探身过来，像蛇一样低声地说：

"恶恶恶恶恶恶恶城人。"

和他在一起的另外四个人立刻来了精神。"在哪里？""谁的？""在这里吗？"

"摇滚恶恶恶恶恶恶城人。"

一位女士认出了我。她和任何人都不像，如果她有心脏的话，那么那颗心甚至一点儿也没有损伤。有了"恶城人"，她很可能就是"扩音机夫人"。"吉娜。"她自信满满地说。

我的左眼一阵抽搐。哦，拜托。奶酪沾在了我的膝盖上。我心想，管它呢，我点了点头，他们也点了点头，然后我照吃不误，吃完了就走。这时，有人低声说了句"悬赏金"。

我立刻丢下叉子，撒腿就跑。

我远远地跑开，感觉足够安全了。难道他们不享用完他们的希腊早餐就要来追我吗？果然，他们没有追来，追来的只有那位女士。

她比我年轻得多。我走在人行横道上，这时候交通信号灯变了，她在人行横道中间拦住了我。一辆汽车从我们头顶飞驰而过，汽车的底盘把她坚硬的铜头发吹得竖立起来。

"回来吃完你的煎蛋卷，我们可以给你再买一份。"

"不。"

她拉着我，把我拖出街道。"来吧。"特雷蒙特街到处都是剧院，但是人们都盯着我们看，仿佛在街头现场剧院欣赏剧目。她给我的手腕戴上了一个"随身带"，把我带回了早餐馆，餐馆的人把我吃剩下的煎蛋卷打折卖给了一个流浪汉。这位女士和她的团队给我腾出地方，又给我买了一杯咖啡。

"你怎么用分叉的舌头吃喝呢？"我问那个"刺青脸"。他给我做了演示。原来，他的舌头下面有个小装置，像个拉链。在那位女士的另一边，大男孩左边的"超轻量级"探身过来，对我皱起了眉头。

"给我们一个充分的理由，为什么我们不应该出卖你来换取'善战者'的悬赏。"

我摇了摇头，说："我已经没用了，我这个罪恶的'恶城人'

已经被赦免了。"

"你受合同的法律约束，"那位女士说，"但是我们可以做点什么。我们可以买通'善战者'，以不履行合同的名义起诉你。我们是'造孽乐队'。我叫奥利。"她指着自己说，然后又为我介绍了其余几人，她身边那个沉默的家伙叫皮奇，大男孩珀西，"分叉舌头先生"克赖特，"超轻量级"格斯。然后她说道："我们会照顾你的。"

我又摇了摇头。"如果你们要告发我，请便，然后拿钱走人。这份功劳足以让你成为有史以来最好的'恶城人'。"

"我们会对你很好的。"

"我已经不是'恶城人'了，没有罪恶了，我所有的摇滚乐罪恶都被宽恕了。"

"你说谎。"大男孩说。我不由自主地开始拍摄他，然后立刻停下了，"果真如此的话，'善战者'就会把你赶走。你根本不用逃跑。"

"我故意瞒着他。你们别打扰我了。我只想走，不再作恶，明白吗？你们自己玩吧，我帮不上忙。"我双手抓住柜台，紧紧地抓住不放。那他们会怎么做？跟我来硬的，然后把我劫走？

事实上，他们就是这样做的。

一开始……我思绪如潮，回声效应非常惊人。一开始……一开始……一开始……

一开始，"恶城人"不是人。我之所以知道，是因为我年纪足够大，记得曾经的往事。

他们在我身边，犹如幻影。"造孽乐队"，他们是怎么知道这些名字的？我的年龄已经大到可以记得了。Oingo Boingo[1] 和 Bow-Wow-Wow[2] 这些乐队我都知道。我应该说过了，我四十岁出头，已经不小了。老摇滚乐手永远不死，他们只会继续摇滚。我从来没有见过谁人乐队[3]，穆恩[4]在我出生之前就已经谢世了。但我记得，那时的我还没到能站起来的年纪，在母亲的怀抱里摇摆，看着成千上万的人在座位上尖叫、鼓掌、跳舞。"让我兴奋起来……如果你让我兴奋起来，我永远不会停下……"[5] 我还记得，"763 弦乐队"在电梯间和牙医诊所唱过这段，但他们还不是唱得最糟的。

突然，他们出现在了我的回忆中，我已经被他们扒光，翻了个底朝天。《你体验过吗？》[6] 只有我父亲的一张唱片，因为他也死了，甚至在认识我母亲之前就死了，从没有人敢问这个问题。你体验过吗？……嗯，我体验过。

（嗯，我体验过。）

五对一，我无法挣脱他们。只是，当你知道自己会喜欢的时候，你还能称之为强奸吗？好吧，如果我逃不掉，那我就让他们

---

[1] Oingo Boingo 是一支广受好评的美国新浪潮摇滚乐队。

[2] Bow-Wow-Wow 是二十世纪八十年代英国的一支摇滚乐队。

[3] 谁人乐队（The Who），英国摇滚乐队，成立于一九六四年。

[4] 凯思·穆恩（Keith Moon，1964—1978），谁人乐队的鼓手。

[5] 滚石乐队的歌曲《启动我》（"Start Me Up"）中的歌词。

[6] 《你体验过吗？》（*Are You Experienced*）是历史上少有的改变了摇滚乐的专辑之一，由吉米·亨德里克斯体验乐队于一九六七年春天发布。

享受人生。"跳舞的克罗齐斯没有杀我，但她确实离我很近……"①

大男孩先插了进来，他的阳具粗大而又狂野，与他有些不相符。我伸出手，紧紧地抱着他，引导他。我随着那雨夜的节拍，让他的心灵颤动，让他享受着快乐。然后那位女士来了，她改变了男低音的主旋律，她的身体有点抖，但位置基本恰到好处。

现在轮到克赖特了，他随着声音滑溜溜地进进出出。别管他脸上的刺青了，他可不是给傻瓜看的。你可能不会想到这些，但他自己知道。

"超轻量级"和那个沉默不语的家伙就像主旋律和第一和声。真是糟透了。"超轻量级"简直就是灾难，当他到那里的时候，根本不知道去哪里或做什么，但他就像党卫军自杀一样向前挺进。

天啊。如果他们非得强奸我，难道他们就不能来一个"高翘硬直"的人吗？其他四人不愿失去这次机会，仍在继续，为了我们所有人，我必须做到最好。一切都是模仿，并非原创。"超轻量级"没有摇摆，这是一种罪恶，但我所能做的就是带着他们摇摆，犹如一个愤怒的"恶城人"的双手摇摆着神灵。

他们从未感觉如此爽过。一点零钱就体验到了大富翁的感觉。如果不是因为"超轻量级"，他们可能会一直继续。现在的乐团比以往任何时候都多，他们确信，如果他们找到了合适的"恶城人"，他们就能把天上的月亮摇下来。

---

① 英国摇滚乐队胡普尔莫特（Mott the Hoople）的歌曲《詹金·克罗齐斯》（"Jerkin' Crocus"）中的歌词。

完事儿之前，我们可能得颤抖一会儿。"超轻量级"真是个老可怜虫。

我给了他们比他们应得的更好的待遇，他们也知道。所以，当我哀求时，他们终于对我表示了尊重，然后放了我。他们的技师对我很温柔，我那被摧残的脑袋还在悸动着，装满了伤感和罪恶，他从我这可怜的老脑袋上拔掉插头，然后盖住插口。我不得不睡觉，他们则任由我沉沉睡去。恍惚之中我听到那人说："这是个好机会，我们要尽快把它发行。你们到底在哪里找到这个'恶城人'的？"

"是合成器。"已经睡熟的我喃喃地说，"我的孩子，真正的词不是'恶城人'，是合成器。"

我梦到了昔日疯狂的旧梦。我和"善战者"一起回到了大加州，然后又离开了他，梦境非常真实。他的起居室一半在室外，一半在室内，墙壁支离破碎。因为我知道这是梦境，所以并不觉得奇怪。

"善战者"大部分时候都光着身子，仿佛忘记了要结束一样。哦，这从来没发生过。"善战者"究竟是忘了衣服上的小亮片，还是珠子？他喜欢把它展现出来，就像克赖特一样。

"完事儿了。"我和他异口同声地说，"但你什么都不懂，你耍我吧？"大加州的孩子没有像样的，他们都是垃圾，逍遥自在。

"你会得到两份新合同，我有选择权，而且总是有。你会喜欢的，吉娜，你知道，如果没有它，你不会好的。"

接下来，时光闪回。我在吊舱里插上了我所有的插口，通过电线摇摆着善战者，给予他骨和肉，让他成为一名善战者，用机器提取声音和画面，这样世界各地的人们就可以随时在电视屏幕上播放。忘记旅途的劳顿吧，忘记现场演出吧，这些都太麻烦了。它也不像录音带，录音带没那么令人兴奋，即使有最强大的特效、激光、宇宙飞船、爆炸，也不怎么样。而且录音带不如脑袋里的东西好，摇滚乐的影像直接来自大脑。无须花费几个小时布置，也无须泡在实验室里花费几个小时修改，但你必须让乐队中的每个人都做同样的梦。你需要一个合成器，此合成器并非旧时代的那种乐器，而是另一种东西，或者说，是一个人。让这个人来领导你的乐队，以此来提升他们的音乐水平，刺激他们被电视喂养的小灵魂，用他们自己做不到的方式来表演摇滚。此时，任何人都可以成为摇滚英雄。谁都行！

最后，他们根本不必演奏乐器，除非他们真的想演奏，但何必费心呢？让合成器放飞他们的想象，助他们登上奥林匹斯山。

合成器变成了合成人，后来又变成了"恶城人"。

并非每个人都能胜任"恶城人"的角色，为摇滚乐"作恶"。但是，我可以。

不过这和在酒吧里通宵跳舞的无人知晓的乐队是不一样的……"善战者"和他那被震坏的起居室又出现了，他说："你把我房子的墙壁都震坏了，我永远不会让你走的。"

我说："我必须走。"

然后我就出去了，一开始跑得很快，因为我以为他在我后面追得很紧。但我到底还是把他甩掉了，接着，有人抓住了我的脚踝。

"超轻量级"端着一个托盘，仿佛一名"仁慈天使护士先生"。他用膝盖顶住床脚，让我慢慢地坐起来。我仿佛从坟墓里爬起来一样，一个优秀的"恶城人"岂能倒下？

"这里。"他把托盘放在我的腿上，拉过一把椅子。他给了我一碗浓汤，里面放了一些蔬菜薄饼，"我认为你会想吃点软和的、简单的东西。"他把左脚放在右腿上，仔细地看了看。"我以前从未像这样玩过摇滚。"

"在这个世界上，无论谁带你玩摇滚，你都不是这块料。快改行吧，进管理层，大笔巨款都在管理层。"

他咬着自己的拇指指甲，问道："你总能看出来吗？"

"如果滚石乐队明天回来，你连用脚打拍子都不够格。"

"如果你取代我的位置呢？"

"我是'恶城人'，不是小丑。谁都没法一边作恶，一边跳舞。这已经试过了。"

"如果有人能做到的话，那一定非你莫属。"

"没人能做到。"

他细长而干枯的发丝落在脸上，他一甩头，把头发甩了回去。"喝你的汤吧。他们想尽快再来一次。"

"不行。"我摸了摸下唇，它已经肿得像香肠一样厚了，"我不会为'善战者'作恶，也不会为你们作恶。你们想再跟我来硬的，就来吧。松开插口，让我失语。"

于是，他离开了，带了一群人回来，有技师，也有乐手。他们把汤灌进我的喉咙，给我打了一针，把我抬到外面的吊舱里，这样我就可以让造孽乐队引发今年的风暴了。

我知道第一盘录像带一出来，"善战者"就会闻风而至。他们已经启动了机器，让我不再想他。他们把我关在房间里，让我好好地待着。那位女士告诉我，他们的老"恶城人"曾在这里忏悔，他也会来看我。我脑子里想象着他的毒牙上滴着毒液的样子，他一定会向我发出死亡威胁。但他只是一个和我年龄相仿的家伙，留着很多头发来掩盖他的插口（我从不介意，也不在乎插口会不会露出来）。他只是来表达他的敬意，想知道我是怎么学会像这样玩摇滚的？

傻瓜。

他们让我好好地待在房间里。当我想要酒的时候就喝个酩酊大醉，来一针让我清醒过来，再来一针让我补充维生素，再来一针让我摆脱噩梦。左一针，右一针，乱戳一气。我拥有像老铂傲 [1] 那样的音轨，而他们甚至不知道我说的是什么意思。他们失去了"超轻量级"，给自己找了一个更正经、貌似更有本事的人，这人是个十六岁的女孩，长着螳螂一样的面孔，一看就是便宜货。但是她摇啊摇，他们摇啊摇，我们都摇啊摇，直到"善战者"来接我回家。

"善战者"昂首阔步地走进我的房间，一副披头散发的样子，

---

① 铂傲（Bang & Olufsen），世界顶级视听品牌，一九二五年成立于丹麦。

显然是为了掩盖插口，他说道："你想起诉吗，亲爱的吉娜？"

他们在我的床边吵了起来。造孽乐队说我现在是他们的人，"善战者"笑着说："没错，那我把你们买了。现在，你们和你们的'恶城人'都是我的了，是我的'恶城人'了。"此言不虚。第一盘录像带一出来，"善战者"就让他的企业集团开始收购造孽乐队。在我们做完第三盘的时候，交易就已经完成了，而他们根本不会知道。大企业集团一直在做买卖。除了"善战者"，所有人都有麻烦。他说，这其中也包括我。他让他们都离开，然后坐在我的床上，重新向我提出要求。

"吉娜。"你可曾见过或听说过蜂蜜从割蜜刀的边缘流下来？如果他不伤害别人，他就不能唱歌，也不能跳舞。但实际上，如果我带他摇摆的话，他就是摇滚乐手。

"我不想当'恶城人'，不为你，也不为任何人。"

"等我把你送回摄像机前，一切就都不一样了。"

"我想去一家低俗酒吧，随着流行音乐的快节奏摇晃我的大脑，直到漏出插口。"

"不要这样，亲爱的。这就是你来这里的原因，对吗？但是所有的酒吧和乐队都不存在了。我们最后一次通话是在几年前，此后就再未联系，直到现在。"他敲了敲太阳穴，"不管我花多少钱让你的身体保持年轻，你都是个老太太了。我不是把一切都给你了吗？你不是说我做到了吗？"

"这不一样。它不应该放在电视上让人们观看。"

"但这并不是说摇滚乐死了，亲爱的。"

"你正在杀死它。"

"不是我，是你想把它活埋。但是我会让你继续活很长很长的时间。"

"我还会逃跑的。你要么自己玩摇滚，要么放弃，但你再不能把它从我身上夺走了。你想要的摇滚不是我的方式，如今这个时代也不是属于我的时代。就像那个人说的，'我不是活在今天。'"

"善战者"咧嘴一笑。"就像另一个人说的，'摇滚永远不会被忘记。'"

他把他的助手们叫来，带我回家。

TALES OF HOUDINI

逃脱大师的故事

鲁迪·拉克是圣何西州立大学计算机科学系的副教授，他或许是当今最具想象力的科幻作家。他的想法与许多科学家出身的科幻作家背道而驰，因为他的作品反映的不是具体的技术细节，而是从深奥的数学中得出的激进观点。拉克的小说——例如《白光》（*White Light*）和《软件》（*Software*）——广受赞誉，其灵感来自拉克对信息论、多维拓扑学和无限集合论的研究。

但是，拉克作品的特点不是枯燥的哲学，而是喧嚣的底层社会的人性。他高超的叙事技巧和丰富的想象力超越了形而上学的创意。下面的故事是一篇简短但结构完美的幻想小说，摘自他的短篇小说集《第 57 个弗朗茨·卡夫卡》（*The 57th Franz Kafka*），展示了拉克最令人振奋的大胆创新。

他的最新作品是《思维工具》（*Mind Tools*），这是他的第四部非虚构科普作品，论述了数学和信息论的概念根源。

逃脱大师破产了。歌舞杂耍巡回演出已经不流行了,大城市的舞台也是如此。百代新闻社^①的梅尔·拉布施泰因打电话给他,想拍一个专题节目。

"两千美元预付款,再加上日后总收入的百分之三。"

"成交。"

他们的想法是让一名牧师、一名拉比^②、一名法官与逃脱大师一起出现在一系列重大的场景中。节目将拍摄成故事长片,在劳氏连锁商店播出。逃脱大师唯一能确定的是,肯定会有逃脱表演,逃脱可能会失败,而且没有警告。

拍摄从一九四八年七月八日凌晨四点开始。众人闯入逃脱大师在莱维顿的家中。他和他残疾的妈妈住在那里。开场镜头是牧师和拉比把门踢开,他们踩着厚底黑鞋慢慢地靠近。自然光线拍摄,画面模糊、不稳定,用真实电影来形容是不恰当的,因为一切都是真实的。

法官拿来一小桶熔化的蜡,众人封住逃脱大师的眼睛、耳朵

---

① 百代新闻社(Pathé News)是由法国人夏尔·百代及其兄弟于一八九六年创立的一家著名的新闻短片和纪录片公司。

② 拉比,犹太人的特别阶层,主要为有学问的学者,是智者的象征,尤其在宗教中担任重要角色。

和鼻孔。黑暗之中，逃脱大师神秘的脸被一层又一层地覆盖，直到他完全醒来，沉浸到情节中。逃脱大师已经准备好了。人们用急救绷带和医用胶带把他裹起来，那模样活像一具木乃伊。最后，人们在他的嘴上插了一根白猫头鹰雪茄。

百代的摄影师埃迪·马霍特卡在开车去机场的路上设置了时间间隔。他每十秒拍摄一帧，所以半个小时的车程在屏幕上只需要两分钟。虽然车里很黑且角度不佳，但画面仍然非常逼真，令人信服。全程没有剪辑。在帕卡德老爷车的后座上，逃脱大师躺在牧师、法官和拉比的大腿上，活像一根裹着胶带的法棍面包，在被压缩的时间里左摇右晃。

汽车直接停在了飞机跑道上，旁边是一架 B-15 轰炸机。埃迪跳下车，拍摄了三名神圣的目击者卸下逃脱大师的镜头。接着，他追拍飞机，只见飞机机头附近写着"肮脏女人"。

肮脏女人！驾驶飞机的不是农用飞机驾驶员，也不是预备役军人，而是约翰尼·加利奥和他的浑蛋助手们！忘了他吧！驾驶飞机的是第二次世界大战太平洋战场上最出色的王牌飞行员约翰尼·G，"光头胎"琼斯负责导航，在后排，"牢骚鬼"马克斯·莫斯科维茨那模样简直是男人中的男人。

约翰尼·G 跳出驾驶舱，他穿着飞行夹克，动作不快不慢，就是酷。"牢骚鬼"马克斯和"光头胎"从炸弹舱舱口探出脑袋，咧嘴笑着，准备投弹。

法官拿出一块萝卜头怀表。摄像机的视角先放大，再缩小，凌晨四点五十分，天空开始变亮。

逃脱大师呢？他不知道他们要把他送进"肮脏女人"的炸弹舱。他甚至听不着，看不见，闻不到。但他很平静，他很高兴在公众面前表演逃脱特技，很高兴这一切真的发生了。

众人都上了飞机。埃迪爬进去的时候，镜头有些晃动。接着便是逃脱大师的特写镜头，只见他被裹成一根白色的长条，像昆虫幼虫一样蠕动着。他依偎在炸弹舱里，"牢骚鬼"马克斯像一只工蚁一样俯在他身上。

引擎发出低沉的轰鸣声。牧师和拉比坐下来聊天，二人都是黑衣白脸，一口灰牙。

"你有吃的吗？"牧师问道。年轻的牧师身材魁梧，留着稀疏的金发，是穿长袍的圣母大学橄榄球队的后卫。

拉比是个戴软呢帽、留着黑胡子的小个子。他长着一张弗朗茨·卡夫卡式的嘴巴，嘴角抽搐，牙齿打战。"据我所知，我们将在拍摄完成后在航站楼用早餐。"

牧师拍这场戏会得到两百美元报酬，拉比会得到三百美元，因为拉比的名头更大。如果电影样片制作出来，他们还会目睹更多的逃脱大戏。

的确，这不是一架大飞机，无论埃迪把摄像机对准哪个方向，白色的逃脱大师总会有一部分出现在镜框中。在前面，你可以看到约翰尼·G的侧影，英俊的约翰尼看起来不太妙，他厚厚的上唇上有汗珠，这是纵酒后的汗水，他似乎很难平静下来。

"把飞机升起来就行了，""光头胎"轻声说道，"就像弹簧一样，约翰尼。"

透过舷窗，你可以看到地平线倾斜掠过，直到他们冲进高高的云层。马克斯看着高度计，咧嘴一笑。他们冲出云层，冲向高高的斜阳。约翰尼紧握着螺旋桨……如果没人叫停，他会永远上升……但现在已经够高了。

"丢炸弹！"光头胎又喊道。牧师在胸前画着十字，"牢骚鬼"马克斯拉动了释放手柄。镜头拍下了白色包裹里的逃脱大师躺在棺材一样的炸弹舱里。只见一头先掉了出来，长长的身形开始缓缓地跌落。接着，气流拦阻了另一头，他开始翻滚，深白色的身体与下方明亮的白云形成鲜明对比。

埃迪努力地拍摄着长镜头。逃脱大师正朝着下面一朵巨大的蛋形云坠落，他开始自己解套。只见绷带拖在他身后，仿佛一根长长的鞭毛来回摆动，然后，他像精子一样，一头钻进了那团圆圆的白云中。

在返回机场的路上，埃迪和音响师在飞机上转了一圈，问大家觉得逃脱大师是否会成功。

"我当然希望他成功。"拉比说。

"我不知道。"饥肠辘辘的牧师想吃早饭。

"这根本不可能。""牢骚鬼"马克斯说，"他将以每小时两百英里的速度坠地。"

"换谁都会死。"约翰尼·G说。

"换作我是他，我想我应该试着把绷带当作减速伞。""光头胎"说。

"这是个难题。"法官说。

天空飘着细雨，飞机着陆时溅起了大片水花。埃迪拍下他们鱼贯而出，进入小航站楼的镜头，此时，小航站楼里面空无一人，除了……

在房间的另一头，一个穿着睡衣的男人正背对着他们玩弹球，雪茄的烟气袅袅上升。有人呼喊他，只见他转过身来——正是逃脱大师。

逃脱大师带着他的妈妈去看电影样片。除了她之外，每个人都很喜欢。她很不高兴，还拼命地扯头发，头发被她扯掉了很多，在她轮椅周围的地板上散落着很多白发。

回到家后，逃脱大师双膝跪地，不停地哀求妈妈允许他拍完这部电影。百代新闻的拉布施泰因认为，再来两场特技表演就可以了。

"这次拍完之后就再不表演逃脱戏法了，"逃脱大师承诺道，"我要用这笔钱开一家小音像店。"

"亲爱的孩子。"

在第二场特技表演中，他们将逃脱大师和他妈妈空运到西雅图。拉布施泰因想拍下老太太的反应。百代把他们二人安排在一家寄宿公寓里，让他们无法确定逃脱的时间和性质。

埃迪·马霍特卡紧跟在母子俩身边，拍摄了他们在码头漫步的点点滴滴。逃脱大师在吃珍宝蟹，他妈妈在买太妃糖。逃脱大师给她买了一顶假发。

四个穿着黑雨衣的人从渔船上溜了下来。或许逃脱大师听到了他们的脚步声，但他不屑于转身去看。接着，四人盯上了他，这四位是牧师、法官、拉比，这一次还有一名医生——可能叫雷克斯·摩根。

老太太不停地尖叫，医生给逃脱大师注射了大量硫喷妥钠①。这位出色的逃脱艺术家不会抗拒，只是一边看着，一边微笑，直到失去意识。老太太用她的钱包痛打医生，接着，牧师和拉比把老太太和逃脱大师捆在了渔船上。

在船上，开船的又是约翰尼·G和他的浑蛋助手们。约翰尼可以让任何东西飞起来，即便船也不例外。他的眼睛布满了血丝，但是"光头胎"引导他驶离港口，沿着普吉特海湾②来到一条伐木河。全程花费了几个小时，但埃迪把这一切都拍了下来……逃脱大师躺在半截挖空的原木里，医生时不时地给他打针。

最后，他们来到一处磨坊池塘，池塘里有几根原木。"牢骚鬼"马克斯和法官把一桶石膏混匀，倒在逃脱大师周围。他们用胶带封住他的七窍，只在嘴巴上留下一根呼吸管。他们是把他封在一根大原木里，呼吸管伪装成一截小树枝伸出来。逃脱大师昏迷不醒，被熟石膏封锁在原木里……有点像死在蛋糕里的蠕虫。牧师、拉比、法官和医生把原木扔进了河里。

原木溅起一片水花，在水中翻滚着，和其他等待切割的原木混在一起。现在有十根原木，你无法确定哪一根里面躺着逃脱大

---

① 硫喷妥钠（Sodium Pentothal），一种全身麻醉药。

② 普吉特海湾（Puget Sound），位于美国西雅图西岸的峡湾。

师。电锯转动起来，传送带钩住了第一根原木。

镜头中的原木磕磕碰碰。在前景中，逃脱大师的妈妈正在拉扯假发下面的头发。只听一阵刺耳的嚓嚓嚓嚓，第一根原木被锯断了。你可以在背景中看到一把巨大的电锯从中间切断了原木。

嚓嚓嚓嚓！嚓嚓嚓嚓！嚓嚓嚓嚓！木屑飞溅。原木一根接一根地被钩起来，拖到锯子上。你想把目光移开，但根本做不到……只能默默地等着血肉飞溅。嚓嚓嚓嚓！

约翰尼·G拿起一个银色的酒瓶，不知喝了点什么。他的嘴唇默默地动着。是诅咒，还是祈祷？嚓嚓嚓嚓！"牢骚鬼"马克斯紧张得龇牙咧嘴，大长脸上满是汗水。逃脱大师的妈妈把假发从发网上扯了下来。嚓嚓嚓嚓！"光头胎"的眼睛又大又白，像煮熟的鸡蛋。他拿起约翰尼的酒瓶。嚓嚓嚓嚓！牧师擦了擦额头，而拉比……现在只剩下两根原木了。

石膏灰从第九根圆木中飞了出来。它被一分为二，只见里面只有逃脱大师身体的轮廓。是个空模子！众人争先恐后地爬上磨坊码头，镜头对准四周，寻找这位伟人。他在哪里？

在呼喊声和欢呼声中，磨坊工人自助餐厅里的自动点唱机响起了歌声，是安德鲁斯姐妹①的歌。里面是……逃脱大师！他一边随着音乐踮脚，一边吃着芝士汉堡。

"只要再逃脱一次，"逃脱大师保证说，"音像店就将是我们

---

① 安德鲁斯姐妹（The Andrews Sisters），美国摇摆乐时代的女声组合。

的啦。"

"我好害怕，哈利，"他的秃头妈妈说，"要是他们能给你一些提示就好了。"

"这一次会有提示的。小菜一碟。我们要飞往内华达州。"

"我只希望你离那些舞女远点。"

牧师、拉比、法官和医生都在，这次还有一位科学家。地点在一间低矮的混凝土房间里，窗户上有缝隙。逃脱大师穿着黑色橡胶潜水衣，正在玩纸牌魔术。

这位长相酷似阿尔伯特·爱因斯坦的科学家在电话里简短地说了几句，然后向医生点了点头。医生对着镜头灿烂地笑了笑，然后给逃脱大师戴上手铐，把他放进一个圆柱形的水箱里。制冷盘管将水冷却，没过多久，逃脱大师就被冻在了一块巨大的冰块里。

牧师和拉比从侧面把水箱推倒，逃脱大师活像一只大爆竹，伸出来的脑袋就像引信。外面是一辆载着液压升降机的卡车。约翰尼·G和他的浑蛋助手们在车里，他们把逃脱大师装在后面。冰块上盖着垫子，以防它在沙漠炎热的阳光下融化。

两英里外，你可以看到一座尖尖的试验塔，塔顶上是一个小工棚。这是一座原子弹试验场，位于内华达州中部一片荒凉的沙漠里。埃迪·马霍特卡同逃脱大师和他的浑蛋助手们都在卡车上。

镜头对准了头顶上隐约可见的细长的塔楼，骇人的炸弹弹头立在塔顶。只有上帝知道拉布施泰因动用了什么关系才能让百代参与其中。

塔底的地面上有个圆柱形的坑，他们把冰冻的逃脱大师放在里面。他的头与地面齐平，像仙人掌一样朝他们咧嘴笑。他们飞快地开车回到地堡。

埃迪把这一切都实时拍了下来，没有剪辑。当然，逃脱大师的妈妈也在地堡里，揪着假发。科学家递给她一对骰子。

"给他一个战斗的机会，如果你不掷出两点，我们就不引爆炸弹。两点叫蛇眼，最小的点数，对吧？"

镜头贴近她的脸，她六神无主，只好慢慢吞吞地摇着骰子，把它掷到地上。

正是蛇眼！

还没等众人反应过来，科学家便按下了按钮，远处的他眼睛里闪过一丝喜色。突如其来的强光照进了地堡，把黑暗的地堡照成了灰色。冲击波随后袭来，法官瘫倒在地，可能是心脏病发作了。轰鸣声不绝于耳。拥挤的面孔左顾右盼。

接着，一切都结束了，噪音消失了，只有……地堡外面响起了持续的喇叭声。科学家打开门，众人连忙向外望去，埃迪在他们身后拍照。

是逃脱大师！是的！他在一辆白色敞篷车里，和一个大胸舞女在一起！

"把片酬给我！"他喊道，"把我塑造成逃脱大师！"

400 BOYS

400 男孩

马克·莱德劳

赛博朋克作家以塑造怪诞的概念和笃信奇异事物而闻名。即使在赛博朋克作家中，马克·莱德劳也是出类拔萃的。莱德劳作品的特点是风马牛不相及的事物的参错重出、出人意料的视角和隐藏在阳光下的黑色幽默。他从一系列当代影响中汲取灵感，对一切神秘、直观和离奇的事物都有一种特殊的喜爱。

本篇故事展示了莱德劳的灵感融合，他将启示录神话与城市街头帮派的传奇故事融合在一起。《400 男孩》是一篇怪异、任性的大杂烩，欣赏它比描述它要容易得多。

马克·莱德劳目前居住在旧金山，他最新的小说是《爸爸的核弹》(*Dad's Nuke*)。

　　　　　　　　　　"牺牲我们！"

　　　　　　　　　　　　　　　　　——《波波尔·乌》①

　　我们坐在地下室里，感受着欢乐之城的消亡。在我们的地下
室上面两层的街道上，不知道是什么大家伙正在践踏金字塔形的
公寓。我们可以感觉到生命像被打碎的灯泡一样闪灭。在这种时
候，你不需要第二眼就能看穿别人的眼睛。我有时会感到恐惧和
突如其来的疼痛，但都不会持续很久。平装书从我手中滑落，我
吹灭了蜡烛。

　　我们是兄弟团，一支十二人的队伍。昨天还有二十二人，但
并非所有人都及时赶到了地下室。

　　我们的老大"刀疤"正坐在板条箱上给他的枪装上唯一一枚
银弹。爱哭鬼"美洲豹"跪在角落里的旧毯子上，像个疯子一样
号啕大哭。这次，他有充分的理由大哭一场。我最好的兄弟杰德
不停地旋转全息电视的投影机，搜索着电视台，但得到的只有静
电的噪声，仿佛我们脑海里的尖叫。这种尖叫声不会消退，除非
它被一个接一个的声音盖过。

　　刀疤说道："杰德，把那东西关掉，不然我就让它短路。"

----

①　　《波波尔·乌》（*The Popol Vuh*），中美洲的玛雅文明基切人的圣书。

刀疤是我们的老大。他长着两片灰嘴唇，嘴巴咧得巨大，斯乌特人的手术刀割开了他的面颊，让他变成了这副模样。他说话有点咬舌。

杰德耸了耸肩，关闭了全息电视，但我们周围仍然嘈嘈杂杂——远处传来的沉重脚步声，天空中传来的喊叫声，还有怪物的笑声。这些声音似乎正在消逝，深深地沉入到欢乐之城中。

"他们很快就会消失。"杰德说。

"你总是自以为无所不知，"瓦韦·奥克劳说，他正弯着一根铬合金手指拆闹钟，就像孩子抠鼻子一样，"你甚至都不知道他们是什么……"

"但我看见他们了，"杰德说，"哑巴和我都看见了。是吧，哑巴？"

我默默地点了点头。我口中没有舌头。我十二岁的时候，因为对一个智能机器人管理员说了些坏话，获得了一次免费修理，之后我就成了哑巴。

我和杰德昨晚出去，爬上了一座空金字塔瞭望。奔流大道之外的世界火光闪耀，我不得不把目光移开。杰德则一直盯着看，他自称看到了奔跑的巨人，身体闪耀着光芒。接着，我听到一声巨响，仿佛万千根吉他弦崩断一般，杰德说，这是巨人们把大桥连根拔起，扔向月亮的声音。我抬头望去，只见一个黑色的拱门不停地旋转着，钢索在滚滚浓烟中上下翻腾，声音犹如拨弦，然后就再没掉下来——或者说，在我们并不太长的等待时间里没有掉下来。

"不管他们是什么，都有可能永远留在这里。"刀疤说道，他一咧嘴，把嘴巴扭到中间，"或许永远不走了。"

哭个不停的爱哭鬼停止了抽泣，说："永……永远不走？"

"他们为什么要走呢？想必他们千里迢迢才来到欢乐之城，对吧？也许我们手上有了一支全新的队伍，兄弟们。"

"这正是我们需要的。"杰德说，"不过，别让我和他们打。我的刀片不够大。如果管理员无法阻止他们冲进来，我们应该怎么办？"

刀疤抬起头，说道："杰德，我亲爱的兄弟，听好了。如果我让你打，你就打。如果我让你从大楼上跳下去，你就跳。否则就另找别的队伍吧。你知道，我要求这些只是为了让你的生活充满乐趣。"

"已经够有乐趣了。"我最好的兄弟抱怨道。

"嘿！"爱哭鬼说。他的块头比我们所有人都大，年龄也大，但头脑还不如十岁的孩子，"听！"

我们侧耳细听。

"什么都听不到啊。"斯卡格说。

"是啊！什……什么都听不到。他们逃走了。"

他的话说早了。紧接着，墙壁轰隆隆地响了起来，脚下的混凝土松动了，天花板上稀里哗啦地落下碎石。我和杰德一起钻到了桌子下面。

轰隆隆的巨响逐渐消失，变成了窸窣声，随后便是一片寂静。

"你没事吧，哑巴？"杰德问道。我点了点头，四下张望着，寻找其他兄弟。看地下室里队员们的模样，应该没人受伤。

接下来的一瞬间，我们十二个人全都倒抽了一口气。

地下室里居然有自然光，这是从哪里来的？

我躲在桌子底下往外看，看到了距离我们至少两层楼上面的月亮。最后一次冲击把这座蜂房结构的老公寓一劈为二。裂缝的两边，地板和天花板一层层地堆起来，水管像金属网一样在空中纵横交错，软塌塌的床垫把泡沫橡胶撒到我们身上。

只见月亮消失在滚滚黑烟中。这便是我们昨天看到的笼罩在城市上空的烟雾，当时星星就像交通事故现场的信号灯一样闪烁着。死亡女神的香水味也随之而来。

刀疤横跨在房间中心的裂缝上。他把枪塞进口袋，枪膛里唯一一颗银弹混着刀疤的血液。他要把这颗子弹留给那个割裂他嘴巴的斯乌特人，那家伙名叫伊洛，是他们的老大。

"好了，队员们，"他说，"我们马上离开这里。"

瓦韦和杰德扯掉房门上的木板。地下室是为了安全设计的，以便欢乐之城遭遇意外时可以保证我们无恙。瓦韦用挡板挡住墙壁，这样，当智能机器人管理员来搜索藏身处时，它们只能从空荡荡的房间里找到些水管，不会发现我们。

门外，楼梯倾斜得非常厉害。没有我们办不了的事。当我们上路时，我回头看了看地下室，因为我已经把这里当成了家。

管理员来抓新兵时，我们就在这里。它们认为我们的年龄正好。"出来吧，出来吧，无论在哪里，都出来吧！"它们喊道。当它们来搜捕时，我们耍了个花招，消失了。

那是日历日的最后几天，所有人都在高呼：

"嘿！最后一次世界大战到了！"

它们告诉我们的关于战争的消息少得可怜，几乎可以塞进瓦韦的小指尖里，他把小指尖挖空，用来投掷爆炸飞镖。它们仍然想让我们参加战斗。条件是，我们将得到一次免费的月球之旅，在英伦基地接受训练，然后我们会精神抖擞地飞回地球，准备奔赴战场冲锋陷阵。墨西苏维在南方酝酿着一场又一场战争。那地方变得非常炎热，我们可以看到那边的夜空有时发着白光，而白天则是黄色的。

联邦控制中心把我们这座大陆城市密封在一个透明的外罩里：没有密码，除了空气和光，什么也进不去。当瓦韦看到黄色的光芒时，他确信，墨西苏维已经对那道看不见的外罩发起了猛烈的攻击，这种攻击足以穿透外罩。

我们蹑手蹑脚地向大道前进。我们的地盘覆盖了韦斯特兰和奇科之间的 56 号至 88 号街区。建筑物的窗玻璃和撞毁的汽车车窗无一幸存，路灯也不例外。到处都是垃圾和尸体。

"啊，见鬼。"瓦韦说。

爱哭鬼开始号啕大哭。

"不要闭眼，哑巴，"刀疤对我说，"把这些全记住。"

我想把目光移开，但又不得不看，为了以后，我必须把这些记住。我几乎哭了出来，因为我的妈妈和哥哥都死了。我止住眼泪，记下了这一切。刀疤让我记下兄弟团的行踪。

联邦指挥塔控制着欢乐之城的可编程部件和人员，那里的修理工剪断了我的舌头，从另一端开始改造，但他没能活着完成这项工作。兄弟团带领着夸齐人和穆夫人及时赶到，众人联手把我救了出来。

这需要团队合作。我知道管理员说的并非如此，它们说我们是像阿纳卡尼人一样的疯狂颠覆分子，对欢乐之城没有承诺。但是，如果你曾经听过它们的这些话，就再听听吧。除非迫不得已，否则队伍之间绝不会打架。当欢乐之城的生活陷入困境时，我们除了进入旁边队伍的地盘，别无选择。我们不请自来……守得云开见月明。

我看到一道银光射在大道上。一台智能机器人的扫描仪失灵了，动弹不得，对那些坐在塔楼里看街道的光头而言，它已经毫无用处。见此情景，我心想现在不会剩下多少光头了。

"不再有法律了。"杰德说。

"没有什么可以阻挡我们了。"刀疤说。

我们沿着大道前行，走到那台智能机器人旁边，瓦韦停下来拆掉炮塔上的激光枪头，连接到电池包上，这样就能造出老大的激光枪。

我们从被摧毁的怪物市场里抢来手电筒。有一阵子，我们看着废墟，但是很快就厌烦了。曾经的金字塔和蜂房式建筑已经垮塌，变成一片废墟，我们努力地在废墟之中寻找道路，这要花费很长时间。

墙壁上还残留着血肉，红黑色的血水滴落下来，仿佛永远不会凝固。新腐烂的尸骨的恶臭从城市中心向我们袭来。一只流浪猫在我们的地盘上撒尿。

我想知道幸存者的情况。当我们全神贯注于废墟中时，我们什么也感觉不到。在美好的岁月里，这里一直都没有多少人。大多数蜂房在热病纪元里空了出来，那时，老人纷纷去世，孩子则没有受到疾病的影响，从此他们走得更近了，学会了分享力量。

周围越来越黑，越来越热，气味越来越难闻。有时候，阳光透过滚滚浓烟射到地面上。窗口有无数具尸体在向外张望，这让我庆幸自己从来没有寻找妈妈和哥哥。我们收集食品罐头，不敢弄出一点儿动静。大道的夜晚从未如此沉寂过。各支队伍总是四处游荡，打架，纯粹为了取乐混战。

我们走过一支又一支队伍的地盘：本尼、西尔克、夸齐、曼尼和安杰尔。可是一个人都没有。如果还有哪支队伍幸存的话，那么他们一定躲在未知的藏身处；待在地面上只有死路一条。

我们等待着其他队伍发出的心灵暗示，例如腹语之类的暗语。但是，黑夜中除了死亡，一无所有。

"好好休息吧，队员们。"杰德说。

"等等。"刀疤说。

我们在265号街区停了下来，这里是"翘鼻子"的地盘。沿着大道往前看，我看到有人高高地坐在一堆废弃的水泥上。他摇了摇头，举起双手。

"很好，很好。"刀疤说。

这家伙从废墟上走下来，向街道走去。他非常虚弱，中途摔了一跤。我们包围了他，他抬头看着刀疤手枪上的黑色枪口。

"嗨，伊洛。"刀疤说。他咧嘴大笑，庆幸自己节约了那颗银弹。笑声一直传回他的耳朵里。"斯乌特人怎么样了？"

伊洛的模样不像老大。他红黑相间的闪电套装破烂不堪，污迹斑斑，领口被扯掉当绷带用，缠在了一只手腕上。他深色猫头鹰镜框的左镜片碎掉了，他的板寸头被刮得一干二净。

伊洛一言不发。他抬头看着枪口，等待着扣动扳机，聆听他这辈子听到的最后的声音。我们也在等待。

一大滴眼泪从破碎的镜片上滴下来，洗刷着伊洛肮脏的脸颊。刀疤笑了，他放下枪，说："今晚不杀你。"

伊洛无动于衷，甚至没有抽搐一下。

大道的前方，一条煤气主管道爆炸了，把我们都笼罩在橙色的火光里。我们都笑了。我感觉这很有趣。伊洛却笑不出声。

刀疤猛地把伊洛拉到他身边。"我皮肤下面还有别的东西，老大。你看起来就像个流浪汉。你的队伍在哪里？"

伊洛看着地面，摇了摇头。

"老大，"伊洛说，"我们被打败了，无可奈何。"他潸然泪下，又擦干了泪水，"斯乌特人全都死了。"

"这不是还有你在嘛。"刀疤说着，把手放在伊洛的肩上。

"没有哪个老大没有队伍，刀疤。"

"你当然可以。发生了什么事？"

伊洛沿着街道往前看。"新的队伍占领了我们的地盘。"他说，"他们是巨人，刀疤，我知道这听起来很疯狂。"

"这并不疯狂，"杰德说，"我看见过他们。"

伊洛说："我们听到他们来了，但如果我们看到他们的样子，我绝不会让斯乌特人原地不动。我以为我们有机会坚守下去，但我们被击溃了。他们把我们扔了出去。我的一些小伙伴飞得比塔还高。那些男孩……简直不可思议。现在400号街区到处都是巨人。当你被他们的棍子击飞时，他们会像灯一样闪耀着光芒。"

瓦韦说："听起来像恐怖电影。"

"如果我认为他们只是男孩，我就不会害怕，兄弟。"伊洛说，"但他们还有更多本事。我们试着在心理上压倒他们，而且几乎成功。他们是由一种材料制成的，这种材料看起来很逼真，能把你切成碎片，但当你用思想对付它的时候，它就会像蜜蜂一样嗡嗡地飞走。我们的人手不足，而且还没准备好对付他们。我之所以幸存，是因为机灵鬼贾克斯把我打晕了，塞进了一辆运输车下面。"

"当我醒过来的时候，一切都结束了。我沿着大道走，本以为可能会有队伍四处游荡，但是一个人也没有。他们可能躲在藏身处，我不敢去查看。估计大多数队伍不等我开口说话就会把我擒拿。"

"独自一人很难，身后有个队伍就不一样了。"刀疤说，"你知道多少藏身之处？"

"可能有六个。有关于吉普贾普的线索，但不确定。我知道在哪里可以找到齐普、金平、格尔兹、米尼、斯莱奇……我们可以通过地下隧道快速地找到伽罗格的地盘。"

刀疤转身问我："我们知道多少？"

我拿出皱巴巴的清单，递给杰德，他念道："吉普贾普、斯莱奇、德鲁默，A-V-玛丽亚、奇克斯、乔格、丹尼。如果这些队伍有哪一支还存在的话，他们应该知道其他队伍。"

"没错。"刀疤说。

杰德推了我一把。"不知道这支新队伍叫什么名字。"

他知道我喜欢起名字。我咧嘴笑了笑，拿回清单，掏出一支铅笔，写下了"400男孩"。

"因为他们占据了400号街区。"杰德说道。我点头赞同，但这还不是全部。我好像在什么地方读到过关于男孩们摧毁世界，折磨老奶奶的故事。这些男孩似乎也会这么做。

街道的远方，月亮从浓烟中升起，变成了铁锈的颜色，一大部分都被遮住了。

"我们要打垮他们。"瓦韦说。

月亮的样子让我们既伤心又害怕，我记得它曾经是那么完美、圆润，就像珠宝市场中放在天鹅绒上的珍珠一样，即使是最糟糕的雾霾把它染成棕色的时候，它也比路灯更美丽、明亮。哪怕是雾霾的棕色也比现在这种褪色的血红色要好。如今，月亮就像是用来练习打靶的靶子。也许那些男孩正在月球上的英伦基地扔大桥。

"我们的地盘完蛋了。"伊洛说，"我要找那些男孩算账。不是他们死，就是我亡。"

"我们支持你。"刀疤说，"咱们动作快点儿。兄弟们，我们两人一组，分头去找一些藏身处。杰德和哑巴，你们俩跟我和伊洛走，我们试试能不能说服伽罗格人。"

刀疤吩咐其他兄弟到哪里去找，之后回到哪里碰面，然后我们彼此道别。我们找到通往最近的地下通道的楼梯，下到阴暗的大堂，那里躺着等待最后一班火车的人们的尸体。

我们沿着隧道前行，一路驱赶着老鼠。它们比以往任何时候都更凶残、肥硕，但是我们的灯光逼退了它们。

"你还有那把邪恶的刀吗？"刀疤说。

"这个宝贝？"伊洛一挥他的那只好胳膊，一把手术刀片落进了他的手中。

刀疤目瞪口呆。"可能用得着它。"他说。

"没错，兄弟。"伊洛让刀刃消失了。

我明白这是必然的。

我们又走过几个大厅，然后再上楼出去。我们在地下比在地面上走得更快，现在我们接近了欢乐之城的最低处。

"这边走。"伊洛指着垮塌的蜂房。我看到已经化作瓦砾的墙壁上写着暗码，是伽罗格人的信号？

"等等。"杰德说，"我饿死了。"

一个街区之外有一家酒品店。我们抬起门，把门拧开，就像折断胳膊一样容易。我们的灯光掠过一排排酒瓶，街上和店里都没有一点儿动静。我们脚下的碎玻璃噼啪作响。这地方弥漫着一股醉人的味道，几乎让我喘不过气来。我们在柜台下面找到了幸存的薯片和糖果，在门口狼吞虎咽起来。

"伽罗格的藏身之处在哪里？"杰德问。我们准备离开 5 号街区的酒吧。

就在此时，我们感到心头一紧，我们听到了死亡的暗示。一支队伍告诉我们，我们被包围了。

伊洛说："我们躲躲。"

"不，"刀疤说，"别再躲了。"

我们慢慢地走到门口往外看。墙壁上人影攒动，聚集到小巷口。我们无路可逃了。

"兄弟们，把刀收起来。"

我从来没有和伽罗格的人打过架，但现在我明白了为什么刀疤会让我们收起武器。她们身上装备着照明弹、激光枪、火枪和光剑。即使手无寸铁，她们的样子也非常骇人。她们睁着火焰般的眼睛，头戴十几种颜色的头结，脸上文着彩虹形状的几何图案。她们大多身着黑衣，所有人都穿着脚尖带剃刀的旱冰鞋。

她们的态度隐藏在一张无声的威胁网中，我们无从知道。

一个低沉的声音说："如果你们不想死，就出来吧。"

我们一起走了出去，女孩们立刻围了上来。杰德举起手电筒，但是一个脸颊贴着蓝三角，头上戴着淡紫色顶髻的伽罗格人一脚把手电筒踢飞。手电筒的光束在黑暗中疯狂地旋转着。幸好，杰德的手指没有擦伤。我只好把自己的灯光调暗。

一个大块头伽罗格人滑了过来。她看起来就像一台智能机器人，挂着电池包，杂乱的电线缠绕在她的手臂上，穿过她的爆炸头。她的头发上缀满了锡铃铛和玻璃碎片，头顶上绑着一个激光炮塔，双手各拿着一挺激光枪。

她一遍又一遍地检查我和杰德，然后转向两位老大。

"老大伊洛和老大刀疤。"她说，"真是可爱的一对。"

"少说别的，芭拉。"刀疤说，"各支队伍的地盘都被摧毁了。"

"我明白了。"她笑道，露出了被酸腐蚀的黑牙，"隔壁的赫维人被压扁了，我们有了新的游乐场。"

"好好玩一两天吧，"伊洛说，"干掉他们的那些家伙会回来找你的。"

"是大楼把他们压扁了。撞击结束了，世界末日已经过去了。你们是哪里的？"

"欢乐之城里来了一支新队伍。"伊洛说。

芭拉的眼睛眯成了一道缝。"现在联合起来对付我们，嗯？这还真让人兴奋。"

"他们是'400男孩'。"杰德说。

"够你们忙了！"她笑着滑了半圈，"也许吧。"

"他们要把欢乐之城当成自己的地盘——也许是整座城。他们不知道公平竞争，也不知道什么是健康的玩笑。"

"见鬼。"她说着，摇了摇头发，锡铃铛随之颤抖起来，"你们搞砸了，孩子们。"

刀疤知道她在听。"我们正在召集所有的队伍，芭拉。我们现在得保住性命，这需要我们找到更多的藏身处，让更多的老大知道发生了什么事情。你是加入，还是退出？"

伊洛说："他们不到半分钟就把斯乌特打败了，干净利落。"

冲击波像鞭绳末梢一样沿着街道从城市中心传来。我们所有人都措手不及，卫兵都倒下了；伽罗格、兄弟团、斯乌特全都害怕那些破坏者，恐惧让我们团结在了一起。

冲击波过去之后，我们睁大眼睛看着彼此。来自伽罗格的所有心照不宣的威胁都消失了。我们必须团结一致。

"把这些孩子送回家吧。"芭拉说。

"是的，妈妈！"

随着一阵沙沙声，伽罗格人滑着轮滑离开了。

全副武装的护卫队带着我们穿过一片迷宫般的旱冰道，很显然，这是从废墟中清理出来的。

"那些男孩，嗯？"我听到芭拉对两位老大说，"我们的想法不同。"

"你怎么想的？"

"是神灵。"芭拉说。

"神灵！"

"没错，是神灵的东西，灵性的东西。老妈妈看着她的镜子，看着篝火在城市里燃起。记得外罩破裂之前吗？南方爆发了战争，奇怪的炸弹像鞭炮一样爆炸。谁知道这熊熊大火里烤的是什么东西？

"老妈妈说这是世界末日，是外面的人从裂缝里钻进来的时候了。他们汲取了所有的能量，并将能量转化为物质。然后他们开始兴风作浪，摧毁世界。还有什么地方比欢乐之城更适合摧毁呢？"

"世界末日？"伊洛说，"那我们为什么还在这里？"

芭拉笑着说："你这家伙是怎么当上老大的？没有什么事情会结束，无一例外。"

十分钟后，我们来到了一座怪物集市金字塔，金字塔底部的镜面窗户是用碎片重新拼装起来的。芭拉一吹口哨，两扇门应声敞开。

于是我们走了进去。

首先映入我眼帘的是堆放在过道里的一箱箱生活用品，燃烧的炉灶，小床和一堆堆毯子。我还发现了一些人，他们绝不可能是伽罗格人，比如婴儿和一些成年人。

"我们一直在接纳幸存者。"芭拉说，"老妈妈说我们应该这样做。"她耸了耸肩。

我听说老妈妈很老。她经历了瘟疫，最终站到了队伍的一边。她一定在楼上，对着镜子喃喃自语。

刀疤和伊洛面面相觑，我不知道他们在想什么。刀疤转身对我和杰德说："好了，兄弟们，待在这里吧，我们还有工作要做。"

"有地方睡觉吗？"杰德说。看到那些小床和毯子，我们俩都感觉累了。

芭拉指着一个废弃的自动扶梯："给他们带路，谢尔。"

只见谢尔头戴金色顶髻，上面画着紫色的条纹，她沿着过道飞驰而来，一跃跳上自动扶梯的前四级台阶，一口气跑到顶，然后朝下面咧嘴笑了起来。

"她是个天使。"杰德说。

上面的伽罗格人更多，一些女孩倚着墙壁打鼾。

谢尔翘起屁股，大笑道："以前从没在怪物市场里见过兄弟团的人。"

"啊，我妈妈以前常在这里购物。"杰德说，他一遍又一遍地打量她。

"她买了什么？你爸爸？"

杰德把大拇指插进拳头里扭着，咧嘴大笑。周围的女孩都笑了，但谢尔没有笑。她的蓝眼睛暗淡了，掩藏在蓝三角下面的脸颊泛起了红润。我抓住了杰德的手臂。

"别浪费了。"另一个伽罗格人说道。

"我帮你把'小弟弟'取下来。"谢尔说着，亮出一把刀片，"保准又漂亮，又整洁。"

我拽着杰德的胳膊，他甩开了我。

"来吧，拿着毯子。"谢尔说，"你们可以睡在那边。"

我们抱着毯子来到一个角落，裹好身子，紧靠着睡在一起。我梦见了滚滚浓烟。

刀疤叫醒我们的时候，天还是黑的。

"来吧，兄弟们，还有很多事情要做。"

我们发现，事情有了起色。伽罗格人知道的队伍的藏身处比我们听说的还多，有些来自欢乐之城之外。信差已经跑了一整晚，所有人都忙得不可开交。在 400 号街区周围的市郊和市中心，所有能来的人都被他们叫来了。

笼罩在浓烟之下的漫漫长夜不知道何时才是尽头。当欢乐之城开始活动时，天还是黑的。

从街道之下到蜂房之上，其间的每一条下水道、大道和小巷里都是我们的人，400号街区已经被我们团团包围，斯乌特人曾经在这里快乐地经营着一块地盘。从1号到1000号，从湾景街到奔流大道，随着欢乐之城的移动，瓦砾散落，地下隧道里人流涌动。来自皮尔敦、伦弗鲁和上手山的打鼠人、德鲁默、米尼人和金平也加入了兄弟会和伽罗格人的行列。双角龙号上载着乔格人、乔洛人、斯莱奇人、三轮车队、吉普贾普、A-V-玛丽亚。汀特、奇克斯、摇滚男孩、格尔兹、弗勒德、齐普、扎普……闻讯赶来的队伍不计其数。

现在，大家都属于一支队伍——欢乐之城队，所有的名字都有相同的含义。

我们兄弟团并肩前行，最后一位斯乌特人也在我们中间。

我们从地下楼梯爬上来，走向一片焦黑的地面。一切都是世界末日的景象，但我们还活着。我几乎喘不过气来，但我一往无前，心中怒火沸腾。

在我们面前，"400男孩"安静下来，只有轰隆隆的炉火声。

我们已经走过395号街区，穿过了十字路口，进入男孩们的地盘。

当我们走到398号街区时，前面的蜂房燃起了火焰。巨大的声响仿佛摩天大楼踏出了脚步。一声刺耳的尖叫在高耸入云的塔楼之间回荡，然后从天而降，传到街上。

在下一个拐角处，我看到瓦砾下有一只手臂。手腕周围的袖口参差不齐，血肉模糊。

"走吧。"伊洛说道。

我们踏上400号街区,久久地凝视着。

我们熟悉的街道都已消失。混凝土从内部裂开,碎裂成了砾石和尘土。金字塔状的蜂房变成了小火山,冒着浓烟,喷出火焰,让大地化为一片焦土。一座座高塔耸立在喷涌的火山周围,就像在昏暗的天空下取暖的建筑物。

"400男孩"正在建造一座新城市吗?果真如此的话,那将比死亡更糟糕。

穿过火山,我们可以看到欢乐之城的其余部分。我们感受到四面八方都是我们的人,生命的脉搏将我们联系在一起,让我们同呼吸、共命运。

伊洛先前见过这种场景,但也只是小巫见大巫。他今晚没有流泪。只见他一马当先,立在火焰中,仿佛一尊黑色的雕塑。他昂起头,高喊道:

"嘿!"

巨大的建筑物之间,一座火山喷发了。它淹没了伊洛的声音;于是,他喊得更响了。

"嘿,'400男孩'!"

破碎的街灯隐隐地发亮。在我的头顶上,一盏路灯突然亮了起来。

"这是我们的地盘,'400男孩'!"

伽罗格人和三轮车队敲打着翻倒的汽车,声音震天动地,让我热血沸腾。

"你们这些男孩毁掉了我们的蜂房，摧毁了我们的城市。"

这是我们的世界。我想到了月亮，这让我的眼睛一阵刺痛。

"那又如何？"

路灯熄灭，大地颤抖。一座座火山咆哮着，把热血吐在建筑物上，滴下的热血仿佛滚烫的热油，嗞嗞作响。塔楼之间响起了他们的说话声，那声音如同雷鸣。

"我打赌你们永远不会长大！"

他们来了。

突然，街上多了很多建筑物。我本以为是新建筑，但实际上都是"巨人男孩"，至少有 400 个。

"保持冷静。"刀疤说。

"400 男孩"轰隆隆地冲进我们的街道。我们退回到暗处，藏进只有我们才能进入的掩体内。

冲在最前面的男孩挥舞起链条，那链环足有溜冰场大小。他打落了一些附近蜂房的房顶。上面的男孩们无法接近我们，但他们可以用碎石盖住我们。

虽然他们的体形巨大，但看起来只有七八岁的样子。他们满是汗水的长脸上还长着婴儿的赘肉，眼睛里闪着邪恶的光芒，就像七八岁的小孩子揪掉虫子的腿时一样，他们狂野地大笑，但是看到自己亲手做的事情便吓坏了。正因为如此，他们看起来才会加倍致命。他们热得发黄的皮肤下面烈火澎湃。

这些大男孩看起来比我们更害怕。我们的恐惧消失了。当他们冲锋时，我们伸出手抓他们，从四面八方贡献我们的力量。我们唱着圣歌，但并没有歌词，只是高声的呐喊，意思可能是，"男孩们，如果你们有能耐，就把我们带走吧，把我们这些小人儿带走吧。"

我觉得自己仿佛触到了一团冰冷的黄色烈焰，它让我感到恶心，但疼痛让我知道它是多么真实。我从中找到了力量，大家都是如此。我们抓住烈火，把它吸走，通过我们的脚把它送到地下。

男孩们开始露出一副笑眯眯的样子。他们似乎被压缩了。最靠近的男孩体格开始缩小，每走一步就缩小一点儿。

我们吸取着热量，吐出热气。烈火从我们身上穿过，我们齐声怒吼。

男孩们越来越小，越来越暗。小孩子从来不知道什么时候该停下来。即使他们筋疲力尽，也会继续前进。

当我们后退时，第一个男孩已经不再那么高大了。前一分钟他还比蜂房高，接着，他已经填不满街道了。他的十几个缩小的朋友填补了两边的空缺。他们挥舞着铁链，对着天空尖叫，就像在市区的大火中尖叫的皮影一样。

他们突破了站在街道中间的伊洛，向我们走来。现在他们是我们的两倍大……刚刚好。

这个我能对付。

"打！"刀疤大喊。

一个男孩一甩手，链子划出一道邪恶的黑色曲线，直到它呼啸着飞到我耳边时我才看到。我飞快地闪开，全速猛扑向他没有防备的地方。他身体一软，重重地倒下了。他死了，病态的黄光随着他的鲜血跳跃而出，渐渐地消失在街道上。

我转过身，看到杰德被一个男孩用斧头砍倒，而我却无能为力，只能眼睁睁地看着乌黑的斧刃高高地砍下……

只听一声刺耳的口哨，轮滑呼啸而至。

只见一个身影冲向男孩，一脚飞出，轮滑鞋上的剃刀和轴承干掉了男孩。只见那人头顶上梳着紫金色相间的顶髻，咧嘴大笑。她高高地跃起，把男孩拿着斧头的手踩进了水泥地，只留下僵硬的手指弯在碾碎的骨头和绿色的血液上。

谢尔看着杰德，微微一笑，然后离开了。

我跑过去拉起杰德。只见两个男孩退回到一条黑暗的小巷里，小巷随着他们的进入而亮了起来。我们尾随而至，但是他们已经被等候在那里的夸齐人和德鲁默人解决了。于是，我和杰德转身离开。

伊洛仍然盯着街道的另一头。有一个男孩站在高处，他比其他男孩更强壮，也更能抵抗我们的力量。他手里挥舞着一根巨大的棍子。

"来吧，老大。"伊洛喊道，"还记得我吗？"

那个块头最大的男孩走了下来，横扫街道。我们集中力量吸取他的能量，但他收缩的速度比其他男孩都慢。

只听砰的一声巨响，他的棍子重重地击打在地面上。我和几个伽罗格人被震得一屁股坐在了地上。棍子砸扁了一个蜂房，碎石和玻璃四溅，落在我们身上。

伊洛一动不动。他静静地等待着一剑封喉的机会，两手空空。

男孩们的老大又舞起了棍子，但现在他的身体只有五层楼高。棍子直冲而过，伊洛侧身闪开，只见棍子把一扇临街的窗户打得粉碎。

此时，斯乌特人亮出了他的手术刀，刀片寒光闪闪。他扑向男孩的脚踝，紧紧地抓住。

他砍了两刀。只听那男孩像猫一样尖叫起来。他取下了你见过的最完整的腿筋。

尖叫的男孩踉踉跄跄地用一只脚猛踢，力道之大把伊洛踢到了街对面一个商店橱窗的金属笼子里，把笼子砸出了深深的凹陷。伊洛的身体弯折成了骇人的角度，再也不动了。刀疤大叫一声。他的枪声更响了，银弹射出，一道亮光划破了烟雾缭绕的空气。

男孩跌倒了，手指抓着水泥地，巨大的指尖流出鲜血。他的嘴巴张得像井口一样大，眼睛像周围破碎的窗户一样瞪着。他的瞳孔像毒蛇一样形如一道狭缝，脸庞又长又黑，长着鹰钩鼻。

无论他是神灵，还是男孩，终归是死了，就像我们中的一些人一样。

五名德鲁默人爬过尸体，准备下一轮战斗，但是，男孩们见老大死了，犹如群龙无首一般惊惶失措。火山喷发了，好似一副准备投降的样子。

幸存的男孩们站在他们的地盘中央，闪闪发光。一些男孩开始哭泣，那种声音我无法形容。这勾起了爱哭鬼的毛病，他坐在水泥地上，捂着脸号啕大哭。他的眼泪五颜六色，仿佛湿沥青上的油彩。

我们不断地吸取发热的光芒，把它们全都导入大地。痛苦的男孩们哭得更大声了。他们开始互相撕扯，原地打转，有几人跳进了从金字塔流出的熔岩中。

　　火光呼啸着，失去了控制，脱离了我们的手掌，用它最后的力量聚集在男孩们中间——准备突袭。

　　那火光一跃而起，仿佛一条炽热的蛇尖叫着冲进云层。

　　然后，男孩们死了，再也不动弹了。

　　滚滚浓烟笼罩的苍穹上出现了一个洞。深蓝色的天空隐约可见，随着烟雾的消散，天空泛起了鱼肚白。黎明时分，男孩们发出了最后一声尖叫。

　　太阳看上去伤痕累累，但它就在天上。

　　"我们开始吧，"刀疤说，"未来还有很多清理工作。"我猜他爱伊洛就像爱兄弟会的成员一样。我希望自己能开口说点儿什么。

　　我们互相搀扶着站起来，拍拍肩膀，看着太阳出来，从金色变成橙色，最终变成炽热的白色。

　　不用说，它的样子美不可言。